POUR MIEUX T'AIMER, MON ENFANT

Groupe d'édition la courte échelle inc.
Division À l'étage
4388, rue Saint-Denis, bureau 315
Montréal (Québec) H2J 2L1
aletage.ca

Révision : Jean-Pierre Leroux

Conception de la page couverture : Julie Massy
Mise en pages : Catherine Charbonneau

Dépôt légal, 2019
Bibliothèque nationale du Québec

Le Groupe d'édition la courte échelle reconnaît l'aide financière du gouvernement du Canada pour ses activités d'édition. Le Groupe d'édition la courte échelle est aussi inscrit au programme de subvention globale du Conseil des arts du Canada et reçoit l'appui du gouvernement du Québec par l'intermédiaire de la SODEC.

Le Groupe d'édition la courte échelle bénéficie également du Programme de crédit d'impôt pour l'édition de livres — Gestion SODEC — du gouvernement du Québec.

Financé par le gouvernement du Canada | Canada

Données de catalogage disponibles sur le site de Bibliothèque et Archives nationales du Québec

Imprimé au Canada

À L'ÉTAGE NOIR

CHRYSTINE BROUILLET

C'EST POUR MIEUX T'AIMER, MON ENFANT

À Francine Ruel

L'auteure tient à remercier Francine Duquette, Christine Grou, André Lachance, Gilles Langlois, Jean-Pierre Leroux, Jacques Morin, Lucie Papineau et Yves Quenneville de leur précieuse collaboration.

CHAPITRE 1

Il ouvrit lentement les yeux. La lumière l'aveugla. Il tourna la tête vers la gauche pour s'en protéger. Il distingua l'ombre d'un chêne sur le sol, perçut les mouvements furtifs d'un écureuil. Il avait terriblement mal à la tête. Comme si un boxeur l'avait confondue avec un ballon d'entraînement. Les veines palpitaient, affolées, douloureuses à ses tempes. Il tenta de se détendre en respirant profondément, mais cette migraine était si intense! Il devait avoir sacrément abusé de l'alcool pour s'être endormi dans un parc.

Pourtant, il ne se souvenait pas d'avoir bu. Avait-il picolé au point d'oublier jusqu'à son premier verre?

Pourquoi s'était-il enivré?

L'oreille collée au sol, il lui semblait entendre les mystères de la terre: les vers qui labouraient de longs tunnels, les fourmis qui creusaient des galeries, y cachaient les œufs de la reine, les guerres des rouges contre les noires. Une patte arrachée, une antenne brisée, une mandibule démantibulée. Les araignées qui digéraient leurs proies, les scarabées qui replaçaient leurs élytres.

Leurs élytres ? Il avait pensé à ce mot, mais il en ignorait le sens.

Non, il n'avait pas trop bu, il rêvait. Tout simplement. Il s'éveillerait bientôt et saurait à quoi servent les élytres et où il était.

Qui il était.

Il porta la main à sa bouche pour étouffer un hurlement. En même temps, il tentait d'aspirer de l'air et suffoquait, comme s'il se noyait. Il avait envie de vomir. De toute son existence, il n'avait jamais eu si peur. Il craignait même que cette angoisse ne le terrasse et qu'on ne découvre son cadavre des semaines plus tard. Il était pourtant trop jeune pour mourir.

Trop jeune ?

Qu'en savait-il ? Il gémit et, curieusement, ce son triste le réconforta : ce son lui appartenait. Il partait de son ventre, montait, glissait dans sa trachée, caressait son larynx et s'échappait par sa bouche en un filet continu, un filet qu'il écouta durant un long moment. Il demeurait immobile, redoutant que le moindre geste ne provoque une nouvelle guerre dans sa tête. Il s'efforça de recomposer le décor où il avait échoué. Échoué ? Quand ? Comment ?

La pelouse était d'un vert si riche, si gras qu'on devait être à la mi-juillet. En juin, l'herbe est encore tendre. Il le savait bien. Pourquoi ? Une coccinelle s'acharnait à escalader une brindille à trois centimètres de lui. Il fixa durant quelques secondes les pastilles noires qui se détachaient sur l'écarlate des ailes, puis il se mit à trembler. Les ailes fondaient et coulaient en une rivière de sang jusqu'à sa bouche. Il cracha et vit le coléoptère s'envoler dans l'air chaud de l'été. Il ravala son cri. Voilà qu'il délirait, il avait vu les ailes s'ouvrir comme les deux lèvres d'une plaie !

Était-il fou ?

Des sueurs glacées lui parcoururent l'échine. S'il était dément, il l'ignorait, car il ne savait pas qui il était. Mais s'il n'était pas fou, il le deviendrait sûrement s'il ne se souvenait pas rapidement de son identité. Il tourna la tête vers la droite, regarda le ciel bleu où des cumulus fuyaient vers l'est : il ferait beau aujourd'hui. Les campanules, le millepertuis et l'épervière vulgaire croîtraient.

Il désirait demeurer là à attendre que les plantes s'épanouissent devant lui, mais il sentait que sa situation était trop anormale pour ne pas receler quelque péril. Il s'autorisa à rester couché cinq minutes de plus ; quand elles seraient écoulées, il se lèverait et partirait à la recherche de… De quoi ? De qui ?

De lui. Ça lui revenait : il devait savoir qui il était.

Il se redressa avec mille précautions, surpris de découvrir qu'il ne s'était pas rompu un membre. Il aurait juré qu'un camion l'avait écrasé. Ou un éléphant. Pourquoi pensait-il à un éléphant ? En avait-il déjà vu un ? Où ?

Un cauchemar. Il fallait que ce soit un cauchemar. Il se frotta les yeux avec fureur comme s'il voulait effacer les images qui l'assaillaient depuis son réveil, mais ce geste ne servit qu'à augmenter la tension oculaire. Il resta assis sans bouger jusqu'à ce que les étoiles qui dansaient devant lui s'évanouissent. Il pensa alors à fouiller dans les poches de son pantalon. Peut-être trouverait-il un indice. Il avait le vague souvenir d'un objet gris avec un dessin rouge et des bouts de métal argenté attachés ensemble par un élastique vert.

Il trouva dans son portefeuille des clés et quatre cartes en plastique et les regarda avec appréhension. Il y avait la photo d'un homme sur deux d'entre elles. Il était blond, avait les yeux pâles et une tache curieuse sur le côté droit du visage. Sous une série de chiffres, il lut un nom : MAURICE TANGUAY, puis une date de naissance. Il était né en janvier, il avait trente-huit ans.

Il devait s'appeler Maurice Tanguay, même si ce nom n'évoquait rien pour lui. Il examina le contenu du portefeuille et découvrit des bouts de papier avec des numéros de téléphone, puis identifia des dollars. Il se sentit soulagé en tâtant les billets. S'il distinguait les vingt dollars des dix ou des cinq, il pouvait espérer reconnaître autre chose.

Il rangea son portefeuille dans la poche de ses jeans et se leva, légèrement ragaillardi. C'est alors qu'il aperçut deux pieds. Deux petits pieds qui dépassaient d'un rocher. Maurice s'avança tout en se demandant pourquoi il pressentait une horrible découverte.

L'enfant n'avait pas plus de neuf ans. Ses yeux noirs fixaient le ciel et sa peau avait une étrange coloration. Il portait un tee-shirt où était imprimé un renard et ses jeans baissés à mi-mollet découvraient un slip blanc.

L'enfant n'avait pas eu le temps de devenir un renard et de ruser avec son bourreau. Maurice s'approcha du garçonnet ; il ne pouvait admettre sa mort avant d'avoir essayé de lui venir en aide. Il se pencha vers lui pour tenter le bouche-à-bouche, mais alors qu'il soulevait la tête de l'enfant, Maurice se mit à saigner du nez. Il comprit la seconde suivante que la victime avait été étranglée. Terrifié, il recula ; il devait aller chercher du secours. Il voulut courir, mais un spasme le plia en deux, le projeta au sol et il vomit. Quand il se releva en s'essuyant la bouche et le nez, il crut voir une silhouette s'éloigner vers un bosquet. Il cria, mais il n'eut pas de réponse. C'était peut-être l'assassin. L'adrénaline lui fouetta le sang, mélange de peur et de colère. Il se lança à la poursuite du criminel.

Il courait plus vite que jamais, malgré son mal de tête.

Il s'arrêta au bout de quelques minutes. Il n'y avait personne aux alentours.

Qui poursuivait-il, d'ailleurs? Maurice ne parvenait pas à se souvenir de ce qui l'avait poussé à courir ainsi. À bout de souffle, il s'appuya contre un saule et nota qu'on aurait dû élaguer l'arbre au printemps; ses feuilles étaient trop petites pour être saines. Il ne fut pas surpris de découvrir des pucerons sous certaines d'entre elles. Il faudrait vaporiser l'arbre avec du malathion. Il avala du sang, pencha la tête vers l'arrière tout en fouillant dans ses poches à la recherche d'un mouchoir.

Quelques minutes plus tard, il emprunta un sentier qui menait à un escalier. Devinant le fleuve en contrebas, il songea qu'il serait bon de contempler toute cette eau pour mettre de l'ordre dans ses idées. S'interroger sur son identité l'inquiétait encore, mais il ne ressentait plus cette terreur qui l'avait habité quelques minutes plus tôt. Il ne se rappelait plus ce qui l'avait tant effrayé. Il devait avoir exagéré. Sa... son amie? Sa mère? Sa sœur? Une femme lui disait parfois qu'il exagérait...

Il se mordit l'intérieur des joues très fort. Cria. Non, il ne rêvait pas. Il marchait vraiment vers le Saint-Laurent qui ne lui apprendrait pas son nom. Comment pouvait-il se souvenir du nom du fleuve et pas du sien ? Maurice Tanguay. Maurice Tanguay. Tanguer ? Ça convenait parfaitement à un homme qui sent le sol, la vie, sa vie, se dérober sous ses pas. Physiquement même : après une course merveilleuse, il avait maintenant l'impression que le paysage oscillait devant lui et que les marches de l'escalier de bois cédaient sous ses pieds. Allait-il le débouler ? Devait-il s'arrêter ?

Non, non. Et non. Il ne savait pas pourquoi le mot « non » s'imprimait si impérieusement dans son cerveau, mais il respecta la consigne et continua à descendre vers le fleuve après s'être essuyé le visage avec les feuilles d'un érable. Heureusement, le sang avait cessé de couler.

Maurice marcha sur le boulevard Champlain jusqu'aux feux de circulation. Les voitures roulaient très vite : aurait-il le temps de traverser l'artère sans être heurté par un véhicule ? Il essuya la sueur qui coulait sur ses paupières, les tint fermées durant quelques secondes ; la brillance de l'eau l'aveuglait. Il maudit les coques des bateaux qui captaient le soleil pour le rejeter en éclats métalliques et le blanc trop blanc des grandes voiles qui le forçaient à détourner régulièrement son regard du fleuve.

Comment s'appelait ce fleuve? Il le savait plus tôt. Où coulait-il? Pourquoi?

Maurice était épuisé par ces «où», «quand», «comment», «pourquoi», carrousel d'adverbes infernaux qui s'emballait dans son esprit, l'aspirait comme l'œil du cyclone, le détraquait. Il sursauta en entendant la corne de brume du traversier et se mit à trembler. Pourrait-il seulement atteindre le banc de bois verni à dix mètres devant lui?

Il s'y effondra en gémissant, se recroquevilla dans une posture fœtale. Une femme accéléra le pas en l'apercevant, un homme ralentit, mais continua sa route. Puis un autre, six autres.

C'est un adolescent dégingandé qui lui demanda s'il était malade. Comme Maurice ne répondait pas, le garçon lui toucha l'épaule. Maurice recommença à trembler si violemment que ses dents claquaient. Il était pourtant en sueur.

— T'es en manque? J'ai rien sur moi, je peux pas t'aider.

— En manque? répéta Maurice.

— Qu'est-ce que t'as pris? Du PCP? De la coke?

Grégoire regardait l'homme en tentant de deviner à quelle drogue il vendait son âme, mais sans y parvenir. Aucune trace de piqûre sur les bras, pas d'écume au coin de la bouche, des pupilles dilatées normalement. De plus, malgré ses tremblements et ses sueurs, l'inconnu semblait en excellente forme physique. Il avait des traits fins qu'une tache de vin ne parvenait pas à enlaidir.

Grégoire s'assit à côté de Maurice Tanguay en se demandant pourquoi il perdait son temps avec cet homme. Il ne requerrait sûrement pas ses services. Ni caresses ni fellation. L'adolescent aurait refusé, de toute manière, car il avait trop envie de dormir. Comme à son habitude après une nuit agitée, il était monté à bord du traversier et s'était appuyé au bastingage en espérant que personne ne viendrait lui parler. Il ne voulait pas partager ces seuls moments de bien-être. Sauf avec Biscuit. Ils étaient amis maintenant.

Les embruns avaient fait leur œuvre purificatrice ; Grégoire avait respiré à pleins poumons, désireux de se débarrasser de toute la fumée qui l'encrassait après cette nuit passée dans les bars. Il devait avoir fumé au moins un paquet et demi de Player's. Il ne pouvait pas tout arrêter d'un coup : la coke et la cigarette. Il ne fumait plus qu'un joint ou deux par jour : Biscuit Graham serait contente. Elle était revenue de Paris maintenant. Il n'avait pas osé lui téléphoner, même s'il espérait la revoir bientôt. Il était surpris de lui être si attaché. Ça l'ennuyait de s'être tant ennuyé. Mais il ne pouvait nier son impatience à l'idée de la retrouver. Il avait pensé à elle au milieu du fleuve alors qu'il admirait les tourelles du château Frontenac et il se sentait presque heureux en descendant du traversier.

Jamais il ne se serait arrêté devant un étranger qui ne lui rapporterait rien s'il n'avait été d'une humeur exceptionnellement bonne. Il laissait le rôle du bon Samaritain à d'autres.

— Je m'appelle Grégoire, dit-il à l'inconnu. Et toi ?

Celui-ci battit des paupières, puis haussa les épaules.

— T'es pas obligé de me le dire. C'est pas grave.

— Oui, répondit l'étranger. Je pense que c'est grave. Très grave.

Grégoire soupira. Un halluciné. Il devait parler avec un patient de l'hôpital Robert-Giffard. Des dizaines d'entre eux erraient dans les rues de Québec et oubliaient de prendre les médicaments qui devaient les aider à conserver un minimum d'équilibre. Le prostitué allait se lever quand il remarqua que les cheveux de l'homme étaient collés au-dessus de la nuque. Pris en un pain brunâtre. Du sang. Il ne s'en était pas aperçu immédiatement, car son tee-shirt de coton était bleu nuit ; maintenant, il voyait très bien les taches autour du col. Et même deux ou trois taches brunâtres sur la poitrine. Il se pencha, sacra.

— Câlice ! T'as reçu un bon coup. T'as saigné. Qui t'a fait ça ?

— Je… je vais regarder dans ma poche.

— Quoi ?

Le pauvre gars était tombé sur la tête. Grégoire rit, cynique, de son jeu de mots, puis s'avisa que c'était peut-être ce qui lui était vraiment arrivé.

— As-tu eu un accident ?

— Mon nom est marqué sur une carte. Je le savais tantôt, mais je l'ai oublié. Regarde. Je m'appelle Maurice Tanguay. Est-ce que ça se peut ? Est-ce que c'est moi ?

— T'as l'air perdu en sacrament !

— Je ne sais pas ce qui m'est arrivé.

— Je pense que tu serais mieux chez vous, dit Grégoire.

Il avait révisé son jugement : l'homme était trop bien habillé, trop propre pour être un pensionnaire de l'asile. On l'avait tout simplement agressé.

— Où ?

— Chez vous.

— Je… je ne sais pas où j'habite.

— Ça va te revenir. Tu devrais te reposer un peu ici. Tu vas t'en souvenir quand tu seras mieux. Moi, il faut que j'y aille. Salut.

Grégoire s'éloigna sans se retourner, craignant que l'homme ne le supplie de rester près de lui. Qu'aurait-il fait ? Il ne souhaitait pas l'envoyer promener, mais il avait encore moins envie de se charger de lui. Il n'entendit rien. Pas une protestation, même pas un oh! ou un ah! de surprise. C'était beaucoup mieux comme ça. Au bout de vingt mètres, il se retourna à demi : Maurice avait déjà quitté son banc.

Il n'était pas si mal en point, voulut croire Grégoire.

Maurice Tanguay ne tremblait peut-être plus, mais il avait peur, si peur ! Il regardait les boutiques alignées le long du boulevard, les parasols jaune et rouge d'une terrasse, et se disait qu'il devrait s'y rendre et demander de l'aide. Il n'osait pas, terrifié. Il retournerait plutôt sur ses pas, referait un trajet qu'il connaissait. Ainsi, il remonterait peut-être jusqu'à la source, jusqu'à ses origines. Il retraversa le boulevard Champlain en pressant ses mains contre son cœur, qui battait beaucoup trop vite. Sur les Plaines, il fut irrésistiblement attiré vers un bosquet. Il s'étendit à l'ombre, soulagé d'échapper enfin au soleil. Il regarda de nouveau ses cartes d'identité. Qui était-il ?

Il effleura sa nuque, grimaça ; ses cheveux collés par le sang tiraient sur la chair meurtrie. Il se rappela avoir vu une fontaine plus tôt ; quand il se relèverait, il tenterait de la retrouver, pour y laver sa plaie. Qui l'avait battu ? Ce garçon… ce garçon aux cheveux noirs semblait dire qu'on l'avait agressé. Pourquoi ? Il ne se souvenait d'aucune bagarre. Ni récente ni ancienne. Il ne s'était jamais battu de sa vie. Ce n'était pas dans son caractère. Ses colères se manifestaient par des fuites. Quand une situation lui déplaisait, il partait. Il n'avait jamais reparlé à Mario Michaud, qui s'était moqué de lui en révélant à toute la classe sa flamme pour Isabelle Tremblay. Jamais. Il avait maudit Mario pour sa trahison et l'avait banni de sa vie. Il revoyait sa tête blonde, ce sourire faussement angélique. Il revoyait parfaitement ce Judas. Et pour la première fois de son existence, il était heureux d'évoquer le souvenir de Mario. Il l'avait pourtant haï durant toutes leurs études secondaires.

Il se délectait de cette image. Il s'y accrochait, souhaitant qu'elle soit la première d'une longue série qui lui restituerait sa mémoire, son identité. Il commençait à croire qu'il devait laisser les souvenirs affluer, sans tenter de les contrôler ni de choisir les plus significatifs. Le puzzle se reformerait quand il aurait suffisamment de pièces. Il ne devait en négliger aucune.

Mario Michaud. Isabelle. Elle était assise à côté de Louise Bergeron. Au cours de biologie. Secondaire V. Le bal des finissants. Il s'était mortellement ennuyé. Pourtant, Isabelle l'accompagnait comme il l'avait désiré. Ils n'avaient rien à se dire. Elle aimait seulement danser. Elle avait parlé de son fameux ballet-jazz durant toute la soirée. Entre chaque valse, entre chaque bouchée, entre chaque gorgée et même entre chaque baiser. On aurait dit qu'elle le laissait l'embrasser pour réfléchir, pendant ce temps, à un détail qu'elle aurait oublié à propos de ses cours de ballet-jazz. Et elle sentait la vanille et la banane. Dieu qu'il s'était emmerdé !

Il s'endormit, nauséeux, étourdi par ces souvenirs.

⁂

Maud Graham détourna le regard quand on enveloppa le petit corps pour l'emmener à l'hôpital. Elle l'avait longuement examiné avant de pouvoir parler à André Rouaix et à Alain Gagnon. Elle s'était penchée lentement sur le cadavre et s'était relevée tout aussi lentement, quinze minutes plus tard. Elle avait rempli son carnet de notes, craignant d'oublier un détail à cause de la fatigue. Il était neuf heures quarante-cinq. Non seulement elle n'avait pas dormi, mais elle était victime du décalage horaire. Paris lui semblait si loin alors que les silhouettes de ses collègues s'agitaient en tous sens et que le soleil l'aveuglait. Une autre belle journée. La rosée du matin devait sentir la framboise, même s'il n'y avait aucun arbuste fruitier aux alentours. Ce n'était pas l'espoir d'une belle cueillette qui avait attiré l'enfant dans ce coin des plaines d'Abraham.

Les Plaines portaient ce nom en mémoire d'Abraham Martin, qui en aurait été le propriétaire au début de la colonie. Il avait eu de nombreux enfants et avait été un marchand prospère et respecté de ses concitoyens jusqu'à ce qu'on le soupçonne du viol d'une jeune fille. Était-ce le fantôme de cette victime hantant les lieux qui avait donné au criminel l'idée d'y commettre la même abomination ? Comment avait-il entraîné le garçonnet à le suivre dans cet endroit retiré ? Il l'avait forcé. Ou alors ils se connaissaient. Ou bien l'homme était très rusé, un habitué de ce genre de chasse.

L'enfant avait huit ans : il était assez vieux pour savoir qu'on ne suit pas un étranger. Son tee-shirt et ses jeans étaient neufs, de bonne qualité, ainsi que ses chaussures et ses chaussettes. S'il s'était prostitué, au moins un élément vestimentaire aurait été en mauvais état. La rue use presque aussi rapidement les habits que les enfants. On se chamaille, on se bat, on tire sur une manche, on piétine un blouson, on déchire un pantalon sur le banc d'un parc, on brûle un chandail avec des cigarettes, on roule un tee-shirt en boule pour s'en faire un oreiller. De toute façon, on n'a aucune envie d'être bien sapé ; on ferait rire de soi.

Graham savait qu'il s'agissait de Romain Dubuc. Les recherches avaient commencé la veille. Les parents de Romain avaient signalé très tôt sa disparition. Comme il était en retard pour le souper, Mme Dubuc s'était inquiétée : son fils était remarquablement ponctuel. Elle se félicitait chaque jour d'avoir un enfant si docile, si facile. Il avait de bonnes fréquentations, de bonnes notes à l'école, aimait le piano, la lecture, l'escrime, la mousse au chocolat et ses parents. Il ne les avait jamais déçus.

Romain était allé à la bibliothèque Gabrielle-Roy pour rapporter des livres : s'il avait eu un contretemps, il aurait téléphoné. Sûr et certain ! Les Dubuc avaient appelé les policiers à dix-neuf heures précises. On avait pris leur angoisse au sérieux, même si les enfants qui fuguaient étaient de plus en plus jeunes. Le témoignage d'Alice avait influencé les policiers. L'aînée de Romain jurait que son frère n'avait aucune raison de quitter la maison, alors qu'il devait suivre sa première leçon de tir à l'arc le lendemain. Il en rêvait depuis si longtemps ! Et ce n'était pas son genre de partir comme ça sans un mot.

Il faisait encore jour quand on avait lancé l'avis de recherche. Tandis que les Dubuc tentaient de se souvenir du nom de tous les amis de Romain — enfin, de tous ceux chez qui ils n'avaient pas téléphoné avant d'appeler les policiers —, des enquêteurs avaient établi la marche à suivre. Faxer d'abord la photo de l'enfant à toutes les municipalités ; refaire le trajet entre la bibliothèque et l'appartement des Dubuc, rue de l'Embarcation, examiner les alentours, la rivière Saint-Charles, la gare du Palais un peu plus loin, le bassin Louise; sortir les fichiers des agresseurs d'enfants, vérifier s'ils étaient toujours enfermés ou en liberté conditionnelle; interroger les meilleurs amis de Romain pour en apprendre plus sur lui. Espérer que l'un d'entre eux se rappelle un projet de fugue.

À minuit, les policiers fouillaient toujours les environs de la bibliothèque, mais ils élargissaient de plus en plus le périmètre des recherches. Dès qu'il ferait jour, ils se dirigeraient vers les parcs et les boisés du quartier, puis de toute la ville. En attendant, ils avaient visité les arcades et les centres commerciaux ouverts jusqu'à vingt et une heures et interrogé les punks du carré d'Youville et les prostitués des rues Saint-Denis et d'Aiguillon, sans obtenir le moindre indice. Ils avaient également discuté avec des employés de la bibliothèque. Sans résultat. Romain s'était volatilisé. Les Dubuc n'étant ni riches ni célèbres, on écarta rapidement la thèse d'un kidnapping pour se résoudre à envisager le pire: le garçon avait été enlevé pour satisfaire les caprices d'un détraqué. Le retrouverait-on vivant? Où? Dans quel état? Qui le malmenait, un parfait étranger ou une connaissance?

Maud Graham vidait sa valise quand Rouaix l'avait informée de cette disparition.

— Je sais que tu viens d'arriver, Graham, mais Drolet est malade. Il faut que tu le remplaces.

Elle n'avait même pas protesté. Elle avait refermé sa valise, elle s'était douchée, avait enfilé des jeans et un chandail de marin, et allait verrouiller sa porte quand elle était revenue pour téléphoner à Léa qui avait gardé son chat durant son absence. Son amie l'avait rassurée : ses enfants adoraient l'animal ; on l'hébergerait encore une nuit.

En roulant vers le poste de police, Graham s'était dit que Romain Dubuc ne jouerait peut-être plus jamais avec un chat.

La fréquence à laquelle Rouaix se passait les mains dans les cheveux avait inquiété Graham, même s'il avait répété plusieurs fois que l'enfant n'avait disparu que depuis quelques heures. Il avait aussi redit que rien n'avait été négligé pour retrouver Romain. Graham en était persuadée : le rapt d'un enfant bouleversait plus que tout les policiers, et n'importe quel homme serait prêt à faire des heures, des journées supplémentaires, s'il croyait être utile.

Graham avait proposé d'aller seule chez les Dubuc. Certaines personnes se confiaient plus volontiers à une femme. Oubliaient même son métier. Des détails sur les heures qui avaient précédé la disparition surgiraient peut-être en sa présence ? Ces petites choses du quotidien qui en disent parfois plus qu'une thèse sur les relations humaines. Elle se demandait quel détail en elle plaisait à Alain Gagnon, le médecin légiste. Elle avait beaucoup pensé à lui en France ; elle avait même failli lui téléphoner. C'est lui qui l'avait appelée, la veille de son retour, pour lui proposer d'aller la chercher à l'aéroport. Elle avait décliné son offre parce qu'elle ne voulait pas qu'il la voie après plusieurs heures de vol. Elle aurait eu chaud, ses cheveux seraient décoiffés et elle n'aurait pas le courage de mettre ses verres de contact parce que ses yeux seraient trop secs. Elle préférait revoir Gagnon dans de meilleures conditions. Elle lui avait donc menti et raconté que Léa et ses enfants l'accueilleraient à sa descente d'avion.

En quittant les Dubuc, Graham avait repensé à Gagnon en supputant qu'ils se rencontreraient près du cadavre de Romain, car elle avait presque rejeté l'idée d'une fugue. Elle avait conclu à une famille unie ; elle avait cru à l'histoire de la leçon de tir et à la ponctualité de Romain.

Elle avait donc manqué de conviction pour rassurer les parents éplorés. Elle avait pris congé d'eux en promettant de les appeler dès qu'elle aurait la moindre piste. Elle avait eu du mal à persuader Daniel Dubuc de rester chez lui : il tenait à l'accompagner au poste de police. Elle redoutait qu'il n'entende ses collègues émettre les pires hypothèses.

Il valait mieux qu'il reste avec des voisins compatissants. Presque tous les habitants des immeubles du lotissement avaient participé à une battue des environs organisée par une amie des Dubuc. Tandis que les parents faisaient part de leurs craintes à la police, les voisins avaient passé au peigne fin les alentours. Sans succès. Graham n'avait pu s'empêcher de se demander si le criminel ne faisait pas partie des groupes de recherche et si cette initiative ne brouillerait pas les pistes.

M. Dubuc avait téléphoné à Graham toutes les heures ; il l'avait suppliée, conseillée, insultée, menacée. Elle l'avait écouté avec attention, lui avait répété que les policiers recherchaient activement Romain. Elle avait cessé de lui dire qu'elle le rappellerait. Il devait avoir l'impression de faire quelque chose pour sauver son enfant, pour participer à l'action.

L'aube avait accentué l'angoisse qui régnait au poste de police. On avait perdu le pari fait avec la nuit : elle ne rendrait pas l'enfant. Douze heures s'étaient écoulées depuis qu'on avait signalé sa disparition. C'était beaucoup. Beaucoup trop.

À sept heures, Graham avait proposé à Rouaix d'aller se reposer, mais il avait refusé en lui faisant la même offre. Elle l'avait également déclinée. Quand un enfant était en cause, personne ne pouvait dormir. Graham savait que Rouaix ne fermerait pas l'œil pendant des jours si Romain avait été assassiné. Elle-même ferait des cauchemars, elle en parlerait à Grégoire et à Léa pour se débarrasser du stupide sentiment de culpabilité qui l'assaillirait en songeant qu'elle n'avait pu empêcher ce crime. Elle serait obsédée par le meurtrier, délaisserait les affaires en cours pour se consacrer uniquement à celle-là.

Les portières de l'ambulance claquèrent dans un bruit clair qui se répercuta dans les Plaines, comme un coup de fusil. Si seulement l'assassin avait tué le garçon d'une balle en plein cœur, au lieu de l'étrangler. Il ressemblait à un petit poulet et le renard roux qui décorait son tee-shirt n'en était que plus pitoyable, la tache de relish plus absurde à côté d'une traînée de sang. Graham réprimait difficilement ses larmes. Elle ne s'habituerait jamais à la mort d'un enfant. Rouaix et Gagnon étaient aussi tristes qu'elle. Et aussi furieux.

— On va le retrouver ! Il va passer le reste de ses jours en prison.

— Ils vont le mettre dans une cellule isolée des autres, dit Gagnon. À Port-Cartier. Ou à Pinel !

— Je vais tout faire pour que ça n'arrive pas, jura Rouaix. Qu'il sache ce que c'est que de se faire violer ! Il n'y avait personne pour protéger le petit, pourquoi cet enfant de chienne aurait-il droit à un traitement de faveur ? À une belle thérapie ? Voulez-vous que je vous dise ? Ça m'écœure !

Graham regardait les policiers qui repoussaient les curieux ; ceux-ci la dégoûtaient presque autant que le criminel. Comment pouvaient-ils s'arrêter pour respirer l'odeur du malheur, alors que juillet leur offrait une journée divine, pleine de promesses ensoleillées ? À l'entrée des Plaines, les chants des gamins qui se balançaient devaient s'élever dans l'air chaud, papillonner en rendant un son cristallin. N'était-il pas plus plaisant de regarder ces enfants s'éclabousser dans la pataugeoire en trépignant de joie plutôt que de s'arracher les yeux pour distinguer des taches de sang ?

Malsains. Les gens étaient malsains.

— Je vais faire le plus vite possible, dit Alain Gagnon en s'essuyant le front. Mais on a déjà ça.

Il désignait un fil rouge d'un centimètre qu'il avait rangé dans un sac en plastique.

Graham le remercia d'un signe de tête. Comme lui, elle suait à grosses gouttes et elle devait ressembler à un porc-épic à force de planter ses lunettes dans ses cheveux, de les enlever pour mieux les renfoncer. Elle n'était pas maquillée et cette nuit d'angoisse avait effacé tous les bienfaits de son voyage. Elle devait être vraiment moche. Mais elle s'en moquait. Elle ne s'inquiétait de son image qu'en dehors du boulot. Là, maintenant, avec ce visage hâve, ces yeux rougis, elle collait à l'atmosphère qui régnait sur les lieux du drame. Elle s'y conformait. S'y fondait. Elle devait accepter d'être un peu caméléon, de faire partie de la scène du crime pour comprendre ce qui s'était passé. Elle devait se rapprocher du meurtrier, respirer le même air que lui, devenir cet air, oxygéner le cerveau du bourreau, l'habiter pour le décortiquer.

Elle suffoqua.

Gagnon revint vers l'ambulance. Les circonstances de la mort paraissaient évidentes : viol ou tentative de viol, puis strangulation, mais il compléterait plus tard ces premières constatations. L'enfant ne s'était pas beaucoup débattu ; le médecin légiste espérait pourtant trouver des parcelles de peau sous ses ongles, ou la sueur de son bourreau. Le sperme, si on avait beaucoup de chance, trahirait quelque secret. Mais on n'aurait pas les résultats des tests d'ADN avant une bonne quinzaine de jours. On examinerait le sécateur découvert à deux mètres du corps, le sang qui maculait le tee-shirt et le fil rouge trouvé dans la bouche de Romain. On en rechercherait d'autres pour déterminer la nature des fibres du supposé bâillon. À première vue, Graham penchait pour du satin. Qui avait eu envie d'étouffer un enfant avec un chiffon soyeux ?

Alain Gagnon était content de retourner à l'hôpital. Son travail, tout aussi macabre qu'il fût, n'était en rien redoutable à côté de ce qui attendait Graham et Rouaix : annoncer la mort de Romain

Dubuc à ses parents. Il connaissait au moins deux policiers qui avaient changé de métier pour cette seule raison: ne plus jamais avoir à affronter le regard d'un père, les cris d'une mère. Ne plus répondre à leurs questions en sachant qu'il était inutile de mentir pour atténuer l'horreur, car des journalistes l'étaleraient au grand jour le lendemain. Ne plus promettre de découvrir un coupable sans savoir si on tiendrait parole. Ne plus refermer la porte sur les plaies béantes d'une famille. Une famille qui s'effriterait dans la moitié des cas, trop de souffrance conduisant aux reproches, puis à l'incompréhension, à l'indifférence et à la solitude. Chacun se sentait responsable du sort de la victime. «Si j'avais acheté le ballon qu'il voulait, il aurait joué plutôt que lire ces maudits livres», penserait le père. «Il serait encore là si je l'avais reconduit à la bibliothèque», songerait la mère. «J'aurais dû accepter de l'emmener avec moi à la piscine», se dirait la grande sœur. S'ils le taisaient, ce sentiment de culpabilité les rongerait aussi sûrement qu'un cancer.

— Je peux y aller seule, dit Graham à son collègue. Va te reposer.

Rouaix protesta, mais il rentra chez lui, pressé de revoir son fils Martin. Toutefois, l'adolescent était parti au Village des sports avec son cousin. Ils reviendraient pour le souper. Rouaix se rappela qu'il avait promis de préparer un barbecue. Il avait prévu un T-bone et deux hot-dogs pour chacun des garçons. Incroyable comme ils mangeaient ! Il ne se souvenait pas d'avoir eu autant d'appétit quand il avait l'âge de son fils ; le pain fondait en deux jours, les litres de lait disparaissaient aussi vite que la glace à la vanille ou les sacs de biscuits à la guimauve. Et tout cela en dehors des repas !

Romain Dubuc n'obligerait jamais sa mère à remplir les clayettes du réfrigérateur à ce rythme étonnant. Il n'aurait pas de ces boutons sur le front qui gâchent une sortie avec une fille, ni de ces poils qui poussent trop lentement au menton.

Quand Rouaix se fut éloigné, Alain Gagnon hésita, puis s'entendit dire à Graham qu'il pouvait l'accompagner chez les Dubuc. En même temps, il aurait voulu ravaler ses paroles, mais il continuait à parler, à expliquer qu'elle devait être épuisée après toutes ces heures sans sommeil et qu'il serait heureux de l'assister en ces moments pénibles.

Il l'aimait encore plus qu'il ne le pensait pour lui faire une telle proposition.

Le sourire interdit, puis si doux dont elle le gratifia indiquait qu'elle commençait à en prendre conscience.

— Non, ce n'est pas ton travail. J'aime mieux que tu avances dans tes recherches.

Elle faillit ajouter qu'elle préférait qu'il ne vive pas cette scène avec elle, sinon il en serait marqué et ne pourrait la consoler ensuite. Elle le lui dirait peut-être plus tard. À moins qu'elle ne s'épanche auprès de Grégoire. Grégoire à qui elle devrait épargner ce genre de confidences, mais qui réussissait toujours à la faire parler. Elle acceptait de se livrer, de plus en plus souvent, car elle croyait qu'il finirait par suivre son exemple. Elle en apprendrait davantage sur son enfance. Elle était prête à déterrer les secrets qui empoisonnaient son ami. Ce serait douloureux, mais ensemble ils parviendraient peut-être à vaincre les démons. Grégoire arrêterait peut-être de prendre de la coke et de se prostituer. Elle n'en aurait pas espéré autant un an auparavant.

Elle avait hâte de revoir Grégoire. Elle avait beaucoup pensé à lui durant son voyage. Un jeune Italien, qui séjournait avec sa mère au même hôtel qu'elle dans le Marais, lui ressemblait étrangement : mêmes boucles noires, mêmes yeux vert-de-gris, même bouche pleine, finement ourlée, trop féminine, même démarche désinvolte. Jusqu'à la nuance impudente dans le sourire. Mais la légère effronterie d'Antonio était une simple manifestation de l'adolescence, une manière de faire la nique aux adultes si embêtants avec leurs interdictions des vrais plaisirs. Le regard du Florentin était joyeux, frais, pétillant comme du Lambrusco. Rien à voir avec celui de Grégoire, plutôt abîmé.

⁂

Ni avec ceux des Dubuc quand Graham leur apprit qu'on avait trouvé le corps de Romain. Un gouffre déchira leurs prunelles.

Un gouffre monstrueux qui engloutirait les jours heureux, les premiers pas de Romain, ses premiers mots, ses premiers sourires, sa première dent. Un gouffre qui s'ouvrirait, sadique, à l'affût du moindre souvenir, du petit détail qui vous prend par surprise, qui vous scie de douleur. On s'attend à souffrir en triant les vêtements de son enfant, en se remémorant les pique-niques des anniversaires. On sait qu'on pleurera en entendant les chansons qu'il aimait, en revoyant les bandes vidéo où il faisait le pitre, en butant sur un ballon, en préparant du macaroni au fromage, son plat préféré. On pleurera aussi en écoutant les cris des garçons qui sont vivants, juste à côté, et qui jouent dans la rue ; chacun de leurs rires s'enfoncera dans le cœur comme un poignard. Le silence insupportable de la nuit, la lumière implacable du soleil, les insoutenables caresses du vent : on sait tout ça, on s'y prépare.

Mais on a la nausée quand on voit un cerf-volant dominer les Plaines, rappelant les vains efforts d'un garçonnet pour faire décoller son papillon rouge et vert. Quand le cri d'une mouette du bassin Louise rappelle la mer et les coquillages d'Orlando, les dernières vacances en famille. Et si un chien jappe, on a des regrets. On se dit qu'on aurait dû en offrir un à son enfant ; l'animal l'aurait accompagné partout et aurait peut-être empêché le meurtre.

— Nous vous rendrons le corps dès que nous en aurons terminé, dit Graham après un long silence.

Elle évitait toujours de prononcer le mot autopsie, même si elle se demandait si les images qu'il faisait surgir pouvaient être pires que celles de l'assassinat.

— C'est ça, bredouilla M. Dubuc. Je… je…

— Tous les policiers de la région de Québec travaillent pour trouver l'assassin, monsieur Dubuc. Nous allons l'arrêter.

— C'est sûr ? demanda Mme Dubuc.

Comme si elle ne savait pas qu'on lui faisait l'aumône d'une certitude. Qu'on la lui lançait comme une bouée à un noyé. Mais qu'aucun policier, ni même cette femme à l'air si déterminé, ne pouvait jurer qu'on attraperait le monstre qui avait broyé son cœur.

— Les policiers sont encore sur les Plaines, madame Dubuc. Ils vont découvrir des indices.

— C'est vrai ?

Graham hocha la tête ; on trouvait toujours des indices. Toutefois, ils ne menaient pas automatiquement au meurtrier. La détective espérait que les recherches approfondies sur les lieux du crime donneraient des résultats. Pour l'instant, la police avait seulement un sécateur, des fibres rouges, un bouton doré, du sang, des traces de pas trop floues et des vomissures. Était-ce le criminel qui avait rendu son repas ou un témoin qui ne s'était pas identifié ? Et qu'est-ce que ce dernier avait à se reprocher pour taire sa découverte ?

Graham quitta les Dubuc après l'arrivée du médecin appelé par l'amie qui avait organisé la battue. L'enquêtrice la félicita de ses initiatives :

— On aimerait bien qu'il y ait toujours des gens comme vous auprès des victimes quand…

— Je me sens si impuissante. J'ai l'impression de vivre un cauchemar.

— Ce n'est pas une impression, madame. Mais personne ne se réveillera.

— Est-ce que ce sera long avant qu'on nous redonne… Romain ?

— Nous ferons notre possible. Et Alice ?

— Elle est dans sa chambre. Elle a compris quand elle vous a vue arriver. Elle n'a pas voulu vous entendre !

— Ils vont tous se sentir coupables, prévint Graham.

— Je sais. Ce sera bien difficile de convaincre Josée et Daniel de ne pas se jeter à l'eau. Heureusement, il y a Alice.

Graham se garda d'émettre un doute. Heureusement ? Elle craignait qu'Alice ne paie très cher le fait d'être l'enfant survivant. Serait-elle surprotégée ? Étouffée d'amour ? L'empêcherait-on de vivre son adolescence ? Pourrait-elle sortir le soir ? Et même le jour ? La Terre continuerait-elle à tourner après l'enterrement de Romain ?

Elle distribua sa carte de visite à tous les gens qui venaient aider les Dubuc, à tous leurs voisins.

— Appelez-moi aussitôt qu'un détail vous revient, même s'il vous paraît ridicule. C'est à nous d'en juger. Tentez de vous souvenir si Romain ne vous a rien dit quand vous l'avez vu pour la dernière fois. Ou si vous avez aperçu un inconnu dans le coin. Si je ne suis pas là, demandez le détective Rouaix.

Chacun regardait sa carte en silence. Plusieurs fronçaient les sourcils. Ils auraient tant voulu se rappeler, là, maintenant, un formidable détail qui éclaircirait toute l'enquête ! Les pères se promettaient d'interroger longuement leurs enfants et les mères se juraient de les accompagner partout où ils iraient tant que l'assassin ne serait pas emprisonné.

⁂

— Bon, où se trouve notre touriste ? demanda Graham à Rouaix.

— Il nous attend au Concorde avec Papineau. Il a été très secoué.

— On est certains que ce n'est pas lui? Qu'il ne fait pas semblant de découvrir le corps de sa propre victime?

— Son alibi est en béton armé. Peterson était hier soir à une fête de famille et il n'a pas quitté Montréal avant une heure du matin. Et comme Romain est mort en fin de soirée…

Graham s'épongea le front, se souvint qu'il y avait l'air conditionné dans la voiture de Rouaix.

— Allons parler dans ton auto. Nous devons nous rendre à l'hôtel de toute façon. Ce n'est pas loin, mais je n'y vais pas à pied. C'est trop humide.

— C'était mieux en France?

— Je ne sais pas. Il me semble que je suis revenue depuis un mois! Au moins, il fera frais dans l'hôtel.

Ils poussèrent la porte du Concorde et Graham respira un bon coup avant de rejoindre Papineau et le témoin. Celui-ci racontait son histoire pour la dixième fois. De la même manière, Papineau pouvait le certifier. Le touriste montréalais courait sur les Plaines pour se détendre avant de rencontrer un client important — il travaillait dans les communications — et il avait présumé de ses forces. Le soleil était vif et il avait un peu trop bu la veille. Il avait donc ralenti son rythme. Il avait eu envie d'uriner. Il s'était approché d'un bosquet. C'est alors qu'il avait vu le corps de l'enfant. Il s'était mis aussitôt à crier. Un cycliste s'était arrêté, puis deux. Ils étaient allés chercher les policiers.

Il n'avait rien d'autre à dire. C'était peu et c'était trop en même temps. Il aurait préféré n'avoir jamais eu l'idée de faire son jogging sur les Plaines. Graham le remercia de sa coopération et lui souhaita un bon séjour à Québec. Elle était vexée que ce soit un Montréalais qui ait découvert le cadavre ; elle aurait voulu que sa ville soit sans tache aux yeux des touristes. Elle chercha un mot à dire sur la capitale pour la rehausser dans l'estime d'Anthony Peterson. Mais elle ne put que vanter la vue qu'il avait de sa chambre. Une vue sur les Plaines.

CHAPITRE 2

Exaspérée, Clara Saint-Pierre regarda sa montre pour la millième fois en vingt-quatre heures. Elle se pencha à la fenêtre, étirant le cou en espérant qu'elle verrait son ami au bout de la rue, qu'il lui ferait un petit signe de la main et qu'il aurait une bonne raison pour expliquer son retard. Une aventure avec une autre femme n'était pas une bonne raison. Même si c'était un motif qu'on peut aisément imaginer quand un fiancé découche et qu'on a téléphoné dans tous les hôpitaux pour savoir si un homme blond, d'un blond vénitien, aux yeux bleus, mince, âgé de trente-huit ans, du nom de Maurice Tanguay n'avait pas été soigné au cours des dernières heures.

Clara refusait cependant de cautionner la jalousie, elle se persuadait que Maurice avait probablement aidé une personne en détresse — heurtée par un chauffard —, qu'il avait accompagné cette victime à l'Hôtel-Dieu et avait dû rester près d'elle, car ne l'ayant pas encore identifiée, les médecins n'avaient pu prévenir sa famille.

Mais Maurice lui aurait téléphoné. Il ne l'aurait pas laissée toute une nuit sans nouvelles. Toute une journée. Le soleil s'adoucissait, les façades des bureaux du bassin Louise absorbaient sa lumière vermeille, des bateaux rentraient au port pour s'y bercer et les cris des mouettes semblaient moins stridents. Maurice adorait le crépuscule et sa douceur pour les plantes. Il redoutait le feu de midi qui fait la joie des pavots et des mauves. Il préférait les subtilités de l'aube ou l'heure du loup, envoûtante, mystérieuse. Les fleurs livraient alors des secrets parfumés et dévoilaient des couleurs insoupçonnées et merveilleuses.

Maurice avait-il joui de ces délicieux instants depuis son départ de leur appartement, hier matin ? Tant de temps s'était écoulé. Clara ne s'était pas inquiétée avant la tombée de la nuit. Il l'avait prévenue qu'il rentrerait tard. Quand les journées étaient aussi belles, Maurice ne comptait pas ses heures de travail. Il en oubliait même de manger : il y avait tant à faire dans les parcs ! De plus, il avait dit qu'il irait aux serres de l'université Laval pour rencontrer un collègue de travail.

Ce dernier avait-il entraîné Maurice ? Entraîné où ?

Devait-elle rappeler au poste de police ? Elle avait téléphoné, à son lever, en constatant que Maurice n'était pas rentré. Un policier l'avait écoutée et avait promis de la prévenir si un homme correspondant à son signalement se présentait à la centrale du parc Victoria. Mais son ami reviendrait bientôt à la maison et elle se tracassait pour rien. Maurice n'avait pas disparu depuis si longtemps ! Ne s'étaient-ils pas chicanés, par hasard ? Maurice aurait-il pu chercher ailleurs une oreille compatissante ?

Non. Ils s'entendaient parfaitement.

Clara avait raccroché avec rage : comment pouvait-on se permettre d'insinuer que Maurice la trompait ? Ils se connaissaient depuis près de quatre ans et elle était persuadée qu'il lui serait toujours fidèle. Pas par principe, mais par tempérament : Maurice était sérieux. Il n'aurait pas galvaudé leur amour pour un caprice d'un soir. Il n'aurait même pas eu envie de ce caprice ; il était si heureux avec elle. Il le répétait fréquemment. Et elle le croyait. Maurice ne lui avait jamais expliqué pourquoi il avait certains problèmes sexuels quand elle l'avait rencontré, mais elle constatait qu'il s'épanouissait à son contact, qu'il aimait de plus en plus faire l'amour et qu'il faisait moins de cauchemars depuis quelques mois. Il s'abandonnait plus facilement et rien n'émouvait autant Clara que la respiration quiète et profonde de son amant quand il s'endormait après leurs ébats.

Que lui était-il arrivé?

Clara quitta la fenêtre et se pelotonna par terre dans un coin du salon. Elle se balança un long moment en se demandant comment agir pour retrouver Maurice. Deux de ses collègues de travail avaient téléphoné pour connaître la raison de son absence; elle avait tu sa disparition. Pourquoi n'avait-elle rien dit à Jean Tétrault et à Gilbert Pauzé? Ces hommes auraient cherché une solution avec elle. Ils appréciaient Maurice, elle l'avait constaté lors du pique-nique de la Saint-Jean-Baptiste.

Elle refusait de s'avouer qu'elle craignait qu'il ne l'ait quittée. Pas pour une autre femme, non, ça, elle l'aurait deviné. Mais pour lui-même. Bien des femmes croient être abandonnées au profit d'une autre; elles ont tort. Certains hommes fuient le domicile conjugal pour retrouver leur indépendance. Quand ils reviennent, ils racontent qu'ils devaient faire le point sur leur relation. Ils reconnaissent qu'ils ont peur de s'engager, même s'ils désirent vivre une grande histoire d'amour. Ils disent qu'ils étouffent. C'est ce qui était arrivé à sa cousine Martine. Clara se remémorait ses dernières semaines avec Maurice: l'avait-elle épuisé avec ses élans passionnés, ses mille attentions, ses surprises, ses cadeaux ? L'avait-il vue comme une mante religieuse ?

Il n'en avait rien laissé paraître, en tout cas. Connaissait-elle si mal son amant ?

Non.

Oui ? Sa cousine, elle, avait été secouée en apprenant que son *chum* avait eu une aventure avec une fille qu'il n'aimait même pas. Qu'il avait séduite juste pour… pourquoi exactement ? Ce n'était pas une question de sexe. Il voulait seulement se rassurer sur son charme. Martine lui répétait dix fois par jour qu'il était beau et adorable, mais elle n'était pas objective. Il avait eu besoin d'un jugement extérieur. « Le pire, avait dit sa cousine, c'est que Louis semble trouver son aventure anodine. Il n'a même pas pensé qu'il pouvait me faire de la peine. Parce que, pour lui, cette histoire est sans lendemain, il suppose que je vais la considérer avec la même légèreté. » Clara s'était félicitée intérieurement de vivre une relation plus harmonieuse avec Maurice.

Car Maurice n'était pas Louis.

Il y avait une explication à son absence. Elle rappellerait les flics. Non, les hôpitaux d'abord. Et s'il était inconscient ? S'il n'avait pu donner son numéro de téléphone pour qu'on la prévienne ? S'il n'avait aucun papier sur lui ? C'était impossible.

Il avait pris son portefeuille en quittant l'appartement.

Et si on l'avait tué? Si son corps gisait au fond d'un ravin? Du fleuve?

Clara entendit les neuf coups de l'horloge. Elle mit les mains sur ses tempes, s'efforça de respirer calmement. Il y avait une explication. Personne n'avait de raison d'assassiner Maurice. Tout le monde l'aimait. Il n'avait aucun ennemi, il ne prenait pas de drogue, ne jouait pas aux courses, ne militait dans aucun parti révolutionnaire, n'appartenait à aucune secte. Pourquoi aurait-on souhaité sa mort?

Clara se dirigea vers leur chambre, mais refusa de regarder le lit. Deux jours plus tôt, Maurice lui avait donné tellement de plaisir qu'elle avait vu des arcs-en-ciel illuminer la pièce et dessiner la courbe de ses orgasmes. Elle avait eu l'impression que son corps s'évanouissait dans l'air tout en fusionnant avec la terre. Les plus infimes parcelles de sa peau frémissaient de bonheur tandis que son âme goûtait à l'infini et touchait le paradis.

Elle se mit à pleurer. Des sanglots si violents qu'ils lui donnaient la nausée. Comme elle se dirigeait vers la salle de bains, elle entendit le mot « disparition » à la radio.

Qui avait signalé l'absence de Maurice? Pourquoi ne l'avait-on pas avertie? Elle comprit la seconde suivante qu'il ne s'agissait pas de son amoureux. Un journaliste racontait que le corps du jeune Romain Dubuc, disparu depuis plusieurs heures, avait été découvert sur les plaines d'Abraham.

Clara ferma le poste de radio d'un geste brusque. Elle voulait des nouvelles de Maurice ! Pas de Pierre, Jean, Jacques ou même Romain !

Elle rougit, consciente de son égoïsme. Superstitieuse. Si elle ne montrait pas plus de compassion pour la victime, elle serait peut-être punie. Elle ne reverrait peut-être jamais Maurice.

Clara décida d'attendre encore un peu avant de rappeler au poste de police. Elle rouvrit la radio, cherchant maintenant à avoir des détails sur la mort de Romain Dubuc.

« Romain Dubuc avait huit ans. Selon nos dernières informations, il avait quitté le domicile de ses parents pour rapporter des livres à la bibliothèque Gabrielle-Roy. Il les a effectivement remis, mais il n'est jamais revenu chez lui. Les policiers espèrent que des témoins se manifesteront afin de les aider à comprendre ce qui s'est passé durant les dernières heures de l'enfant, dont le corps a été retrouvé ce matin sur les plaines d'Abraham. Selon les premières constatations, Romain Dubuc aurait été étranglé, mais les autorités refusent de donner des détails supplémentaires tant que l'autopsie n'aura pas été pratiquée. Les détectives Maud Graham et

André Rouaix, chargés de l'enquête, nous ont toutefois révélé que l'enfant avait été assassiné pendant la soirée. Quiconque aurait remarqué quelque chose de suspect sur les Plaines hier soir ou cette nuit est prié de communiquer avec les enquêteurs au numéro suivant… »

Sur les Plaines ?

Maurice n'avait-il pas dit qu'il devait tailler les haies autour du musée ? Aurait-il vu le meurtrier ?

Un meurtrier qui l'aurait frappé pour se débarrasser d'un témoin ?

Mais non ! On aurait découvert le corps de Maurice en même temps que celui de Romain.

Clara respirait difficilement, par à-coups. Maurice ne pouvait pas être mort. Ils étaient heureux ensemble depuis trop peu de temps. Il devait avoir échappé à l'assassin.

Mais si ce dernier l'avait rattrapé, enlevé et abattu ailleurs ?

Clara avait l'impression d'être la caméra des films de Claude Lelouch : tout tournait dans la pièce. Même les sons avaient un mouvement giratoire et l'odeur du café qu'elle avait préparé était ronde, étourdissante.

Elle devait rappeler au poste de police. Elle demanderait à parler à Maud Graham.

⁂

Maud Graham avait envie de fumer. Elle avait failli demander une cigarette au patrouilleur Tremblay quand il lui avait apporté la dernière liste des pédophiles connus de la région. Papineau lui avait remis les noms des voisins et des proches des Dubuc. Graham désirait parler à chacun d'eux : les études démontraient que la moitié des abus sexuels étaient commis par les membres immédiats de la famille et que le tiers étaient le fait de connaissances. On interrogerait les voisins, mais aussi les professeurs, les gardiennes, les commerçants des environs et toute personne susceptible d'avoir approché Romain sans difficulté.

On étendrait ensuite le cercle. On parlait déjà aux chauffeurs de taxi et d'autobus qui circulaient aux alentours de la bibliothèque et on avait lancé un appel pour trouver des témoins : des usagers venus emprunter des livres se souviendraient peut-être de quelque chose.

Sûrement. Il y a toujours quelqu'un qui a vu et qui parlera. Mais quand ?

Graham but un verre d'eau pour se distraire de l'envie de griller une Player's. Elle n'avait pas résisté tous ces jours pour craquer maintenant. Bien sûr, si elle avait su qu'elle aurait le meurtre d'un enfant à résoudre, elle aurait attendu la fin de l'enquête pour cesser de fumer. Quand on l'aurait chargée d'une affaire de routine ou de l'assassinat d'un motard. C'eut été beaucoup plus facile.

Elle tournait et retournait sur son bureau la liste des parents de Romain en priant pour que l'un d'eux soit coupable, mais elle n'y croyait guère, malgré les statistiques. Pourquoi doutait-elle d'une hypothèse fort raisonnable ?

Elle fit entrer l'oncle de la victime.

— Monsieur Dubuc, je vous remercie d'avoir accepté de me voir si vite, commença-t-elle.

L'homme ne ressemblait pas tellement à son frère. Il était court sur pattes, avec un torse puissant et un teint rubicond. Il s'assit en face de Graham, l'air étonné.

— Je pensais que vous étiez un homme.

— Non. Mais j'ai suivi les mêmes cours que mes collègues.

— J'espère que vous êtes bonne.

Sans avertissement, il tapa du poing sur le bureau. Les crayons roulèrent par terre, les agrafes dansèrent dans leur soucoupe de porcelaine et tous les gens qui étaient dans la salle se turent. Graham était peut-être la seule à n'avoir pas sursauté : il était manifeste que Gilles Dubuc bouillait de colère. Il aurait pu briser son bureau en deux s'il l'avait souhaité.

— Ça m'arrive, répondit-elle. Quand j'ai de l'aide.

— Je peux payer. Mon frère est à l'aise, mais moi, je suis riche. S'il faut payer quelque chose, je le ferai ! On pourrait mettre des photos de Romain partout. On va mettre des photos. Sur tous les poteaux de téléphone de Québec, sur toutes les boîtes aux lettres.

— C'est une bonne idée. Vous aimiez beaucoup Romain, non ?

— Oui, baptême ! C'était mon filleul. Un petit gars intelligent et…

— Quand l'avez-vous vu pour la dernière fois ?

— La semaine passée. Il est venu souper chez nous avec mon frère et sa femme. Alice n'était pas là. C'est une adolescente. Je suis certain que Romain ne sera pas comme ça quand il va avoir douze ans parce que…

L'homme soupira, essuya les larmes qui perlaient.

— Pourquoi ça nous arrive ? On n'a rien fait de mal !

Graham posa encore quelques questions sur les propres enfants de Gilles Dubuc. Il devança sa requête :

— Vous devriez leur parler, ils voudraient tellement faire quelque chose. Ils sont venus avec moi. Ils m'attendent dans l'auto. Je peux aller les chercher.

Graham accepta et M. Dubuc quitta son bureau avec le sentiment de participer à l'enquête.

Rouaix s'approcha de sa collègue.

— C’est le frère?

— Oui. Je ne pense pas que ce soit le coupable. Et toi, du côté de la mère?

— Même topo. Ils ont tous des alibis. Il me reste encore cinq cousins à entendre.

— Je termine avec les enfants Dubuc. Par chance, ce n’est pas une grosse famille. J’ai l’impression qu’on en aura pour longtemps avec les voisins. Ils connaissaient tous Romain!

— Papineau va parler aux commerçants tout à l’heure.

Stéphanie et Jean-François Dubuc étaient les sosies de leur père. Ils se campèrent tout aussi gauchement devant Graham.

— Parlez-moi de Romain. Il était beaucoup plus jeune que vous, non?

— Oui, mais il était si mignon, dit Stéphanie. On le gardait souvent chez nous à souper ou à coucher.

— Était-il peureux?

— Non, fit Jean-François. Une fois, j’ai essayé de lui faire accroire qu’il y avait un fantôme au grenier et il a voulu aller jaser avec lui!

— Il jouait aussi avec des couleuvres! renchérit sa sœur.

À la fin de la journée, Graham savait que Romain aimait s’amuser non seulement avec les reptiles, mais avec tous les animaux et tous les enfants de son lotissement. Il était sociable, serviable et estimé de tous ses voisins.

— De tous les gens qu'il a rencontrés dans sa vie, ce n'est pas compliqué! déclara Graham à Rouaix.

— Et nos premiers pédophiles ont un alibi…

— Le type n'est pas dans l'ordinateur, c'est tout.

— Ne te décourage pas.

— Je ne suis pas découragée, je suis enragée. On a perdu notre après-midi.

Rouaix ne prit pas la peine de protester. Graham savait parfaitement que le travail qu'ils avaient accompli au cours des dernières heures était indispensable. Et qu'ils réentendraient peut-être plusieurs de ces témoins.

— Je vais revoir notre touriste, mais je doute qu'il ajoute quoi que ce soit.

— On ne sait jamais.

Graham regarda Rouaix s'éloigner en se disant qu'au contraire ils savaient très bien qu'Anthony Peterson n'ajouterait rien à sa déclaration.

Elle n'avait absolument pas le goût de lui reparler. En plus, il fumait…

⁂

Maurice avait marché longtemps. Et lentement. Il faisait tout très lentement depuis qu'il avait quitté les Plaines. Il n'était pas retourné à l'endroit où il s'était réveillé parce qu'il avait vu deux autos-patrouilles filer dans cette direction. Il s'était demandé ce qui pouvait bien les pousser à enfreindre la limite de vitesse. Des marathoniens s'étaient aussi retournés sur le passage des voitures ; ils avaient échangé un regard interrogateur avec Maurice, puis ils avaient poursuivi leur route. Il n'était pas question de bousculer l'horaire de leur entraînement pour satisfaire leur curiosité. Maurice avait hésité, puis il avait considéré que la journée était suffisamment étrange sans qu'il se mêle des affaires d'autrui. Ce devait être une histoire de drogue. On arrêterait quelques jeunes qui avaient délaissé l'asphalte brûlant du carré d'Youville pour des pelouses plus discrètes.

Maurice avait regardé ses mains pour la centième fois ; elles détenaient la clé de son identité. Quand il avait lissé ses cheveux, il avait vu une autre main se poser sur les siennes, celle d'une jeune femme. Une jeune femme blonde aux yeux clairs. Il était encore incapable de se rappeler son nom, mais il sentait que cette personne était bonne et douce pour lui et qu'il devait la retrouver. Quand il avait ramassé un pétale de rose, près de la rue de Bernières, il avait nommé la fleur : une Peace. Un peu plus loin, il avait arraché du chiendent qui menaçait d'étouffer un jeune arbuste.

Un sentiment de paix l'avait submergé tandis qu'il enfonçait ses doigts dans la terre. Un sentiment fugace dont il conserverait pourtant le souvenir. Il en avait la certitude. Cette émotion bienveillante s'était imprimée dans sa mémoire ; il saurait l'évoquer cinq minutes plus tard. Il avait marché jusqu'au bout de la rue en tentant de reconnaître les immeubles, mais ceux-ci gardaient leur mystère.

Maurice avait traversé le boulevard et atteint la rue Cartier. Les boutiques lui semblaient familières. Il devait y faire parfois ses courses.

Malgré ses appréhensions, il était entré chez Pâte à tout. Il avait envie d'une pâtisserie. Une *cassata*. Il avait toujours aimé cette génoise recouverte de ricotta et de fruits confits. Quand l'employée l'avait appelé par son nom en lui rendant sa monnaie et en lui demandant s'il allait bien, Maurice avait failli échapper son gâteau. Il s'était ressaisi, avait réussi à sourire avant de sortir. Il avait été tenté de retourner dans la boutique pour expliquer son cas à la femme qui l'avait reconnu, mais pour une raison qui lui échappait, il craignait de dévoiler son amnésie. On ne le croirait pas.

Devant le Grand Théâtre, il s'était souvenu comme il avait aimé les personnages d'une pièce de Beckett, comme il avait ressenti leur solitude et l'absurdité du monde.

Et ces êtres-là n'avaient jamais perdu la mémoire ! Ils auraient exprimé bien plus de désarroi s'ils avaient été dans sa peau. Dans la peau d'un inconnu qui ne vous est pas étranger…

Il était descendu vers la rue Saint-Jean. Il avait reconnu la plupart des boutiques, mais il était incapable de dire s'il les fréquentait. S'il y était allé récemment. Au coin de l'autoroute Dufferin, il avait eu la sensation brutale d'un souffle glacé s'infiltrant à travers son paletot. Or, il ne portait pas de paletot. C'était le souvenir des longues attentes d'un autobus en direction de l'université en plein mois de janvier, à -32 °C, -45 °C avec le facteur vent.

Il avait donc étudié à l'université.

À moins qu'il n'y ait travaillé ? Enseignait-il ? Dans quelle faculté ?

Il avait failli s'impatienter, mais il s'était raisonné. Il faisait d'énormes progrès. Il avait eu envie de chanter.

Il avait chanté. Il se souvenait de tous les mots de *C'est extra*. Il y avait cette fille blonde qui se collait contre lui quand ils avaient écouté Léo Ferré. Elle disait qu'elle aimait ce poète. Elle sentait le mimosa. Il était épaté qu'une fille puisse embaumer le mimosa. Il l'avait aimée dès cet instant.

Où était-elle ? Qui était-elle ? L'aimait-il encore ?

Oui. Il l'avait trop aimée pour ne plus l'aimer.

Il avait flâné au carré d'Youville tout l'après-midi, observant les jeunes qui se tenaient aux abords de la porte Saint-Jean. Quelqu'un, quelque part, déplorait peut-être son absence. Mais il préférait attendre encore avant de chercher de l'aide. Les choses se précisaient d'heure en heure. À la fin du jour, une adolescente qui lui avait demandé un dollar l'avait questionné sur le sang qui maculait son tee-shirt.

— Tu t'es battu?

Une lueur d'admiration brillait dans ses pupilles légèrement dilatées.

— Je ne sais pas.

— Tu sais pas? Tu t'en souviens pas?

— Non.

— Tu devais être pas mal paqueté.

— Je suppose.

— Tu devrais te laver un peu. Ça pourrait attirer l'attention des bœufs. Ils sont du genre à poser des questions. Moi, je les déteste, ce sont des écœurants. Il te reste de l'argent? Va à la Pizzeria d'Youville, commande quelque chose et arrange-toi dans les toilettes. T'as une blonde?

— Je suppose.

L'adolescente avait éclaté de rire:

— À sa place, je serais en câlice si mon chum se souvenait pas de moi! T'es pas mal bizarre. Salut.

Elle s'était éloignée en faisant sauter la pièce de un dollar dans sa main. Maurice avait trouvé qu'elle ressemblait à un oiseau de paradis avec sa tunique orangée et ses cheveux bleus hérissés comme la crête d'un ara. Il avait suivi ses conseils. Il avait constaté qu'il avait reçu deux coups, deux sérieux coups. Celui qui l'avait attaqué avait voulu le tuer.

Pourquoi ? Son agresseur ne lui avait même pas volé son portefeuille.

En mangeant un club sandwich, Maurice s'était dit que le criminel devait l'avoir confondu avec une autre personne. C'était la seule explication : il n'avait pas d'ennemis.

Vraiment ? Comment pouvait-il en être aussi sûr ? Il ne se rappelait pas son passé... Devait-il porter plainte ? Maurice avait commandé une bière, puis une deuxième. Il les avait sirotées en regardant les façades de la rue Saint-Jean prendre une teinte rosée. Puis il avait traversé la rue et il était entré au Chantauteuil. On s'était inquiété de son allure.

— Qu'est-ce qui t'est arrivé ? avait demandé la serveuse.

Maurice reconnaissait le visage de cette femme, son sourire amène, mais il était incapable de la nommer.

— J'ai eu un problème. Je... je me suis blessé en travaillant. Je voudrais une bière.

La jeune femme l'avait servi sans cesser de le dévisager : Maurice n'était pas ivre, mais son comportement était étrange. Son regard…

— As-tu appelé Clara ? Elle te cherche partout.

— Clara ?

Il avait répété « Clara » trois fois. Et il avait senti les larmes lui monter aux yeux. Ce nom lui était familier, mais il n'en savait pas davantage. Il avait frissonné, avait vidé la moitié de son verre pour chasser le goût de la peur ; toutefois, l'amertume persistait. Il avait répété « Clara », puis il avait déposé quatre dollars sur le comptoir de bois verni et était sorti si vite que Marie n'avait pu le retenir.

CHAPITRE 3

Maud Graham consultait pour la dixième fois la liste qu'elle avait collée sur une armoire de la cuisine. Non, elle n'avait rien oublié. Grégoire pourrait lui montrer à faire un osso buco. Il avait juré qu'elle pourrait le réussir. Elle ouvrit le réfrigérateur, considéra l'intérieur avec satisfaction : il n'avait jamais été aussi rempli. Des tomates, du persil, des carottes, de la laitue Boston, des fraises, deux bouteilles de vin blanc, des pétoncles, des citrons verts et jaunes, du Perrier, de la Corona, des poivrons rouges. La couleur explosait sur chaque clayette, joyeuse, prometteuse.

Le souper serait excellent. Elle mangerait même si elle n'avait pas faim, car le meurtre d'un enfant lui coupait l'appétit pendant des semaines. Elle n'allait pas décevoir Grégoire. Il fallait qu'il s'intéresse à la cuisine : c'était sa seule chance de lui faire quitter la rue. Il refusait de songer à son avenir, mais quand il aurait dix-huit ans, les peines seraient plus lourdes si on l'arrêtait. Et même avant: les lois changeaient pour les mineurs. On n'enfermerait pas Grégoire pour avoir tapiné, mais Graham savait parfaitement qu'on lui proposait de plus en plus souvent de participer à des vols ou qu'on essayait de le persuader de revendre de la coke. Il avait juré qu'il ne trempait plus dans aucun trafic depuis des mois, tout en admettant qu'il continuait à sniffer de temps en temps, « juste quand un client insiste ». Et il fumait du hasch, bien sûr. Graham n'était ni juge ni avocate, elle ne pourrait pas sortir Grégoire de prison s'il faisait une bêtise.

Son protégé sonna à la porte à vingt et une heures. Il lui tendit un énorme bouquet de marguerites.

— Je sais que ça sent rien, mais ça dure longtemps.

— Elles sont superbes.

— Pas pires. C'est comique de manger si tard.

— On n'avait pas le choix. Et ça me rappelle Paris. Là-bas, il n'y a personne dans les restos avant vingt heures.

Grégoire se laissa tomber dans un fauteuil et Graham sourit. Il ressemblait enfin à tous les adolescents du monde quand il s'enfonçait dans les coussins en dédaignant les accoudoirs. Il se redresserait pour tendre le bras quand elle lui apporterait une bière, mais il conserverait cette posture nonchalante durant quelques minutes. Puis, très lentement, il se calerait dans le fauteuil. Il finirait même par s'y asseoir.

— Black ou Corona ? J'ai aussi du vin blanc.

— Black.

Grégoire but quelques gorgées en observant Graham qui fixait la cigarette qu'il venait d'allumer :

— T'en veux une ?

— Oui, mais je n'en prendrai pas.

— Têtue.

— Une chance, non ?

— Ça te calmerait pas, Biscuit. Il est pas mal à ton goût, le petit doc ?

Graham rougit et rougit encore en sentant ce feu lui monter aux joues. Elle aurait dû réfléchir davantage avant d'inviter Alain Gagnon à manger. Il serait là dans trois jours. Chez elle. Et elle devrait mettre quelque chose dans son assiette. Quelque chose de bon. Graham avait failli demander conseil à Nicole Rouaix ; elle ne voulait cependant pas que cette dernière en parle à son mari. La détective se sentait un peu coupable de faire des cachotteries à son partenaire, son ami, mais ses sentiments pour le médecin légiste n'étaient pas assez précis. Ou trop ?

— Je ne sais même pas si je lui plais.

— Arrête donc de badtripper. Tu lui as tapé dans l'œil. Je le sais.

— Tu n'as vu Alain Gagnon que deux fois !

— Oui, mais oublie pas que je suis habitué de juger le monde. C'est ma job de savoir à qui j'ai affaire.

— Moi aussi.

— Mais toi, tu es amoureuse. Tu manques de…

— D'objectivité?

— Certain!

Graham tira la langue et Grégoire eut la vision de ce qu'elle avait été enfant. Non, de ce qu'elle aurait dû être. Il devinait qu'elle n'avait pas grimacé souvent, déjà trop sérieuse, trop mature, trop responsable de tout. Trop elle. Mais il réussissait de plus en plus fréquemment à la dérider, à la rajeunir. Le mois dernier, elle avait tourbillonné dans le parc Montmorency pour montrer l'ampleur de sa nouvelle jupe amande. Et elle avait des rires nerveux, des gloussements d'adolescente quand il était question d'Alain Gagnon.

— J'espère que tu vas continuer à me parler quand tu vas sortir avec ton médecin, dit Grégoire sur le ton de la plaisanterie.

Graham eut un sourire si doux et si malicieux que Grégoire sut qu'elle avait décelé une légère jalousie dans sa question.

— Gagnon, c'est Gagnon. Toi, c'est toi. Je ne pourrais pas te remplacer. Je n'ai avec personne d'autre au monde les rapports que j'ai avec toi.

— C'est pareil pour moi.

Aussi gênés qu'heureux de s'être avoué leur affection, ils se levèrent en même temps pour se diriger vers la cuisine, se heurtèrent, faillirent dire qu'ils étaient ridicules d'être aussi embarrassés, se turent jusqu'à ce que Léo les interrompe pour réclamer un morceau de cette viande qu'il flairait depuis une heure. Graham coupa une lamelle d'un jarret de veau, la déposa dans le bol du chat, qui s'en empara pour aller la manger ailleurs.

— Regarde-moi faire, Biscuit, au lieu de t'occuper de Léo ! Je serai pas là quand ton beau docteur va venir souper.

Graham observa attentivement Grégoire tandis qu'il farinait les jarrets, les salait, les poivrait. Grégoire croyait qu'elle écoutait ses conseils, puisqu'elle ne le quittait pas des yeux, mais les pensées de Graham se mirent à vagabonder dès que l'odeur de l'oignon envahit la pièce. Elle se demandait si la mère de Romain préparait aussi de l'osso buco, si son fils soulevait le couvercle de la marmite, humait les parfums de thym et de tomates, de beurre et de viande en disant « j'ai faim » et « à quelle heure on mange ? ». Graham porta la main à son cœur et l'y pressa si fort, comme pour chasser une douleur, que Grégoire le remarqua.

— Qu'est-ce que t'as ? C'est si dur que ça, apprendre à faire de la bouffe ?

Sa voix avait monté d'un ton, même s'il continuait à sourire. Graham le rassura.

— J'étais distraite.

— Le petit gars ?

— Oui. Je ne m'y habitue pas.

— Une chance. Sinon, ça voudrait dire que t'es un robot. Il avait quel âge ?

— Un peu plus de huit ans. Il devait dire neuf ans. C'est important pour les enfants, trois mois, six mois de plus. Quelques heures, quelques minutes de plus. Quand je garde les enfants de Léa, ils me font un de ces numéros de charme pour se coucher une heure plus tard… Trois heures de moins aussi, ça compte.

— Trois heures de moins ?

— Les parents de Romain ont signalé sa disparition à dix-neuf heures. Gagnon prétend qu'on l'a assassiné avant minuit. Qu'est-ce qui s'est passé durant ces quelques heures ?

— À chaque seconde ?

Oui. Pourquoi Romain avait-il suivi son bourreau ? Combien de personnes devrait-on encore interroger ?

— Tu pensais tout de même pas trouver le nom du coupable dans votre fichier ?

— Non. Mais j'espérais que…

— Dans la famille du petit ?

Grégoire faisait allusion à sa propre histoire, un viol, à douze ans, par son oncle Bob, qui avait répété son abomination durant des mois.

— J'ai vu pas mal de monde depuis le meurtre et je n'ai rien remarqué. Rien. Ce n'est pas écrit sur le visage qu'on est pédophile. Ou violent. Les gens cachent si bien leur jeu.

— Qu'est-ce que tu vas faire ?

— Chercher.

— Tu vas trouver. Certain.

— Oui, mais quand ? Est-ce qu'il va recommencer d'ici là ? C'est rare que les abuseurs n'agressent qu'une fois ; ils sont persuadés qu'ils aiment les enfants mieux que nous. Il y en a peut-être qui se sentent coupables, mais…

— Pas mon oncle, en tout cas… Je pense que si ton gars a tué Romain après l'avoir violé, c'est qu'il avait trop peur d'être stoolé. Romain devait le connaître. Non, peut-être pas… Toi, t'es la première à qui je l'ai dit.

La première après sa mère. Mais sa mère n'avait pas voulu le croire quand il lui avait tout raconté. Ni quand il l'avait revue après ses séjours dans cinq familles d'accueil. Elle avait seulement répété qu'un drogué qui fume du *pot* à longueur de journée ne sait pas ce qu'il dit. Elle ne voulait plus de lui ; Bob la quitterait si Grégoire continuait ses insinuations.

Inutile de penser à rejoindre son père ; celui-là n'avait pas donné de ses nouvelles depuis sept ans.

Grégoire avait commencé à se prostituer. Tant qu'à vivre dans la rue ! Au début, c'était très dur, car certains clients lui témoignaient plus d'affection que ses parents. Il avait alors envie de mourir. C'était si bête de ne pas être aimé par les bonnes personnes. Il préférait les passes rapides, anonymes, impersonnelles. Mon cul, ton cash, bye-bye.

— Si c'est quelqu'un dans sa parenté, reprit Grégoire, il tuera pas un autre neveu ou un autre petit-cousin. Ça ferait beaucoup dans la même famille… Mais il peut continuer à leur pogner le cul. Les menaces, c'est assez pour qu'on se taise. Je me demande ce que Romain a pu dire pour l'inquiéter autant ! Pour l'obliger à le tuer. Je connais des filles dans la rue qui se sont fait violer par leur père pendant des années et qui en ont jamais parlé.

— Vous avez trop peur.

— Pire que ça. Passe-moi le fromage.

— Je ne savais pas qu'on mettait du gruyère dans la sauce.

— Tu sais rien, ma pauvre Biscuit.

Graham fit semblant de lui pincer la joue pour se venger de la moquerie, mais elle savait que Grégoire ne parlait pas seulement de son ignorance en matière culinaire. Elle devait se mettre dans la peau de la victime pour en apprendre plus sur le meurtre. En était-elle capable? Elle ne connaissait rien, intimement, des abus sexuels. Grégoire avait une longueur d'avance. Une terrible longueur d'avance.

— Alain Gagnon est mieux de trouver ça bon.

— Tu pourrais lui donner la bouffe de Léo qu'il aimerait ça... Le doc mange dans ta main.

— Tu exagères.

— Même pas. C'est ça, le pire!

Il baissa le feu, couvrit le chaudron et prit une autre bière dans le réfrigérateur.

— On laisse cuire pendant une heure, annonça-t-il. Ensuite, on met la viande sur les pâtes, on ajoute le fromage et on fait gratiner.

Grégoire alluma une cigarette, sourit à Graham, gentiment sadique:

— T'es sûre que t'en veux pas une?

— Oui, je suis sûre.

— Je pense que ton tueur connaissait pas Romain.

— Tu viens de me dire le contraire, non?

Plus il y pensait, plus il interrogeait sa mémoire et plus il se rappelait que les menaces suffisent pour museler un enfant. Ceux qui tuaient le faisaient pour ajouter à leur plaisir. Pas par nécessité.

— Tu crois vraiment ce que tu dis?

— T'as l'air bizarre...

Graham informa Grégoire que l'assassin n'avait pas sodomisé Romain.

— Il a éjaculé sur ses fesses.

— Ciboire! Il a joui en l'étranglant. C'est un hostie de malade!

— As-tu déjà entendu parler de quelqu'un qui cherche des enfants? Qui serait prêt à payer?

— Non. C'est trop hot de montrer son jeu comme ça. De le dire. C'est mieux de ramasser un petit gars qui traîne dehors. C'est pas ma mère qui aurait porté plainte si j'avais disparu.

Même à huit ans? Graham n'osait pas poser cette question. Elle n'arrivait pas à imaginer la mère de Grégoire. Qui était-elle pour avoir ainsi rejeté son fils? Que reprochait-elle à son enfant? Graham aurait aimé la rencontrer pour mieux comprendre son jeune ami, mais elle redoutait ses propres réactions. Elle ne pourrait s'empêcher de dire à cette femme qu'elle était une mère indigne. Graham savait habituellement se maîtriser, même avec les suspects les plus vils. Mais là, c'était différent, puisqu'il s'agissait de Grégoire. Elle aimait Grégoire. Parfois, elle en venait à souhaiter qu'il s'installe chez elle pour pouvoir le dorloter, le gâter comme l'enfant qu'il n'avait pas été. Comme l'enfant qu'*elle* n'avait pas été.

— La seule bonne nouvelle de la semaine, c'est que Bobby m'a promis de trouver d'autres artistes pour le spectacle de la soirée-bénéfice.

Grégoire hocha la tête mollement. Il n'aimait pas Robert Fortier et ne l'aimerait jamais, quand bien même le magicien consacrerait toutes ses soirées aux bonnes œuvres de Graham.

— Qu'est-ce que tu as contre lui ? s'impatienta Graham. Il n'y a pas beaucoup d'artistes qui ont accepté de nous rendre service. Depuis des semaines, je me désâme pour tout organiser. Par chance, il y a des gens généreux qui offrent leur temps ou leur talent.

— Veux-tu dire que je suis égoïste ? siffla Grégoire.

Graham haussa les épaules.

— De toute façon, je sais rien faire. C'est pas la place pour vendre son cul, j'imagine. Quoique je pourrais faire sonner ta caisse en maudit. Je pogne encore pas mal.

Quand Grégoire adoptait ce ton cynique, Graham était à la fois furieuse et désemparée. Elle regardait ses belles boucles noires, elle avait envie de plonger ses doigts dans la tignasse, de la caresser pour apaiser Grégoire.

— J'espère qu'on aura beaucoup de monde !

— Tu t'es embarquée dans une moyenne galère, Biscuit !

— Nicole Rouaix a trouvé un traiteur pour le cocktail.

— Il va vous faire des sandwichs aux cretons ou au beurre d'arachide ?

— Arrête ! Il paraît qu'il est bon !

— Avez-vous vendu beaucoup de billets ?

— Pas mal.

Graham sourit. Pendant son voyage, elle avait beaucoup pensé à cette fête. Viendrait-on en grand nombre ? se demandait-elle sur les quais de la Seine. Ferait-il beau ? Les journalistes se vengeraient-ils de son manque de collaboration avec eux en taisant l'événement ? Il fallait pourtant que ce soit une réussite : trop de femmes, trop d'enfants avaient besoin de l'argent qu'on récolterait lors de cette soirée. Il y aurait d'abord un cocktail avec des personnalités de Québec, suivi d'une fête foraine. Un propriétaire de manèges avait accepté de prêter le Looping, qui promettait des sensations fortes en vous secouant dans tous les sens à cinquante mètres au-dessus des gens plus sensés qui étaient restés au sol. Pour les petits, il y aurait la Licorne, un manège gentiment classique avec des chevaux peints multicolores qui s'élèveraient et descendraient lentement au son d'un orgue de Barbarie. Il y aurait aussi un minicasino, des diseuses de bonne aventure, des pêches miraculeuses, des jeux de hasard. Le patron de Graham avait accepté ce projet en songeant qu'une fête favoriserait peut-être des rapprochements entre ses policiers et la population.

Graham n'était pas dupe. Si la soirée était un échec, ce serait sa faute et elle ne pourrait plus jamais persuader son supérieur de l'appuyer.

— Robert est un excellent magicien.

— Il est bon, admit Grégoire.

Il se souvenait d'avoir vu une bande vidéo où Fortier exécutait des tours hallucinants avec une baguette au laser. Sa dextérité et son ingéniosité étaient étonnantes, il en convenait.

— Je ne te demande pas de l'aimer, Grégoire. Juste d'être honnête.

— Il me tape sur les nerfs ! La dernière fois qu'il m'a serré la main, j'avais l'impression de tâter un *jellyfish*.

— Comment peux-tu dire ça ?

— Va donc jeter un coup d'œil dans le four.

Graham retint un soupir. Grégoire était d'une telle mauvaise foi ! Était-il jaloux ou se sentait-il mis de côté ? Elle avait pourtant tenté de le faire participer à la fête. Quand elle le lui avait demandé, il avait catégoriquement refusé.

— Penses-tu que je veux passer une soirée avec des bœufs ? Toi, c'est correct, mais faut pas exagérer !

Graham avait admis qu'il y aurait plusieurs policiers à la fête. Mais ils seraient en civil.

— Ils seraient tout nus que je les reconnaîtrais pareil. Surtout ceux qui m'ont déjà arrêté. Certain !

Graham n'avait pas insisté et n'avait pas reparlé de l'événement jusqu'à ce soir.

— Ça sent bon.

— Tu devrais m'engager pour faire le service quand Gagnon va venir. Mais je suppose que tu veux être toute seule avec lui… Le trouves-tu si beau ?

— Grégoire !

⁂

Il étouffait. Même dans la salle à manger aux murs de pierre qui gardaient la fraîcheur du matin. Il avait l'impression d'être dans un sauna, alors qu'il sortait d'un bain glacé. Mais pourquoi avait-il fallu qu'un imbécile se pointe sur les Plaines à ce moment précis ?

Et pourquoi l'enfant lui avait-il résisté ?

Et pourquoi Romain s'était-il trouvé sur son chemin ? Il allait rendre un costume rue de la Reine quand il avait vu l'enfant sortir de la bibliothèque Gabrielle-Roy. Il l'avait suivi, se demandant comment il pourrait l'aborder. Le garçon était tellement mignon ! Comme il était habillé en blanc, il s'était dit que l'enfant goberait peut-être son histoire. Il avait couru derrière Romain. Il lui avait raconté qu'il était infirmier et que sa mère s'était ébouillantée en faisant la cuisine. Il avait ôté ses verres fumés pour l'aborder, car un regard voilé n'inspire pas la confiance. Il avait ajouté que son père l'avait envoyé le chercher afin qu'il ne s'affole pas en trouvant la maison vide à son retour de la bibliothèque. Craignant que l'enfant ne se mette à pleurer, il avait précisé que sa mère n'avait rien de grave et qu'elle reviendrait rapidement au foyer. Mais, en attendant, afin qu'elle ne s'inquiète pas pour lui, il serait bien gentil de le suivre. « J'ai promis de m'occuper de toi », avait-il confié avant de remettre ses verres fumés. Puis il s'était présenté sous un faux nom. Tombant dans le piège, le garçon avait dit qu'il s'appelait Romain Dubuc.

— Je le sais, sinon je ne serais pas venu te chercher.

— C'est vrai.

— Écoute, j'ai promis de t'emmener manger pendant qu'on soigne ta mère.

— Et ma sœur ?

— Elle est chez une voisine.

— Chez Suzanne ?

— En plein ça. Elle est gentille, Suzanne ?

Romain avait grimacé : elle n'arrêtait pas de répéter qu'il était encore un bébé.

— J'ai presque neuf ans ! Dans cinq mois et demi !

— Tu es grand pour ton âge.

Le petit avait fait un signe de tête ; cet infirmier était vraiment perspicace.

— Est-ce qu'on va faire des piqûres à ma mère ?

— Oh non ! On va juste panser sa plaie après l'avoir désinfectée. Elle en a pour deux ou trois heures, c'est tout. On va manger en attendant, O.K. ? À l'hôpital, il y a une cafétéria.

Robert Fortier avait attendu un moment avant d'ajouter que la cuisine était plutôt mauvaise. Même les frites étaient molles. Et souvent froides ! Est-ce que Romain ne préférait pas aller chez McDonald's ?

— Ah oui !

— C'est super.

Robert Fortier adoptait le langage des enfants auxquels il s'adressait ; il était persuadé que ce mimétisme les mettait en confiance. Il avait expliqué à Romain que sa mère se faisait soigner à l'Hôtel-Dieu et qu'il y avait justement un restaurant près de l'hôpital.

— J'y vais souvent. J'adore les McCroquettes.

— Moi, j'aime mieux les hamburgers, avait déclaré Romain.

— Je les aime aussi. Avec beaucoup de relish. Ma mère dit toujours que je mets trop de relish dans ma nourriture, mais moi, j'adore la relish.

— C'est comme moi !

Fortier avait souri. Il avait remarqué, dès la première minute, qu'une grosse tache verdâtre maculait le bas du tee-shirt de Romain. Il ne s'était pas trompé sur l'origine de celle-ci. C'était facile : tous les enfants, de tous les coins du pays ou du continent, aimaient les hamburgers et les hot-dogs. Il s'en trouvait même en Thaïlande pour apprécier les goûts américains. L'enfant l'avait suivi jusqu'à sa voiture.

Rue Saint-Jean, Robert Fortier avait pesté contre le fait qu'il n'y avait jamais de place de stationnement, puis il avait proposé à Romain de manger dans un autre McDonald's. Ou chez lui. Il habitait tout près. On leur livrerait une pizza et un gros coke, et ils seraient de retour à l'hôpital avant que Mme Dubuc soit sortie de la salle des urgences. Romain avait hésité un peu.

Au début, tout se déroulait gentiment. En attendant qu'on leur apporte la pizza garnie, l'homme s'était drapé dans une cape de magicien et avait fait quelques tours pour amuser Romain. Le petit applaudissait et en redemandait.

Il avait été moins coopératif par la suite. Il n'était pas aussi docile que les jeunes Asiatiques, filles ou garçons. Fortier avait pourtant été patient et doux en tentant d'initier Romain à ses jeux sexuels, mais Romain était si peu aimable qu'il avait fini par s'énerver. Il l'avait forcé à lui faire une fellation. Romain avait pleuré ; alors il avait revêtu son uniforme militaire pour impressionner l'enfant.

— Je suis infirmier dans l'armée, avait-il dit en tapotant les boutons dorés. Je tuerai toute ta famille si tu cries et si tu en parles à quelqu'un. Je sais où tu habites. J'ai assez de fusils et de bombes pour faire sauter ta maison.

Romain avait promis de se taire et s'était laissé caresser. Mais il pleurait sans arrêt en répétant qu'il voulait rentrer chez lui. À vingt-trois heures, Fortier avait joui deux autres fois dans les mains de l'enfant. Toutefois, au lieu d'être apaisé, il était de plus en plus excité. Et cette excitation l'avait terriblement angoissé. Habituellement, il se calmait dès qu'un enfant le masturbait. Auparavant, du moins. Ces derniers mois, il avait été plus exigeant. Qu'adviendrait-il s'il ne pouvait plus se contenter au Québec de jeux innocents, si ses besoins grandissants le poussaient à avoir des rapports sexuels complets avec des gamins ?

C'était leur faute aussi ! Avait-on idée d'avoir de si jolies petites fesses et une peau si tendre ? Et de vivre dans un pays d'arriérés puritains où l'on ne comprenait pas que les enfants devraient avoir le droit de disposer librement de leur corps ? On traitait les pédophiles comme des criminels, alors qu'ils aimaient les enfants et comprenaient leurs désirs mieux que quiconque. Il ne pouvait tout de même pas se payer un voyage en Asie à chaque érection ! Et les revues qu'il recevait des Pays-Bas ne le satisfaisaient plus. Au contraire, elles augmentaient sa frustration ; il n'éprouvait plus de plaisir en jouissant sur du papier glacé. Il voulait que le sperme jaillisse sur un dos lisse, sur une poitrine plate, un ventre vierge. S'il avait dû parfois insister pour obtenir d'un enfant ce qu'il désirait, il n'en avait jamais battu un. Il prenait souvent des photos, mais même s'il mettait très peu de lubrifiant sur son objectif, il n'arrivait pas encore à réaliser des images aussi belles que celles de David Hamilton, son idole. Vraiment dommage, car il avait échangé des caresses avec des enfants souvent très mignons.

Des enfants qui ne pleuraient pas sans cesse et qui montraient moins de répulsion quand il leur offrait des jeux vidéo ou de l'argent. Peut-être Romain était-il trop jeune ? Pourtant, à Svaypak, il avait payé deux gamines de huit ans qui ne faisaient pas tant de chichi.

Il était exclu qu'il ramène l'enfant à la bibliothèque. Il craignait trop qu'un passant ne se souvienne de sa voiture. Il s'était donc décidé pour les plaines d'Abraham. Même si Romain racontait son aventure, on ne retrouverait personne correspondant au signalement qu'il donnerait de lui. Fortier avait drapé Romain dans sa cape pour l'empêcher de courir. Il ressemblait à une jolie momie de satin ou à un cadeau avec son cordon rouge noué en boucle sous le menton. Il lui avait répété qu'il tuerait sa sœur s'il se mettait à crier en quittant l'appartement. Les voisins étaient partis en vacances, mais l'enfant pouvait attirer l'attention d'un passant. Romain, heureusement, était trop terrifié pour lui désobéir.

Sur les Plaines, le magicien avait senti le désir monter en lui, aussi impérieux que la lave d'un volcan. Il n'y avait personne aux alentours. Fortier avait entraîné Romain derrière de gros rochers, il l'avait bâillonné avec les cordons de la cape, avait relevé celle-ci par-dessus sa tête et il avait baissé le pantalon et le slip de l'enfant, tout en lui maintenant les poignets derrière le dos. Sans les tordre, bien sûr, il n'était pas sadique. Il devait seulement l'immobiliser. Mais l'enfant se débattait beaucoup ; il l'avait serré spontanément à la gorge. Il avait ensuite baissé son pantalon et s'était agenouillé pour le pénétrer. Avant qu'il n'ait pu le sodomiser, il avait senti l'enfant tressaillir de tout son être, puis mollir dans ses bras.

Romain avait-il joui ? C'était bien la preuve que ces caresses plaisaient aux enfants ! Une chaleur intense avait traversé Robert Fortier, irradié son bas-ventre. Bon sang, il avait déjà éjaculé ! Il avait étalé son sperme sur les fesses de l'enfant pour pouvoir le pénétrer réellement quand il banderait de nouveau. Il avait desserré son étreinte. La tête de l'enfant pendait curieusement du côté gauche.

Au même moment, il avait entendu un cri rauque, puis un bruit sourd accompagné d'une sorte d'éclair sur la gauche, près des buissons. La lumière s'était éteinte brusquement. Repoussant sa victime dont la mort le stupéfiait — il lui avait à peine serré le cou ! Était-ce la cape qui l'avait étouffée ? —, Fortier avait remonté son pantalon, cherchant à découvrir ce qui se passait dans les fourrés. Il n'entendait plus rien, mais il avait distingué une forme au sol, à quelques mètres de Romain. La forme était immobile. Fortier s'était approché lentement.

C'était un homme, dans la trentaine avancée. Blond, portant un tee-shirt foncé et des jeans. Il était évanoui. Sa lampe de poche avait roulé à ses côtés. Fortier n'avait pas réfléchi plus de trois secondes. Il avait inspiré profondément et s'était servi de la torche électrique pour assommer l'inconnu. Tant pis : personne ne devait le reconnaître. Ni enfant ni adulte ! En se penchant vers lui, il avait remarqué sa tache de vin. Il l'avait frappé à la nuque par deux fois. Puis il avait récupéré la cape, l'avait enroulée autour de la lampe de poche avant de la rallumer. Il voulait obtenir une lumière tamisée afin d'examiner les lieux sans être repéré. Il devait vérifier si rien ne permettait de remonter jusqu'à lui.

Le magicien était ensuite revenu vers le témoin pour le frapper de nouveau. Il fallait s'assurer qu'il était bien mort. Alors qu'il était penché sur sa seconde victime, il avait entendu un frémissement derrière lui, aperçu une ombre. Qu'avaient-ils donc tous à emprunter ce sentier ce soir-là? Fortier avait vu la silhouette s'avancer vers lui en grognant. Il avait reculé, mais la masse s'était jetée sur lui en poussant des cris. La puanteur du clochard avait étourdi Fortier aussi sûrement que ses coups. Tandis qu'il ripostait, il avait pensé qu'il allait attraper des maladies en martelant cette tignasse crottée, ce visage gras. Et si l'homme le mordait? Il s'obstinait à tirer, à foncer pour attraper la cape avec autant d'entêtement que le taureau dans l'arène. Robert Fortier avait lâché le vêtement et s'était enfui en courant.

En serrant la lampe de poche de toutes ses forces, Fortier avait eu graduellement l'impression que les piles lui communiquaient leur énergie. Il était à la fois horrifié par ce qu'il venait de faire et exalté, transporté, régénéré. Il n'oublierait jamais le frémissement de Romain quand il agonisait. Jamais.

En regagnant sa voiture, il avait rêvé au bain qu'il prendrait en rentrant chez lui. Même si le fait d'avoir touché un clochard le dégoûtait, il s'était réjoui de leur altercation. L'homme était trop ivre pour pouvoir l'identifier et il y avait de bonnes chances pour qu'il soit accusé des deux meurtres s'il s'endormait sur les Plaines, enroulé dans la cape.

Si la police tenait un coupable de sa sorte, elle ne chercherait pas plus loin.

À moins que l'autre témoin ne soit pas mort des suites des trois coups. Seulement trois coups. Pourquoi ne lui avait-il pas démoli le crâne avant l'arrivée du clochard? Si cet homme se relevait et racontait ce qu'il avait vu?

On ne le croirait pas. Au contraire, on le soupçonnerait d'avoir tout inventé. Il devrait alors justifier sa présence sur les Plaines à cette heure tardive. Même s'il le décrivait assez bien pour qu'on puisse faire un portrait-robot, on ne remonterait pas jusqu'à lui. De toute manière, il avait asséné des coups vigoureux. On trouverait les deux corps simultanément.

Tout rentrerait dans l'ordre. Mais il avait eu chaud... Il devrait mieux choisir ses partenaires sexuels dorénavant. Il n'avait pourtant pas envie de coucher avec des prostitués. Jeunes ou non, ils manquaient de candeur.

Plusieurs heures plus tard, Robert Fortier pensait qu'il n'aurait jamais dû s'approcher du petit Romain même s'il avait l'âge rêvé, même s'il était mignon. L'annonce de sa mort au bulletin radiophonique avait secoué le magicien. Il transpirait anormalement depuis qu'il avait appris qu'on n'avait pas découvert le corps du témoin. Qu'était-il devenu? Il devait le retrouver avant qu'il puisse tout raconter aux policiers. L'avait-il déjà fait ? Les flics pouvaient bien taire cette information à la presse. Comment le savoir ? Maud Graham lui en parlerait-elle ?

Il regarda le plancher et décida de passer l'aspirateur avant de chercher à savoir où se cachait le témoin de son crime. Il fallait faire disparaître toute trace du passage de Romain chez lui. Le petit avait touché les cadres de portes, les murs. Sainte misère, il en avait pour des heures ! Il jeta la lampe de poche dans la poubelle en se réjouissant du fait que les éboueurs passaient dans la matinée. Il rangea sa veste militaire sans remarquer qu'il lui manquait un bouton.

⁂

Maurice ne savait où aller. Clara, qui était Clara ? Sa femme ? Il regarda son annulaire vierge d'alliance. Il n'était pas marié. Mais il devait aimer Clara. Il avait fui le Chantauteuil, car il avait craint que Clara ne surgisse devant lui et qu'il n'éprouve plus rien pour elle. Que ferait-il alors ? Et si c'était sa sœur ? Il n'en avait aucun souvenir, tandis qu'il se rappelait ses parents.

Qu'il était bête ! Tout le monde a des parents. Il ne les voyait pas très bien. Il supposait que son père était grand et blond, sa mère très mince, noire. Ils parlaient beaucoup. Ne l'écoutaient pas. Il y avait toutes ces fêtes auxquelles ils participaient.

Les organisaient-ils ? Maurice sentit les effluves d'un méchoui. L'été de ses quatre ans. La bête était énorme, il en avait un peu peur. On avait embroché l'agneau et il l'avait regardé rôtir au-dessus du feu en tournant lentement. Il avait sursauté quand des gouttes de gras avaient fait crépiter les flammes. Des étincelles qui annonçaient le feu d'artifice du soir. Les gens avaient tous dit que c'était une belle fête. Que l'adjoint du maire savait recevoir.

Oui. C'était chez lui qu'on donnait des réceptions. Mais où était-ce, chez lui ?

Et maintenant, où habitait-il ? Il revenait sans cesse à cette question. Il avait hâte d'être à l'abri pour pouvoir réfléchir calmement. Pour chercher vers qui se tourner pour obtenir de l'aide. Il faillit louer une chambre à l'hôtel, mais la gêne le retenait, comme s'il avait honte de ne pas savoir qui il était vraiment.

S'il allait à l'hôpital ?

Il demanda à un passant où se trouvait le centre hospitalier le plus proche.

— L'Hôtel-Dieu. Au bout de la rue Saint-Jean, dans la côte du Palais. J'espère que vous n'êtes pas pressé.

Pressé de quoi ? De rentrer où ? Pour voir qui ?

Au Chantauteuil, il aurait dû se renseigner sur Clara. Après tout, on avait dit qu'elle s'inquiétait pour lui. C'était bon signe.

Maurice allait retourner sur ses pas quand il aperçut l'adolescente aux cheveux colorés.

— Tu t'es lavé ?

Sa crinière était magnifique, de la teinte des iris… Les boucles étranges qui serpentaient autour de ses oreilles ressemblaient à des pois de senteur. Maurice répéta le nom des fleurs.

— Qu'est-ce que t'as ? T'es bizarre.

— Je me souviens des fleurs. D'un tas de fleurs.

— Et alors ?

— Je pense que c'est important.

L'adolescente tentait de définir le type de folie de l'homme qui lui avait donné de l'argent plus tôt. Mais il ne devait pas être dangereux s'il s'intéressait aux fleurs.

— Veux-tu qu'on aille en voir ? Au parc ? Après ça, tu pourrais me payer une bière.

— Tu es trop jeune pour boire, dit Maurice.

— Mange de la marde, riposta-t-elle en lui tournant aussitôt le dos.

— Attends ! s'écria-t-il, affolé à l'idée qu'elle le quitte. Et atterré d'être affolé par cette idée.

Elle s'arrêta. Elle avait perçu la détresse dans sa voix. Elle ne vivait pas dans la rue depuis assez longtemps pour être sourde.

— Je voulais juste dire que… qu'on ne voudrait pas te servir dans un bar.

— Qui t'a parlé d'un bar? On va voir les fleurs, t'achètes de la bière et on va sur les Plaines avec Lili.

— Lili?

— C'est mon amie. Attends-moi là, je vais la chercher. Bouge pas!

La tunique orange nimbait l'adolescente d'une gaieté réconfortante et ses cheveux étaient décidément très beaux. Maurice s'assit sur le banc qu'elle lui avait désigné. Elle? Il ne savait pas son nom.

— Capucine, lui apprit-elle quand elle revint. Ça tombe bien pour un gars qui aime les fleurs. Qu'est-ce que t'en penses?

Il approuva, même s'il n'avait aucune opinion. Il était éberlué à cause de l'apparence de Lili. Elle portait des bottes noires montant haut sur les cuisses, un short olive, un débardeur troué et un long manteau en cuirette verte qui balayait le sol et aurait évoqué quelque reptile, si Lili n'avait arboré une coiffure vraisemblablement inspirée d'une autre galaxie, une spirale de mèches de toutes les couleurs, étourdissante, époustouflante. Capucine paraissait sobre à ses côtés.

— T'as jamais vu de punks? demanda Lili, ravie de son effet. C'est Maurice, ton nom?

Il fit oui de la tête.

— C'est laid. On va t'appeler Ange.

— Ange?

— Aimes-tu ça, Capucine ? dit Lili en cherchant comme d'habitude l'approbation de sa copine. Tu trouves pas qu'il ressemble à un ange ? À cause de ses yeux. Ils sont trop doux pour un homme. Y'a l'air perdu sur notre planète. Fais-toi-z-en pas, Ange, nous autres aussi, on est pas mal mêlées. T'es cute même si t'as une tache de vin. Bon, il paraît que tu veux voir des fleurs ?

— Je ne sais pas.

— On pourrait aller sur Grande-Allée. Toutes les terrasses des restaurants sont fleuries.

Capucine acquiesça ; elle se régalait à l'avance de l'étonnement qu'elle lirait dans les yeux des touristes. Maurice irait ensuite acheter de la bière rue Cartier, puis ils trouveraient un coin tranquille sur les Plaines pour boire.

Ils durent renoncer à ce projet. Des policiers patrouillaient encore dans le secteur.

— Je me demande ce qui s'est passé, fit Lili. Bon, on va aller chez Jimmy. Y'est toujours content quand on arrive avec de la bière.

Maurice les suivait docilement. Il avait décidé d'arrêter de penser pendant quelques heures. Il avait fait suffisamment d'efforts depuis son réveil. Et puis Capucine et Lili étaient plutôt gentilles.

Jimmy habitait dans un immeuble désaffecté de la basse-ville, derrière le cinéma Odéon. Il expliqua qu'on y gelait l'hiver, mais que l'été, c'était parfait, voire un peu trop chaud, et qu'il n'y avait rien comme la bière pour désaltérer. Durant la soirée, Maurice se rendit au dépanneur du coin pour racheter de la bière. Capucine, qui l'accompagnait, prit aussi des chips et des sandwichs.

— On est mieux de les prendre au fromage. L'été, je fais pas trop confiance aux œufs et au poulet. Il paraît qu'on peut s'empoisonner si c'est pas frais.

Quand Maurice eut payé le commerçant, Capucine constata qu'il lui restait quarante-cinq dollars. Assez pour vivre une journée ou deux, *cool*, chez Jimmy. Tant qu'il avait à boire, il se montrait hospitalier.

Ils pouvaient peut-être même vivre plus longtemps : Maurice devait bien avoir une carte de guichet automatique.

— Je te laisse payer, lui annonça-t-elle, parce que j'ai perdu ma carte de guichet. Toi, as-tu encore la tienne ?

— Ma carte ?

Il se souvint d'avoir examiné le contenu de son portefeuille, mais il ne savait pas de quelle carte parlait l'adolescente. Il ouvrit son portefeuille devant elle. Elle lui désigna une carte plastifiée gris et rouge avec des numéros multicolores en relief. Ah ! elle voulait parler de cette carte ! Elle semblait en connaître l'usage. Il la sortit, la regarda attentivement.

— Il y a un guichet pas loin d'ici, dit Capucine, pleine d'espoir.

Et si Ange avait envie de faire la fête ? Acheter plusieurs caisses de bière, inviter toute la gang, commander de la pizza ? Ils n'avaient pas assez de quarante-cinq dollars.

— Un guichet ?

— Pour avoir du cash. Tu t'es jamais servi de ta carte ?

Capucine semblait incrédule. Maurice eut honte subitement d'ignorer comment utiliser ce bout de plastique.

— Je ne m'en souviens plus…

— Cibole, c'est pas le genre d'affaire qu'on oublie ! Si tu veux pas payer pour moi, t'as rien qu'à le dire !

Maurice frissonna ; l'impatience de Capucine ravivait son anxiété. Il ne pouvait lui expliquer qu'il était amnésique, car il l'ignorait. Mais il avoua qu'il avait oublié certaines choses, l'utilisation de sa carte de guichet, par exemple. Il raconta sa journée, sa peur, son embarras. Il ne put parler de la découverte du cadavre de Romain, sa mémoire défaillante ayant effacé ce souvenir trop angoissant.

Capucine se radoucit ; cet homme était encore plus désorienté qu'elle. Ange ? Oui, Lili avait raison, le surnom lui convenait.

— Qu'est-ce que tu vas faire ?

— Je ne sais pas. Je voudrais dormir.

— Déjà ?

— Il me semble que tout va me revenir après une bonne nuit de sommeil. J'ai l'impression de faire un mauvais rêve. J'en sortirai peut-être à mon réveil.

— Je pense qu'on peut rester chez Jimmy quelques jours. Il trippe pas mal sur Lili. Et tant qu'il y a de la bière. Tu pourrais te coucher dans la pièce du fond. Y'a un sac de couchage. Qu'est-ce qu'il y a après ta ceinture ?

Capucine désignait un crochet.

— Je ne sais pas.

— Peut-être que t'avais accroché tes clés là et que tu les as perdues ?

— Non, les clés sont dans ma poche. Mais je ne sais pas où j'habite…

— Retournons chez Jimmy. C'est encore le mieux à faire.

⁂

Robert Fortier avait attendu jusqu'à neuf heures trente pour acheter les journaux, malgré qu'il fût éveillé depuis l'aube. Il craignait que son empressement à se procurer *Le Soleil* ne paraisse suspect au commerçant s'il se présentait à la tabagie plus tôt qu'à son habitude.

Il parla même du crime avec ce dernier. Oui, c'était épouvantable, ça prenait un monstre pour tuer un enfant.

Fortier plia le journal sous son bras et s'efforça de marcher lentement jusque chez lui. Dès qu'il eut refermé la porte de son appartement, il chercha un paragraphe, une ligne qui lui indiquerait que les policiers avaient appréhendé un suspect. Le clochard, par exemple ! Il était complètement ivre quand ils s'étaient battus ; il ne pouvait pas être allé très loin.

Rien. Pas un mot.

L'homme qu'il avait assommé ainsi que le clochard semblaient s'être évanouis. Des fantômes… Pas la moindre information concernant des témoins éventuels.

Les policiers cachaient-ils leurs indices à la presse ? La veille, en regardant la télévision, Robert Fortier avait remarqué le visage fermé de Maud Graham ; elle ne livrerait rien aux journalistes, à moins que cela ne lui soit utile. Elle paraissait déterminée, dure.

Trouverait-elle des traces de sa présence sur les lieux du crime ?

Il y avait tellement de gens qui se promenaient sur les Plaines, qui avaient foulé le sol avant lui, un sol providentiellement sec qui ne garderait aucune empreinte. Comment Graham trierait-elle les indices ?

Seul son sperme pouvait le trahir. Si on comparait les tests d'ADN. Mais pour cela, on devait d'abord le soupçonner.

Or, on n'avait aucune raison de s'intéresser au magicien Robert Fortier. Il devait se calmer. Il était fatigué de passer d'une grande anxiété à un abattement total. Il avait l'impression qu'il s'était écoulé des semaines depuis ses premiers sourires à Romain, en face de la bibliothèque. Tout semblait facile à ce moment-là. Il avait aisément convaincu l'enfant de le suivre. Pourquoi tout s'était-il terminé par ce gâchis, alors que cela aurait pu être si merveilleux, si beau ? Il se souvenait d'un jeune Thaïlandais qui l'avait caressé avec autant de savoir-faire qu'un adulte. La culture occidentale avait bien du retard en ce qui avait trait à l'éducation sexuelle des enfants. Elle les brimait, les muselait, les castrait en leur refusant la découverte du plaisir avec des hommes d'expérience.

Fortier prit une grande inspiration, souffla doucement en regardant la photo de Maud Graham. Elle ne l'empêcherait sûrement pas de satisfaire son goût pour la beauté. Il réussirait à la manœuvrer. Il avait détesté son insistance, quelques semaines plus tôt, quand elle lui avait demandé de participer à la soirée-bénéfice. Puis il s'était résigné : il lui serait peut-être utile, un jour, d'en savoir davantage sur les méthodes des policiers. Il n'avait jamais imaginé que ce moment arriverait si vite. Fortier jeta le journal à la poubelle, referma le couvercle avec rage. Il aurait dû le mettre dans le bac de récupération, mais il n'avait aucune envie d'aider à sauver la planète ce jour-là.

À la fin de l'après-midi, il ouvrit un tiroir du secrétaire, poussa un soupir de bien-être en tâtant les revues et les cassettes vidéo. Il se masturberait avant de rencontrer Maud Graham. Il ne devait montrer aucune fébrilité. Être sûr de soi. Jovial. Serviable. Naturel, quoi. Comme elle l'avait toujours connu.

Il s'étonnait qu'on parle tant du flair de la détective ; il la trouvait bien naïve. Comme elle était épatée par ses tours de magie, il l'avait facilement trompée.

En projetant un film qu'il avait tourné à Bangkok, Robert Fortier fut surpris d'avoir pu se maîtriser assez pour filmer les enfants qui se caressaient. Il se souvenait comme il avait eu envie d'eux, comme il les avait aimés après que la caméra se fut arrêtée. Il entendait leurs cris, leurs gémissements, goûtait leur odeur un peu salée. En jouissant, il regretta de ne pouvoir vivre de son art en Asie. Tout était plus simple là-bas. Trop simple, peut-être. Il n'avait pas apprécié les résistances de Romain, mais la passivité de certaines petites Thaïlandaises l'avait parfois ennuyé ; elles auraient dû participer à ses jeux sexuels.

Il était vraiment difficile de trouver l'enfant idéal, le complice innocent et curieux.

Pourtant, il devait exister ! Il le découvrirait. Même si, hélas, il devrait vivre cette passion avec une grande prudence. Robert Fortier détestait cette situation. Avec des amis intimes, il avait maintes fois exprimé son rêve d'un pays où les vrais épicuriens ne seraient pas persécutés. Pauvre Québec, encore sous le joug des curés, des bien-pensants, des mal baisés qui ne connaissaient rien au plaisir. Des eunuques lamentables qui niaient la sexualité des enfants… Tous des imbéciles !

Fortier prit une douche avant de s'habiller, s'examina longuement dans le miroir. Non, aucune trace de Romain ne le trahirait. Ni ses vêtements ni sa peau. Pas la moindre égratignure. Il glissa un paquet de cartes dans la poche de son veston marine, quelques bouts de ficelle, des clés, et sortit en sifflotant pour se persuader de son assurance.

Il gara sa voiture à deux rues du poste de police en se disant qu'il devrait passer l'aspirateur à l'intérieur de l'automobile dès qu'il rentrerait chez lui. Au cas où Graham trouverait un cheveu d'enfant si elle montait à bord.

Il s'esclaffa : comment pourrait-elle deviner qu'il s'agissait des cheveux de Romain ? Il était idiot de s'inquiéter autant ; Maud Graham n'était pas extralucide. Son ami Piert avait raison de lui dire qu'il était paranoïaque. Mais pouvait-il en être autrement dans cette société si répressive ? On avait condamné Gavin A.M. Scott à cinq mois de prison pour avoir payé un garçonnet en échange de jeux sexuels. Personne ne comprenait donc que des hommes comme Scott rendaient service à ces petits Asiatiques en leur offrant de batifoler avec eux plutôt que de ruiner leur jeunesse dans des tâches avilissantes, abrutissantes et même dangereuses ?

⁂

Clara avait très mal dormi. Elle n'avait pu parler à Maud Graham. La détective venait de quitter son bureau au moment où elle avait appelé au poste. On lui avait proposé de se confier à son collègue Rouaix, on avait même insisté pour qu'elle raconte ce qu'elle savait au sujet de l'affaire Dubuc, mais Clara avait raccroché.

Les quelques questions qu'on lui avait posées l'avaient embarrassée, comme si elles pouvaient incriminer Maurice. On aurait dit que les policiers étaient prêts à soupçonner n'importe qui de l'assassinat du petit garçon. On semblait moins s'inquiéter du sort de Maurice que de la signification de sa disparition.

Clara avait rappelé tous les hôpitaux sans succès. L'Armée du salut. Elle avait décidé de joindre tous leurs amis ; ils devaient l'aider à retrouver Maurice. Il ne l'avait pas quittée, ni trompée ; il aurait eu le courage de lui en parler, il ne se serait pas défilé comme un voleur. Pas lui. Elle ne pouvait se méprendre à ce point sur un homme. Marie lui avait expliqué combien Maurice était étrange lorsqu'il était passé au Chantauteuil. Que lui était-il arrivé ?

Devait-elle sortir et tenter seule de retrouver son amoureux ? Et s'il revenait durant son absence ? S'il avait perdu ses clés ? S'il s'imaginait qu'elle était partie ? Elle avait fait le serment de ne jamais le quitter, mais la croyait-il ?

Maurice ne lui avait pas raconté toute sa vie, mais elle savait qu'il y avait un secret dans son passé qui l'empêchait de se livrer. Peut-être craignait-il qu'elle ne mette sa parole en doute. Il lui arrivait souvent de jurer qu'il disait la vérité alors qu'elle n'avait pas manifesté le moindre doute. Elle avait parfois l'impression d'être avec un enfant, bien qu'il fût plus âgé qu'elle. Elle avait envie de le bercer quand ses cauchemars trop fréquents les réveillaient.

Cette fugue aujourd'hui. Hier. Était-elle reliée à un secret ? Qu'est-ce qui l'empoisonnait ?

Clara avait ouvert le réfrigérateur : du thé glacé, voilà qui lui replacerait les esprits. Elle avait appuyé le pichet contre ses tempes. Les veines palpitaient plus que jamais.

Clara s'était allongée sur le canapé après avoir mis un disque de Nilda Fernandez. Et elle avait attendu que son amoureux frappe à la porte avec une explication satisfaisante.

Elle avait rêvé de Romain Dubuc. Puis elle s'était éveillée à sept heures douze minutes. Seule.

Maintenant, elle était décidée à parler à Maud Graham.

Elle lui téléphona en tremblant.

Celle-ci l'écouta avec attention et lui proposa de la rencontrer dans l'heure; pouvait-elle lui apporter une photo de Maurice? La voix de Graham était lisse comme un miroir, souple comme la lame d'un fleuret. Une femme franche, assurément.

— Je peux vous rejoindre au poste tout de suite, suggéra Clara.

— N'oubliez pas la photo.

En poussant la porte du bureau de la détective, Clara songea que les médias ne la flattaient guère; Graham offrait un visage ouvert, attentif, et son regard, qui oscillait entre le vert et le gris, témoignait d'une tendresse insolite. Graham était joliment ronde et Clara lui envia sa poitrine et la courbe de ses épaules. En lui tendant la main, Clara devina une vive tension; la détective apprécierait qu'elle soit brève.

Quand Clara précisa que son amoureux était jardinier, elle crut déceler une certaine excitation dans la voix de Graham.

— Horticulteur ?

— Oui, il a terminé son cours il y a longtemps à Saint-Hyacinthe. Il travaille maintenant aux serres de l'université. Cet été, il supervise aussi l'entretien de certains arbres dans les parcs de Québec. Il a toujours aimé travailler dehors. Il adore son métier. Il a une mémoire formidable pour tous les noms de plantes et de fleurs et il les aime d'amour. J'en serais presque jalouse…

Graham sourit à son tour, avant de demander des détails sur son travail.

— Il devait voir Émile aux serres, puis tailler les haies sur les Plaines. J'ai appelé Émile et il n'a pas revu Maurice depuis qu'il a quitté le campus en fin de journée. Mais il devait aussi rencontrer Josée, qui nous prête sa lampe de poche parce qu'on va en camping après-demain. Enfin… on devait y aller. Je peux vous donner le numéro de téléphone de ces personnes si vous voulez.

— Que portait Maurice quand il a quitté votre appartement ?

— Des jeans et un tee-shirt bleu foncé. J'ai brodé une rose rouge sur son tee-shirt. À la place du cœur.

— Pas de signe distinctif? Une cicatrice ? Non ?

— Il a une tache de vin sur le côté droit du visage. Pas très large, on dirait le Chili, tout en long. Ce n'est pas très apparent, mais ça l'a beaucoup complexé.

— Un tatouage ?

Clara eut un sourire attendri, expliqua qu'ils voulaient se faire tatouer la même fleur — une anémone — sur la jambe gauche.

— Au début, Maurice disait qu'il était trop vieux pour ça. Il a près de quarante ans, mais au fond il est plus jeune que moi. Je n'ai pas eu de difficulté à le convaincre.

Mais ils n'avaient pas encore trouvé un artiste leur offrant le modèle de leurs rêves.

— Qu'est-ce que vous allez faire ? reprit Clara. Je suis certaine que Maurice est blessé, tapi dans un coin comme un animal. Il faut vous dépêcher.

— Un animal ?

La voix de Graham s'était encore adoucie, onctueuse, suscitant les confidences. La détective n'avait plus de questions à poser, Clara avait oublié où elle se trouvait. Elle regardait Graham jouer avec une cuillère dans son café. Elle se demandait qui lui avait donné la bague qu'elle portait à l'annulaire de la main gauche, et elle racontait les cauchemars de Maurice, sa manière de sursauter au moindre bruit, ses moments de silencieuse mélancolie.

— On dirait qu'il a été maltraité quand il était jeune. Et je sais de quoi je parle.

— Oui ?

— Oui. Ma mère a vécu dans un orphelinat. Aujourd'hui, elle a encore peur des bâtons et des balais.

— Où vit-elle maintenant ?

— Avec ma tante, à Magog. Les parents de Maurice demeuraient aussi à Magog. Ils sont décédés il y a cinq ans. Le cancer. Tous les deux, à six mois d'intervalle. Maurice semblait les aimer.

— Les enfants aiment leurs parents. Même s'ils les battent.

— J'ai déjà demandé à Maurice s'il avait été battu. Il m'a regardée avec stupeur avant de protester. Pourtant, il a des peurs secrètes. Il craint par-dessus tout de se tromper. Et il croit difficilement les gens. Il doute de ses propres pensées ! La mort de son frère Jacques l'a marqué. Il s'est noyé quand ils étaient enfants. C'est surprenant que Maurice n'ait pas peur de l'eau, il adore nager…

— Vous vivez à Québec depuis longtemps ?

— Plusieurs années. Maurice aime vraiment Québec.

— Même s'il fait plus froid qu'à Saint-Hyacinthe ? Deux semaines d'hiver de plus. Au moins. Les fleurs qui tardent à pousser doivent l'impatienter.

Clara protesta : la patience de Maurice était incommensurable.

— Je travaille à temps partiel dans une garderie et Maurice vient souvent me chercher. Si vous voyiez comment il est doux avec les petits ! Et avec moi… On s'aime vraiment, vous savez. Il ne m'a pas quittée pour une autre.

— Je peux garder la photo ?

Clara accepta, se leva sans demander à Graham ce qu'elle avait l'intention de faire pour retrouver Maurice. Elle avait choisi d'avoir confiance en elle. Graham lui promit de la rappeler rapidement ; elle irait visiter leur appartement pour mieux comprendre la personnalité de Maurice.

— Il faut se mettre à la place du disparu pour deviner ce qu'il a pu faire, penser, décider.

— Vous viendrez aujourd'hui ?

— Je serai chez vous dans une demi-heure.

Graham rejoignit Rouaix dès que Clara Saint-Pierre eut quitté son bureau. Elle lui tendit la photo de Maurice.

— Ce gars-là a disparu le soir du meurtre. Il est horticulteur. Sa blonde a l'air de le trouver un peu… fragile.

André Rouaix examinait la photographie comme s'il voulait l'interroger. Était-ce le sécateur de cet homme qu'on avait trouvé près du corps de Romain Dubuc ? D'où provenait le bouton doré ?

— Clara Saint-Pierre m'a dit qu'il était très patient avec les enfants. Il leur raconte des histoires. Ils l'adorent, paraît-il.

— Pourrait-on aller chez lui vérifier les empreintes ?

— J'ai déjà annoncé ma visite. Je trouverai bien le moyen d'emprunter un ou deux objets qui lui appartiennent. Je prétendrai qu'on les fera sentir à des chiens pour qu'ils puissent nous aider, si on décide de chercher dans les parcs. Je lui parlerai du boisé de l'université Laval. S'il avait eu un malaise? Clara ne lui connaît aucune maladie, mais elle veut expliquer sa disparition. Maurice ne peut pas l'avoir plaquée. Elle me l'a répété plus d'une fois.

— Et tu la crois?

— Oui. Je me demande si on n'a pas un cas de dédoublement de la personnalité.

— Tu en vois partout! Tu lis trop de bouquins de psycho. Je me demande où est Maurice Tanguay. Il doit bien se douter que sa blonde a signalé sa disparition. Moi, si Nicole ne rentrait pas souper, je me poserais des questions!

— De toute façon, on n'a pas d'autres pistes, non?

— Non. On a analysé les fibres rouges qu'on a prélevées dans la bouche de Romain: du satin de bonne qualité. On en vend dans les magasins de tissus. Les vendeurs ne se souviendront pas des clients qui en ont acheté.

— À moins que l'un d'entre eux ne reconnaisse Maurice?

— On peut toujours rêver. C'est sûr qu'on va tout vérifier, comme d'habitude.

— Pareil pour le bouton doré…

CHAPITRE 4

Maurice Tanguay dormait depuis douze heures quand Capucine le réveilla.

— Il est onze heures. T'as pas faim, Ange?

Il regardait autour de lui avec effarement. Où était-il? Pourquoi avait-il dormi dans cet endroit? Son cœur s'était mis à battre très vite. Il avait chaud. Une adolescente se tenait près de lui.

— T'as dormi, dit Capucine. T'étais crevé quand on est arrivés hier.

— Arrivés? De quel endroit?

— On était avec Lili. Tu t'en souviens pas?

— Lili?

Des images très floues commençaient à émerger. On dessinait sur le tableau noir de sa mémoire. Il pensa à l'infographie, ce procédé par lequel des mains invisibles esquissaient sans aucun effort des automobiles, des oiseaux, des triangles ou des lettres qui s'étiraient, s'envolaient, se superposaient joyeusement. Il aurait aimé pouvoir dessiner avec autant d'aisance. Oh, il était assez doué. Il reproduisait très correctement les plantes et les arbustes, mais il ne savait pas rendre la vitalité des feuilles, la fragilité des fleurs, l'entêtement des tiges qui pliaient sous le vent pour se tendre ensuite comme la corde d'un arc, vibrantes, sûres d'elles.

— À quoi tu penses ?

— À des plantes, des fleurs.

— C'est une manie. Hier aussi, t'en parlais.

— J'aime ça.

Il avait maintenant la conviction d'appartenir à la terre. Qu'il partageait ses secrets, son intimité. Il ressentit un énorme soulagement en mesurant la profondeur de son engagement envers le monde végétal ; il était enfin inscrit dans une certaine réalité. Il répéta deux fois qu'il aimait les plantes.

— T'as le droit, dit Capucine. Mais on en mangera pas pour dîner. As-tu faim ? Il est pas loin de midi.

Elle souriait, mais il détectait une légère impatience dans sa voix trop rauque pour une adolescente.

— Oui, j'ai faim.

— On a plus tellement d'argent. Et toi ?

Maurice fouilla dans ses poches, en tira un billet de vingt dollars.

— On va aller acheter quelque chose.

Ils traversèrent la grande pièce où dormaient toujours Lili et Jimmy. Capucine se pencha pour ramasser les bouteilles de bière vides sans s'inquiéter du bruit qu'elle pourrait faire. Ni Lili ni Jimmy ne s'éveillèrent.

— Ils ont bu la caisse hier soir.

— C'est beaucoup.

— Moi, j'en ai juste bu quatre.

Maurice fronça les sourcils ; Capucine n'avait pas quinze ans.

— Je suis habituée, protesta-t-elle. Pis j'ai pas besoin d'un père pour les leçons de morale.

Elle bouda jusqu'au dépanneur, mais quand ils rendirent les bouteilles au commerçant, elle recommença à sourire. Il comprit très vite qu'il devait l'inviter à manger au casse-croûte en face de l'épicerie.

Il choisit des œufs au bacon, Capucine préféra deux hot-dogs avec une pomme.

— Tu as de l'appétit quand tu te lèves, toi, constata-t-il.

— J'en profite quand ça passe. Je fais des réserves. Comme les écureuils. Qu'est-ce qu'on fait aujourd'hui ?

Maurice haussa les épaules, indécis. Il se sentait rassuré en présence de l'adolescente, mais, paradoxalement, il savait qu'elle ne pouvait pas l'aider. Qui le pourrait ?

— Je devrais peut-être aller voir des policiers et leur raconter ce qui m'est arrivé.

— Es-tu fou ?

— Peut-être que oui, justement.

— C'est pas une bonne idée. Tu vas avoir des problèmes si tu fais ça.

— Pourquoi ? Je n'ai rien à me reprocher ! Je suis juste un peu…

— Un peu perdu. Tu te souviens de rien. T'as peut-être fait quelque chose de croche. Si toi, tu le sais pas, les bœufs le savent, eux. On a du fun ensemble, attends que la mémoire te revienne. C'est déjà mieux qu'hier. Ça prendra pas de temps maintenant.

Capucine raconta qu'un de ses oncles avait déjà perdu la mémoire et qu'il l'avait retrouvée au bout de deux jours. Elle mentait car elle ne voulait pas avoir à chercher de l'argent pour fumer, boire ou manger, et Maurice avait encore treize dollars. Elle décida qu'ils ne retourneraient pas chez Jimmy : durant la nuit, Lili s'était moquée d'elle parce qu'elle n'avait pas voulu prendre de crack.

— On devrait aller traîner sur le bord de la Saint-Charles. Y'a du soleil, c'est cool. J'aimerais ça être aussi bronzée que toi. Tu dois travailler dehors. Dans la construction, peut-être ? Es-tu en vacances ? C'est-tu le temps de vos congés ?

Maurice secoua la tête. Il ne s'imaginait pas du tout en train de grimper sur des échafaudages ou une truelle à la main.

— Ça sera comme un jeu. On va essayer de deviner ce que tu fais.

Il soupira, tenta de lui expliquer que sa situation n'avait rien de ludique. Elle ne semblait pas comprendre qu'il avait vécu ces dernières heures dans une angoisse absolue.

— T'es pas tout seul à capoter, rétorqua-t-elle. Si ça te tente pas d'aller sur le bord de la rivière, t'as rien qu'à le dire.

Il la suivit par lassitude ; il était encore trop fatigué pour discuter avec une adolescente. Cependant, quand il vit la lumière inonder les berges, faire luire la peinture des bancs du parc, caresser la tête d'une petite fille blonde, il songea qu'il pourrait tout autant réfléchir à sa situation en profitant du soleil. Il allait s'étendre dans l'herbe quand Capucine l'arrêta :

— Es-tu malade de t'écraser là ? En plein midi ? Tu vas avoir un cancer de la peau.

Maurice sourit à l'adolescente. Avait-il un comportement si paradoxal quand il avait quinze ans ? Boire de la bière toute la nuit, mais éviter ensuite d'aller au soleil ? Traîner dans la rue toute la journée, mais manger des pommes avec des hot-dogs pour avoir une alimentation équilibrée ? S'il n'avait pas été aussi troublé par son état, il se serait davantage intéressé à Capucine. Il aurait voulu savoir pourquoi elle ne dormait pas chez ses parents.

Il ne se souvenait pas d'avoir fugué. Ou plutôt, il se souvenait de ne pas avoir fugué. La mémoire s'apparente à un appareil photographique ; les négatifs donnent autant d'indications que les images, les absences font ressortir les formes. Qui n'était-il pas ? Que détestait-il ?

Il aimait le soleil, en tout cas. Une délicieuse torpeur l'engourdissait, apaisait ses craintes. Il se souvint qu'il s'était offert à cette bienveillante chaleur quelque temps plus tôt. Il était aussi couché dans l'herbe. Il avait mal à la tête, mais le soleil était bon. Il avait mis du temps à se lever.

Il y avait le corps d'un enfant près de lui. Un enfant ?

L'image fuyait déjà sa mémoire ; Maurice ne ressentait plus qu'un trouble étrange.

— Qu'est-ce que t'as ?

— Je ne sais pas. Il me semble que je me souvenais de quelque chose d'important. Je l'ai déjà oublié. Je devrais aller à l'hôpital.

— Attends encore un peu. De toute manière, tu feras rien de plus à l'urgence, tu vas poireauter là toute la maudite journée. T'es bien mieux ici !

Certes, Capucine songeait à la bière qu'elle boirait tout à l'heure ; pourtant, malgré le fait qu'elle ne l'avouerait jamais, le mystère qui entourait Maurice la séduisait, la détournait de l'ennui qui s'emparait d'elle aussitôt qu'elle quittait sa bande d'amis. Et même avec eux. La rue n'était pas aussi distrayante qu'elle l'aurait cru. La liberté ne lui apportait pas la griserie escomptée.

⁂

Maud Graham fixait le téléphone, dubitative. Elle rentrait de chez Clara Saint-Pierre et Maurice Tanguay quand une femme l'avait appelée pour lui apprendre que son fils avait été agressé sexuellement. Y avait-il un lien entre Jonathan Drouin et Romain Dubuc ? Graham regarda le chandail et la plaque de verre qu'utilisait Maurice Tanguay pour presser certains spécimens cueillis lors de ses promenades en forêt et elle demanda à un technicien d'analyser les objets rapidement.

— C'est en rapport avec la mort du petit Romain. Il y a sans doute assez de cheveux dans le col du chandail pour que tu puisses faire des tests. Donne les résultats à Rouaix.

Le technicien l'assura qu'il n'y aurait aucune négligence.

Graham rejoignit Rouaix dans le bureau de leur supérieur. Les deux hommes semblaient plus fatigués qu'elle. Ils avaient chaud, même s'ils avaient enlevé leur veston. Graham distinguait une ligne rouge très fine qui frôlait le col de chemise de Rouaix, trahissant l'irritation causée par un tissu neuf.

— J'ai donné du matériel à Choquette. Il va se grouiller. Je m'en vais voir une autre victime.

— Une autre ? s'exclama Rouaix.

— La mère vient d'appeler.

Graham répéta le peu qu'elle savait.

— Rien ne nous dit que ce soit le même homme. Il n'y a pas qu'un pédophile dans la ville. Et il n'a pas tué l'enfant. Mais il y a peut-être des liens entre les deux gamins. J'y vais tout de suite.

— Je m'occupe du dossier Tanguay pendant ce temps-là.

Rouaix avait un regain d'énergie. S'il s'attristait de ce qu'on ait abusé d'un enfant, il ne pouvait s'empêcher de souhaiter que cet événement fasse la lumière sur le meurtre de Romain Dubuc. La lecture des journaux du matin l'avait déprimé ; on insinuait que les policiers ne faisaient pas tout ce qu'il fallait pour retrouver le criminel. Quand Rouaix avait entendu les commentaires des Québécois lors d'une tribune téléphonique, il avait eu envie de téléphoner à la station de radio pour inviter les gens à exposer leurs brillantes idées concernant la capture du meurtrier.

Sa femme Nicole avait éteint l'appareil en lui répétant qu'elle avait confiance en lui. Il trouverait le criminel. Elle lui avait tendu des vitamines d'un geste autoritaire ; elle savait qu'il n'avait pas dormi de la nuit. La mort d'un enfant marquait André Rouaix. Chaque fois. Pour longtemps.

Il sortit du bureau en même temps que Graham. Ils marchèrent en silence jusqu'à la sortie. Graham regarda son collègue s'éloigner, faillit le rappeler pour l'encourager, mais elle ne trouva aucune parole adéquate.

Le petit Jonathan habitait rue Dallaire, derrière le cégep François-Xavier-Garneau. Mme Drouin guettait l'arrivée de la détective du haut de son balcon. Elle lui fit un timide signe de la main et l'accueillit en s'excusant du désordre qui régnait dans l'appartement. Graham protesta avec sincérité ; le salon était impeccable. Aucun vêtement, aucun jouet ne traînait. La courtepointe orange et vert qui recouvrait le canapé était placée avec soin. Il n'y avait ni poussière au sol ni traces de doigts sur les cadres de portes. Les tableaux et les bibelots étaient disposés avec une symétrie parfaite.

— Je n'ai pas eu le temps de faire cuire des muffins, mais il y a du café si vous en voulez.

Graham accepta pour rassurer Mme Drouin sur ses qualités d'hôtesse.

— Je suis seule depuis deux ans, dit cette dernière en s'emparant de la cafetière. Mon ex a disparu un beau matin. Je travaille comme secrétaire au cégep. C'est pratique durant l'année, le cégep est à côté. Mais j'ai de grosses journées, l'été, parce que je suis des cours. En informatique. Il paraît qu'on peut se trouver des emplois plus payants. Pourquoi est-ce que je vous raconte tout ça?

— Parce que vous êtes nerveuse, madame Drouin, et vous avez raison de l'être.

La femme s'immobilisa, dévisagea Graham avant de l'approuver.

— J'ai pleuré toute la nuit. J'avais un oreiller sur la tête, je ne voulais pas que le petit m'entende. Il ne faut pas empirer les choses. Mais je ne pensais jamais que ça arriverait à Jonathan. Je lui ai toujours dit de ne pas suivre des inconnus. Quand je pense qu'il aurait pu le tuer!

— Racontez-moi tout…

Dix jours plus tôt, Jonathan Drouin était rentré chez lui après s'être amusé avec des amis au terrain de jeu. Il avait trente minutes de retard et sa mère, soucieuse, avait déjà téléphoné à des voisins. Il avait déposé son sac à dos et était allé directement dans sa chambre plutôt que d'ouvrir la télévision.

— Il écoute toujours la télé avant le souper. Surtout quand il y a des clips!

— Quel âge a-t-il?

— Huit ans. Comme l'autre, comme Romain Dubuc!

— Est-ce que les enfants se connaissaient?

— Non. Pourquoi ?

— Ils auraient pu jouer dans le même parc, ou pratiquer le même sport. J'essaie de voir s'il y a un lien entre ce qui est arrivé à votre fils et à Romain Dubuc.

— Le lien : c'est le maniaque ! On devrait le castrer !

Graham entendait de la musique qui devait venir de la chambre de Jonathan, au bout du corridor.

— Il n'a pas mangé, murmura Mme Drouin. C'étaient des spaghettis, son plat préféré. Là, je me suis énervée. Je l'ai questionné. Je pensais qu'il avait fait un mauvais coup. Je suis stupide ! Je n'ai pas compris tout de suite ce qu'il avait. Il a répété qu'il était fatigué. Et je l'ai cru. Mais toute la semaine, je l'ai trouvé bizarre. Il ne parlait pas. Quand on connaît Jonathan, on sait que c'est anormal. C'est un vrai moulin à paroles !

— Vous ne pouviez pas vous douter, madame.

— C'est vrai ? s'écria Gaétanne Drouin. Vous connaissez d'autres femmes comme moi ? On reste l'air bête quand notre enfant nous parle d'un monsieur qui lui a offert une tablette de chocolat pour qu'il baisse ses culottes.

Maud Graham écouta la femme avec un soulagement grandissant ; l'enfant n'avait pas été violé, ni molesté. L'agresseur lui avait montré son sexe, lui avait proposé d'échanger des caresses ; il semblait s'être limité à quelques attouchements.

Il avait ramené Jonathan en voiture, l'avait déposé non loin de chez lui, rue Myrand.

— Jonathan est sûr d'avoir reconnu Christian Forgues, le comédien. J'imagine qu'il n'a pas eu le temps d'aller plus loin. Sinon, il aurait tué mon petit comme il a tué Romain Dubuc! Parce que c'est une vedette, il s'imagine qu'il a le droit de tout faire! Quand je pense que Jonathan l'adorait!

— Il l'adorait?

— Il enregistrait toutes les émissions auxquelles Christian Forgues participait. Il était membre de son fan-club! Je suppose que Forgues connaissait notre adresse de cette manière. Il a guetté Jonathan et l'a attrapé quand il est sorti de la maison. Ce doit être ça, hein?

Graham évita de répondre que les choses ne sont jamais aussi simples. Elle devait entendre l'enfant. Elle n'était pas certaine que Christian Forgues soit le coupable. Il semblait si bien désigné. Si nettement identifié. Les abus sexuels se passent souvent «en famille». Est-ce que l'enfant ne protégeait pas un oncle? un cousin? un voisin? par peur ou par honte? Mais pourquoi avait-il parlé d'un comédien qu'il admirait? Il aurait dû, plutôt, nommer un acteur qui lui déplaisait s'il voulait faire porter le chapeau à un étranger. Tout cela était illogique. Les enfants accusent difficilement les gens qu'ils chérissent, qu'ils admirent.

— Je peux voir votre fils ?

Mme Drouin hésitait ; Graham lui expliqua qu'elle avait interrogé des dizaines d'enfants dans des causes similaires. Elle ne brusquerait pas Jonathan.

Ce dernier répéta ce que sa mère avait dit, en ajoutant des détails précis : les jeans, le tee-shirt bleu, la barbe. Il avait une fausse barbe. Jonathan l'avait deviné et en avait parlé à Christian Forgues. Ce dernier lui avait expliqué qu'il voulait voir si ça lui allait bien avant d'en laisser pousser une vraie. Il avait un tatouage. Rouge avec un peu de noir.

— Un tatouage ?

— Oui, je ne l'avais jamais remarqué dans ses émissions, mais il en a un. Je l'ai vu parce qu'il avait une camisole. Il est juste sur le bord de l'épaule.

— Et ses cheveux ?

— Blonds, pas trop longs.

Comme Maurice Tanguay. Habillé de la même manière.

— Tu ne connais pas Christian Forgues ? demanda Jonathan à Graham.

Graham fit un signe de tête affirmatif. Mme Drouin lui offrit de nouveau du café.

— Ou une limonade ?

— J'accepte, j'aime bien la limonade. Et toi, Jonathan ?

Graham tentait d'évaluer jusqu'à quel point l'enfant avait été traumatisé par l'agression. Elle détestait appeler un enfant à témoigner en cour et ferait tout pour l'éviter. Mais si les médias s'emparaient de l'affaire, il serait difficile de protéger Jonathan. Elle avait envie de l'inciter à garder l'agression secrète, alors qu'elle savait que c'était la dernière chose à conseiller aux victimes. Elle répétait toujours qu'il fallait se confier, dire l'abomination pour s'en délivrer.

— Tu as bien fait de tout raconter à ta maman, Jonathan. J'aimerais que tu attendes un peu avant d'en parler à d'autres personnes. Même à tes amis. Est-ce que tu veux me faire plaisir?

— C'est ça que Christian m'a demandé, gémit l'enfant. Moi, c'est sûr que je voulais être gentil avec lui. Mais je ne savais pas quoi faire… Lui aussi était gentil avec moi. Il m'a promis qu'il me donnerait un baladeur. C'est drôle, il était plus grand que je pensais.

— Le mieux, c'était de tout dire à ta mère. Tu as très bien agi! J'aimerais beaucoup avoir un garçon qui te ressemble.

— Tu n'as pas d'enfant?

L'étonnement qui perçait dans la voix claire froissa Graham. Non, elle n'en avait pas. Et n'en aurait pas non plus. On ne peut pas tout avoir dans la vie: une carrière, des amours heureuses et des enfants. À moins d'avoir beaucoup de chance. Ce n'était pas son cas. Elle n'avait peut-être pas su faire les bons choix. Pourquoi devait-on toujours choisir? Elle avait pensé qu'elle aurait un enfant avec Yves.

Mais il s'en était allé et elle reportait maintenant son affection sur Grégoire.

— Je vous rappellerai bientôt, madame Drouin. Dès que j'aurai rencontré M. Forgues.

En rapportant cette conversation à Rouaix, Graham savait qu'il pesterait. Une vedette! Est-ce qu'on avait besoin de ça?

— On a assez de problèmes avec les journalistes et l'affaire Dubuc, grogna-t-il. Tu me dis que Christian Forgues serait mêlé à cette histoire?

— Même description physique. En plus, il portait une fausse barbe. Ce n'était pas sans raison, non? Mais l'agression est différente. Je ne sais pas si on a un ou deux suspects, ou aucun… Il faut retrouver ce Maurice Tanguay. Et voir Forgues.

— Il ressemble un peu à Tanguay, en effet. Mais des grands blonds, il y en a beaucoup. Quant à Forgues… on va marcher sur des œufs. On doit avoir d'autres preuves que le témoignage de l'enfant. J'espère qu'il a un alibi, ça réglerait au moins un problème!

— Trouver Maurice Tanguay aussi, non?

— Croisons les doigts, marmonna Rouaix.

Alors qu'elle garait sa voiture devant la maison des Dubuc, Graham se demandait si les avis de recherche lui livreraient Tanguay.

M. Dubuc lui ouvrit avant même qu'elle ait à sonner.

— Vous avez du nouveau ?

— Oui et non. Rien de sûr. Je voulais toutefois que vous sachiez qu'on avançait.

— C'est qui ?

— Je ne peux pas en parler maintenant.

— Mais c'est mon garçon qui est mort !

Graham regrettait presque de s'être imposé cette visite aux parents de la victime. Mais elle se sentait tellement coupable de ne pas avoir déjà arrêté le meurtrier. Elle devinait aussi l'extrême solitude qui pesait sur les Dubuc, même s'ils étaient entourés d'amis. Ces derniers ne pouvaient les rejoindre là où la mort de Romain les avait entraînés. Graham savait qu'il est inutile de dire au parent d'un défunt qu'on le comprend si on n'a pas vécu cette douleur. Il est impossible d'imaginer le deuil tant qu'on ne l'a pas ressenti personnellement.

— Comment va Alice ?

— Alice ?

M. Dubuc se mordit les lèvres.

— Je ne sais pas. On dirait qu'elle s'intéresse plus à son nouveau chum qu'à son petit frère.

— C'est parce qu'elle a trop mal.

— Et moi ?

Les larmes se mirent à couler si brusquement, si violemment que Graham songea que c'étaient peut-être les premières que l'homme versait. Elles roulaient le long de son cou, commençaient à tremper son polo bourgogne sans qu'il tente de les essuyer. Il tourna le dos à Graham et rentra dans la maison en silence.

Déprimée, Maud Graham regagna son bureau ; elle mit quelques secondes à comprendre que l'homme qui accompagnait Rouaix était Maurice Tanguay. Par quel miracle l'avait-on interpellé ?

— M. Tanguay est venu nous rencontrer parce qu'il a des problèmes, Graham. C'est ça, monsieur Tanguay ?

— Je… je pense. Oui.

Maurice Tanguay résuma ce dont il se souvenait.

— Je sais que ce que je raconte n'est pas clair, mais je pense que j'ai reçu un coup sur la tête. J'ai peur.

— Peur ?

— Je ne me reconnais même pas !

— Et Clara ? Ça vous rappelle quelque chose ? Clara Saint-Pierre ?

— Clara ?

Il hocha lentement la tête. Clara. On lui en avait parlé la veille. Il voyait une femme blonde, qui lui voulait du bien. Il en avait peut-être même rêvé.

— C'est mon amie ? Clara… Il me semble que…

— C'est la femme avec qui vous vivez. Elle est venue ici. Elle s'inquiétait de votre absence.

Maurice Tanguay s'humecta les lèvres avant de demander depuis quand il avait disparu.

— Plus de deux jours.

— Je ferais peut-être mieux d'aller à l'hôpital.

— J'ai déjà prévenu le Dr Picotte, l'informa Rouaix. Nous le verrons tout à l'heure. Et nous allons avertir Clara. Nous l'attendrons dans un bureau plus tranquille. Ici, il y a trop de monde, trop de bruit. Avez-vous mal à la tête ?

— Un peu. Je suis fatigué.

— Voulez-vous boire ou manger quelque chose ? Voulez-vous un coke ?

— Je pense que je n'aime pas ça.

Il était si désemparé ; Graham s'en émut. Elle aurait aimé croire à une mise en scène, douter que Tanguay ait réellement perdu la mémoire, car il constituait un excellent suspect, mais l'amnésie ne semblait pas simulée.

Elle sortit dans le corridor avec Rouaix ; ce dernier était aussi embarrassé qu'elle.

— On ne peut pas le garder sans motif.

— Non. On peut l'envoyer pendant vingt-quatre heures à l'hôpital passer des tests.

— On n'a pas encore les résultats du labo. Entre le sang, les cheveux, le sperme et les poils…

— Je sais. Et Maurice Tanguay a vraiment une bosse sur la tête.

— Pourquoi serait-il venu se jeter dans la gueule du loup en se présentant au poste ? S'il joue la comédie, c'est le meilleur acteur qu'on ait vu depuis longtemps.

— Meilleur que Forgues ? Tu as des nouvelles ?

— Il est en tournage à l'extérieur du pays, dit Rouaix. Il revient demain.

Graham retourna dans son bureau avec du jus de fruits et demanda à Tanguay de lui répéter son histoire ; des détails surgiraient peut-être à force d'y penser. Elle suggéra les associations d'idées.

— Je vous dis « fer », et vous me dites ce que cela évoque pour vous.

Elle espérait que le médecin n'arriverait pas trop vite. Elle voulait observer Maurice Tanguay, le percer à jour, trouver la faille. Il n'était pas seulement désemparé ou apeuré, il était triste. À cause d'une blessure ancienne. Très ancienne. Qu'avait donc dit Clara à propos de son enfance ?

— « Jouet » ?

— Camion bleu. Quand j'ai eu six ans.

Son visage s'éclaira : il s'était souvenu de cet anniversaire.

— Continuez, madame !

— « Tennis » ? suggéra Graham.

Il secoua la tête. Non, le tennis n'évoquait rien pour lui.

— « Garderie » ?

Il hésita, dévisagea Graham ; elle connaissait la réponse et il tentait de la deviner dans son regard. Elle lui sourit, répéta le mot.

— C'est Clara ?

L'homme se tassa sur sa chaise ; il devait dormir dans la posture fœtale. Il voulait retrouver cette impression de sécurité.

— Qu'est-ce que je vais lui dire ? finit-il par murmurer. Si elle ne ressemble pas à ce que j'imagine ?

— Elle dit que vous êtes horticulteur. C'est possible ?

Il eut un éblouissement comme si des rideaux aussi denses que les branches d'un bouleau pleureur s'écartaient sur une prairie verdoyante, lumineuse et merveilleusement odorante. Il devinait des freesias, des lilas, du mimosa, des camélias. Tiens, il n'avait jamais remarqué que les fleurs qui embaumaient avaient souvent des noms qui se terminaient en *a*. Bien sûr, il y avait aussi le muguet, le chèvrefeuille, les jacinthes et les roses. Les roses. Il pouvait décrire parfaitement le soupçon de framboise qui nacrait l'Olympe, la vanille de la Chicago qui attirait tant d'insectes ou la pointe d'anis qui taquinait la Butterfly.

— Il y a du seringat dans le jardin des Beauchamp, dit Maurice. Ils ont un terrain magnifique, près de Cap-Rouge.

— Vous avez travaillé chez eux ?

Il hésita un instant.

— Je dois avoir taillé des arbres chez eux.

— Les Beauchamp ont-ils des enfants ?

— Des enfants ?

Il ferma les yeux pour aiguiser ses souvenirs. Non, il ne se rappelait qu'un gros chat noir qui traversait lentement le terrain pour rejoindre une terrasse ensoleillée.

— Non.

— Aimez-vous les enfants ?

— Qui n'aime pas les enfants ?

Maud Graham faillit répondre que des milliers de personnes méprisaient les enfants, les maltraitaient, les humiliaient. Elle voyait plusieurs de ces enfants dans une année. Et elle savait qu'elle ne rencontrait qu'une infime partie de cette cohorte de martyrs.

Maurice Tanguay avait un sourire timide. Était-il plus à l'aise avec des enfants qu'avec des adultes ? Graham aurait bien interrogé Clara à propos de ses relations intimes avec lui. Aimait-il vraiment les femmes ?

Mais qu'est-ce qu'aimer réellement ? Qu'en savait-elle ? Avait-elle été aimée ? Yves ? Elle s'interrogeait toujours, trois ans après leur rupture. Le sourire d'Alain Gagnon traversa ses pensées. Il s'évanouit quand elle remarqua une marque rouge sur le bras gauche du suspect.

— Vous pouvez relever votre manche ? Je voudrais voir votre tatouage.

— Mon tatouage ? Je n'ai pas de tatouage. Enfin, je ne crois pas.

Sa voix se cassait. Il regardait ses bras, curieux, inquiet. Puis il vit la tache framboise.

— Je l'avais oublié. Je crois que c'est un décalque.

— Qu'est-ce que ça représente ? demanda Graham en s'approchant de Maurice.

— Je ne sais pas.

Il examinait son bras sans distinguer le motif du décalque. C'était peut-être une fleur.

— Vous ne vous rappelez pas quand vous avez choisi ce décalque ?

— Non. Je n'en avais même pas quand j'étais petit.

Il eut un sourire furtif devant ce souvenir qui s'offrait tel un cadeau : il échangeait les décalques trouvés dans un paquet de gomme contre des billes.

— Vous avez erré durant deux jours, mais vous ne semblez pas sale.

— J'ai pris une douche et j'ai lavé mon tee-shirt. Je pense que je suis tombé, que je me suis cogné la tête et que j'ai saigné. En tout cas, c'est ce que m'a dit Capucine.

— Capucine ?

— La fille qui m'a hébergé hier. Une punk. Elle était avec Lili. Au moins, je me souviens de leurs noms. Et de leur habillement. Lili ressemblait à un drôle d'oiseau.

— Vous étiez avec elles, hier ?

— Hier soir.

— Depuis longtemps ?

— Je ne sais pas. Pourquoi ?

— On devrait essayer de reconstituer votre emploi du temps, non ? Savoir quand vous avez été blessé.

Il acquiesça.

— Je me suis promené. Il y avait un escalier. Puis je me suis retrouvé près du fleuve.

Il tentait de se remémorer son itinéraire quand on frappa à la porte du bureau.

Clara se précipita vers Maurice et allait l'étreindre, mais son regard l'arrêta. Il avait vécu des moments pires que ceux qu'elle avait imaginés. Il n'avait pas eu d'aventure ou alors il l'avait trompée avec la marquise de Brinvilliers ou lady Macbeth. Son œil avait une fixité inquiétante. Qu'avait-il vu ?

— On rentre à la maison, dit-elle doucement.

— Nous devons voir le Dr Picotte avant, fit Graham. C'est plus prudent. Votre ami semble souffrir d'amnésie. Nous le garderons une journée à Robert-Giffard.

— Il n'est pas fou ! Tu me reconnais, Maurice ? Dis-leur !

Maurice plissa les yeux, examina longuement Clara. Il se souvenait de ses cheveux, de ses yeux. De sa main et de sa bague en forme de chat, mais il ne reconnaissait pas ses vêtements. Ni sa bouche.

— J'ai l'impression d'être en train de faire un casse-tête de dix mille morceaux, soupira-t-il.

— Je vais t'aider, promit Clara d'une voix mal assurée, tandis que le Dr Picotte se présentait dans le bureau.

Rouaix avait prévenu le médecin de l'importance du témoin qu'il rencontrerait. Il fallait faire vite et bien, déterminer de quoi il souffrait, évaluer la gravité du coup qu'il avait reçu, ses conséquences, mais ne pas montrer à son patient qu'il cherchait autre chose que sa protection en l'examinant.

— Rentrez chez vous, conseilla Graham à Clara.

— Et Maurice ?

— Vous le reverrez demain. Il doit consulter un médecin pour son bien. Et c'est la loi. Monsieur Tanguay, pourriez-vous me signer ce rapport ? C'est votre… ce que vous nous avez dit. On garde des traces de tout, ici. On adore la paperasserie !

Graham se plaignait des milliers de feuilles à remplir lorsqu'on frappa. Robert Fortier poussa doucement la porte entrouverte.

— C'est moi, je…

— Bonjour, Bobby, peux-tu…

— Je veux aller à l'hôpital avec Maurice, dit Clara à Graham, empêchant celle-ci de voir le magicien blêmir en apercevant Maurice.

La tache de vin ! Il ne pouvait s'agir d'une coïncidence. La panique amenait Fortier au bord de l'évanouissement. Celui-ci, les jambes tremblantes, se répétait qu'il devait cesser de dévisager Maurice. Au bout d'une dizaine de secondes, il constata que l'homme ne le reconnaissait pas. Il se sentit étourdi. Graham remarqua que quelque chose n'allait pas :

— Ça ne va pas, Bobby ?

— La chaleur.

Le magicien transpirait maintenant à grosses gouttes.

— Attends-moi. J'en ai pour deux minutes. Je raccompagne ces personnes à la sortie.

— Ce n'est pas nécessaire, affirma Clara. Je connais le chemin.

— Nos hommes vont bien s'occuper de M. Tanguay. Je vous téléphonerai pour vous donner des nouvelles. J'aimerais que vous m'avisiez de vos déplacements.

— Comment ?

Clara se dressait devant Maurice, prête à le défendre, regrettant de s'être confiée à Graham.

— Maurice semble avoir passé une journée avec une fugueuse qu'on recherche depuis deux mois, mentit Graham. J'aimerais qu'il m'en parle davantage quand il ira mieux. Retournez rue Saint-Paul. On se reverra demain.

Graham rejoignit Robert Fortier. Il s'était essuyé le front et les mains, et il jouait avec des foulards et des dés. Elle ouvrit un cartable, puis lui tendit le programme de la soirée-bénéfice en lui demandant s'il se sentait mieux. Il la rassura, elle le crut. Pourquoi parlait-on de l'intuition féminine ? L'illusionniste avait envie de rire de soulagement.

Le témoin ne l'avait pas reconnu.

Le témoin habitait rue Saint-Paul. Et il s'appelait Maurice Tanguay.

Il y a un bon Dieu pour les audacieux.

CHAPITRE 5

— Je n'aurais jamais dû l'inviter ! gémit Maud Graham. Qu'est-ce que je vais lui dire ?

Au bout du fil, Léa Boyer fit entendre un petit rire.

— Ça t'amuse ?

— Vous allez parler du travail, ne te casse pas la tête. Tu lui raconteras ton voyage. Tu lui diras combien tu as pensé à lui en Europe.

— Léa ! Arrête de rire de moi !

— Excuse-moi, je pensais que tu cherchais toujours la vérité…

— La vérité, c'est que j'ai peur de rater mon osso buco. C'était facile quand Grégoire était là, mais il ne s'est pas pointé comme il l'avait promis. J'ai envie de l'étrangler !

— Il a bien fait. S'il est toujours là pour te tenir la main, tu n'apprendras jamais. Je te laisse, la petite pleure.

— C'est ça, abandonnez-moi donc tous !

— Pauvre Maud…

Graham raccrocha et se dirigea d'un pas traînant vers la cuisine, examina les ingrédients qu'elle avait soigneusement disposés sur le comptoir et se décida à ouvrir le livre de recettes. « Fariner les jarrets de veau avant de les faire revenir dans… »

On sonnait à la porte ! Pas déjà Gagnon ! Elle avait dit vingt heures, pas dix-neuf heures quinze ! À moins qu'elle n'ait dit dix-neuf et ne s'en souvienne plus ? Et si elle avait vraiment dit dix-neuf heures ? Comme à Grégoire ? Non, ce devait être Grégoire, justement, qui arrivait en retard et qui l'aiderait.

Elle replaça une mèche de cheveux en priant pour que ce soit son jeune ami.

C'était Robert Fortier.

— Tu as de la farine sur la joue, dit-il en guise d'introduction.

— Ah ?

Graham s'essuya maladroitement, surprise de la visite du magicien.

— Je vois que je te dérange. Je passais dans le coin, et…

— Qu'est-ce que tu… Tu ne viens pas m'annoncer que tu as changé d'idée ? s'alarma Graham.

Le prestidigitateur éclata de rire, un beau rire franc, frais comme son teint. Lors de leur première rencontre, la détective avait remarqué comme la peau de Robert Fortier semblait douce et saine. Pas une rougeur, pas le moindre bouton, ni la plus petite tache. Il devait sûrement dépenser une fortune en soins de beauté. Il n'était pas beaucoup plus jeune qu'elle et il se maquillait pour ses spectacles. Elle avait failli lui demander le nom de son esthéticienne. Maintenant, dans la lumière implacable de l'été, elle était encore frappée par l'aspect si lisse de ce menton, de ces joues plates ; la barbe ne laissait aucune ombre. C'était à croire que le magicien se rasait trois fois par jour. Ou qu'il venait juste de le faire avant de sonner chez elle. Non, tout de même pas…

Elle avait pourtant noté que Robert Fortier la regardait parfois avec une intensité troublante et elle s'était demandé pourquoi il venait la voir au bureau, plutôt que de lui téléphoner pour lui faire part de ses idées concernant le spectacle. La veille, il lui avait offert un bouquet de pensées tiré de son chapeau. Elle avait tenté de le refuser, mais il avait insisté.

— J'avais un nouveau tour à te montrer. Ce sera pour une autre fois. Je voulais juste te dire que… et puis non, je t'appellerai demain. Rien d'important.

— Bobby ! Reviens !

L'artiste disparut si vite que Graham demeura interdite. Elle faillit s'élancer derrière lui, mais songea qu'elle aurait l'air de s'intéresser à lui. Trop.

Elle observa son chat qui se grattait le dos sur le trottoir en se tortillant et se rappela que Robert Fortier se tordait souvent les mains quand il la rencontrait.

Léa lui avait dit qu'on plaît toujours quand on est amoureuse. Était-elle amoureuse d'Alain Gagnon ? Était-ce son nouvel éclat qui attirait l'attention de Robert Fortier ? Elle en était à la fois flattée et gênée, contente de lui plaire, quoique embêtée de devoir décevoir ses attentes. Elle ne pourrait jamais s'intéresser au magicien.

— Léo, Léo ?

Le chat dressa les oreilles, cligna des yeux, mais ne bougea pas. Il n'avait pas envie de rentrer maintenant, car le trottoir était encore chaud. Quand il se frottait contre le ciment brûlant, il éprouvait une formidable sensation de bien-être et s'étonnait que sa maîtresse ne l'imite pas. Il regarda la porte se refermer derrière elle.

Un peu plus tard, tapi derrière un buisson, à l'affût d'un papillon brun au corps dodu, Léo perçut le pas d'Alain Gagnon. Un pas souple, moins bruyant que celui de Graham. Ou moins pressé. Semblable à celui de son préféré, Grégoire. Le médecin légiste avait apporté des fleurs. Avec un peu de chance, Graham oublierait de les ranger en haut du réfrigérateur et il pourrait y goûter durant la nuit. Il en ronronnait à l'avance.

— Tu n'aurais pas dû, fit Graham en prenant le bouquet. Elles sont superbes !

— Ce n'est rien.

Il restait là, timide, mais ravi de son embarras. Heureux de sentir son cœur battre plus vite. Il avait fait une longue promenade avant de sonner chez Graham. Pour se calmer et pour profiter de ces instants délicieux qui précèdent le premier tête-à-tête, la première soirée. Ces instants trop éphémères où l'on a l'impression d'avoir quinze ans, la vie devant soi, le monde à ses pieds, des ailes et le sentiment paradoxal d'être à la fois extrêmement brillant et tout à fait idiot. La peur de démériter rivalise avec la joie promise. On se répète qu'il faudra écouter au lieu de parler, rire beaucoup, flatter le chat, se passionner pour la collection d'insectes, féliciter pour le repas, pour la robe...

Gagnon avait souri ; il n'avait jamais vu Graham en robe. En jupe oui, mais pas en robe. Enfin, ce qu'il appelait une vraie robe. Comme celles de sa sœur, fluides, caressantes, virevoltantes, féminines. Il était certain qu'elles iraient bien à Maud. Il aurait aimé qu'elle porte des décolletés découvrant ses épaules si rondes, si belles qu'elles lui rappelaient les odalisques d'Ingres. Il les devinait sous le pull marine. Il détestait cette couleur qu'il jugeait sévère, mais il devait reconnaître que ce bleu mettait en valeur le teint pâle de Maud Graham. Il adorait la finesse de sa peau. Il guettait les petites veines aux tempes qui, souvent, palpitaient sous la chair rosée ; elles l'émouvaient autant que ses rougeurs.

Il avait cru remarquer que ces rougeurs étaient de plus en plus fréquentes. S'illusionnait-il ?

Il avait marché près d'une heure. Sans rien voir, hormis les étamines qui flottaient dans l'air, poursuivaient les papillons avant de se déposer au pied des arbres en une neige laineuse qui étonnait les pétunias récemment plantés sur les grands boulevards.

En regardant Maud Graham disposer maladroitement le bouquet d'iris et de freesias dans un vase trop court, il éprouva le désir de l'embrasser. Il s'approcha d'elle, mais elle se retourna brusquement, comme si elle avait voulu surprendre un ennemi ; il recula de deux pas et faillit écraser la queue de Léo qui était entré derrière lui.

— Attention ! Mon chat a le don de se fourrer dans nos jambes.

Elle souleva Léo pour se donner une contenance et lissa ses moustaches en lui chuchotant des mots doux à l'oreille. Gagnon se demanda s'il saurait trouver sa place entre le chat gris et le jeune prostitué.

— Comment va Grégoire ?

— Bien. Pourquoi ?

— Pour rien. Comme ça. Je sais que tu l'aimes. Et que tu t'inquiètes pour lui.

— Je n'ai pas fini de m'inquiéter… Il prend moins de drogue, mais bon…

Maud Graham ne terminait pas toujours ses phrases. Ou elle les ponctuait par des interrogations. On aurait dit qu'elle détestait affirmer une chose, la clore, la circonscrire.

— Un apéro ? demanda-t-elle à Gagnon. Bière, vin blanc, scotch, vin rouge ?

Il y avait des pistaches, des rondelles de saucisson, des olives au citron et des kalamata, des arachides et des chips barbecue.

— On n'aura plus faim au souper, dit le médecin en souriant.

— C'est peut-être mieux. Je ne suis pas douée pour la cuisine.

— Ça sent pourtant très bon.

— Il ne faut pas se fier aux apparences.

Il y eut un long silence et, alors qu'elle se levait pour mettre un disque de Souchon, son invité se mit à rire.

— Qu'est-ce qu'il y a de drôle ?

— On est tellement embarrassés ! Ça ne m'était pas arrivé depuis des années. J'aime ça.

— Ah oui ?

Il lui expliqua qu'il détestait les situations convenues, qu'il préférait être désarçonné. Il faillit préciser qu'elle aurait pu porter une robe, par exemple.

— La vie serait bien ennuyeuse si on prévoyait tout.

— C'est pour ça que tu as choisi la médecine légale? Pour les surprises?

— Pour le mystère. Et la vérité. Et toi?

— Oh, moi…

Elle cligna des yeux en se demandant combien de temps elle supporterait ses verres de contact et si Alain Gagnon appréciait cette coquetterie. S'il aimait son parfum. Si elle en avait trop mis. Ou pas assez. En tout cas, Léa l'avait adoré et lui avait affirmé qu'il lui allait très bien. Elle avait tenté de la convaincre de porter sa robe émeraude, mais Graham trouvait que son pull et sa jupe marine étaient déjà assez sexy.

— Je ne veux pas avoir l'air de… Je suis plus vieille que lui, avait-elle expliqué à Léa.

— Et plus sotte, avait commenté sa meilleure amie.

Léo miaula. Il voulait déjà ressortir. Graham se précipita pour lui ouvrir la porte.

— Les chats ne peuvent pas tolérer les portes fermées, expliqua-t-elle.

— Et toi?

— On mangera bientôt. J'ai préparé un osso buco.

Que pouvait-elle lui répondre? Qu'elle était indépendante? Qu'elle aimait sa liberté? C'était vrai. Et tout aussi faux. Elle aurait échangé bien des soirées solitaires contre le quotidien d'une vie de couple. L'ennui, c'est que le quotidien n'était pas le même pour tout le monde. Yves, son ex, n'avait pu composer avec le travail de Graham, ses exigences, ses horaires déments.

— J'adore la cuisine italienne.

Elle avait préparé une très classique entrée de saumon fumé. Alain Gagnon fut touché par la symétrie de la présentation : les tranches de poisson étaient disposées en éventail et les rondelles d'oignon s'entrelaçaient comme les anneaux olympiques. Bien sûr, il y avait de petits nids de câpres et des quartiers de citron aux extrémités des assiettes rectangulaires. Maud avait vraisemblablement copié une photo d'un *Time Life* ou d'un *Fins gourmets*. Il comprit à quel point elle manquait de confiance en elle.

Il s'extasia sur la beauté des assiettes, la fraîcheur des produits, la qualité du sancerre.

— Nous devrions discuter du travail pour nous réchauffer, proposa-t-il. Retrouver nos habitudes, nos marques. Ce serait plus facile. Parle-moi de votre suspect.

Qu'il était franc ! Graham écoutait Gagnon avec autant de surprise que d'admiration. Elle ne connaissait pas beaucoup d'hommes qui exprimaient si clairement leurs pensées. Surtout intimes.

— Je ne sais pas encore grand-chose sur lui. Ses empreintes correspondent à celles qu'on a trouvées sur le sécateur. Mais ce sécateur ne porte aucune trace de sang. Tu m'as dit que le sang sur le tee-shirt de la victime ne correspond pas à celui de Romain.

— Ça peut être le sang de votre suspect.

— Maurice Tanguay prétend qu'il ne se souvient de rien et il a une bonne bosse sur la tête. Je ne lui ai pas vu d'autres blessures ou égratignures, mais il est du groupe A+.

— Il y avait des traces de sperme mais pas de fragments de peau sous les ongles de Romain, tu le sais… Il n'a pas égratigné son agresseur. Est-ce que quelqu'un aurait assommé Tanguay pour défendre l'enfant pendant qu'il l'étranglait ?

— Je ne sais pas. Non, cette personne serait allée chercher du secours.

— Il est vraiment amnésique ?

— Je pense. Sinon, il mériterait d'obtenir l'Oscar du meilleur acteur à Hollywood l'an prochain.

— L'avez-vous accusé du meurtre ?

— On manque d'éléments. Il n'a aucun antécédent. Le procureur n'autorisera pas une plainte aussi vite. Même si le sécateur est bien à lui. Il l'a d'ailleurs identifié sans problème. Il est peut-être très très fort… Non ?

— Pour venir vous voir au poste et reconnaître son outil ?

— C'est ce qui me permet de dire qu'il est soit un génie de la dissimulation, soit un vrai amnésique. À moins qu'il ne souffre d'un dédoublement de la personnalité.

— Ouais, ton dada…

— Arrête ! Tu es comme Rouaix. J'ai dit à Tanguay de consulter un avocat. Je lui ai parlé de Romain Dubuc. Il était complètement atterré. Je ne pense pas qu'il ait compris tout ce que je lui ai raconté, mais sa blonde s'en est chargée. Elle m'aime moins depuis qu'elle pressent que son chum peut être suspect.

— C'est normal.

— Ça ne t'arrive pas à toi. Tes clients sont morts. En tout cas, Tanguay a proposé de se soumettre au test d'ADN. C'est bête : j'ai un bon suspect, on a la preuve qu'il était sur les lieux du crime, des empreintes, des traces de pas, du sang, et pourtant je ne crois pas qu'on tienne notre homme. Mais j'ai peut-être un témoin.

— Un témoin ?

— Une victime d'agression sexuelle. Sans violence. L'enfant a décrit un homme qui pourrait ressembler à Tanguay. Il a également parlé d'un tatouage. Il se trouve que Tanguay a un décalque sur le bras gauche. Je vais montrer sa photo au petit Jonathan demain. Ce qui est troublant, c'est que son agresseur portait une fausse barbe. Tanguay a-t-il voulu dissimuler sa tache de vin pour éviter qu'on ne l'identifie? J'ai hâte d'entendre Jonathan, même si…

— Témoignage d'enfant…

— Je sais, c'est difficile en cour, admit Graham. Rouaix aussi s'interroge sur la culpabilité de Tanguay. C'est trop simple. Je l'aime bien, Rouaix. Il est discret. Il me laisse tranquille.

— Est-ce qu'il faut toujours te laisser en paix?

Maud Graham rougit.

Elle frémit de tout son corps quand Alain Gagnon lui prit une main et la baisa longuement.

— Je… je vais aller chercher la pizza… heu… l'osso buco.

— C'est parce qu'on est habitués de manger de la pizza ensemble. Je n'aime pas ça autant que toi. Je t'ai menti. Mais je suis prêt à en manger beaucoup si ça me permet de sortir avec toi.

Graham s'étouffa en buvant une gorgée de vin.

— On peut dire que tu es direct.

— Oui. En privé, nos caractères sociaux sont exactement inversés.

— Qu'est-ce que tu entends par là?

C'est bien, il l'intriguait. Il développa sa théorie:

— Tu es une fonceuse au boulot, et pourtant tu es très timide dans l'intimité, très sinueuse, secrète. Moi, c'est le contraire: je n'affirme jamais rien au travail à moins d'avoir tout vérifié cinquante fois.

Mais sur le plan affectif, je suis prêt à prendre des risques. Je pense que c'est parce que j'ai peur.

— Peur ?

— De ne pas profiter de la vie. De passer à côté. Tu n'as jamais cette impression ?

Mon Dieu, oui ! Elle en avait parfois mal au ventre. Pouvait-elle lui dire qu'elle pleurait sur les années passées sans amour, sur l'avenir qu'elle redoutait ? Pouvait-elle lui révéler qu'elle remettait *parfois* sa carrière en jeu ?

Elle déposa le plat de viande sur le sous-plat et s'avança brusquement vers cet homme dont les yeux abritaient des nids, des lacs, des royaumes de sourires. Elle prit son visage entre ses mains et l'embrassa jusqu'à ce qu'ils manquent de souffle. Il prononça simplement « Maud » quand elle s'éloigna.

Puis ils goûtèrent à l'osso buco. Il était sucré. Gagnon sourit à Graham pour la rassurer. Elle repoussa son assiette d'un geste brusque. S'empara de celle de son invité avec rage.

— Ce n'est pas un dessert que je voulais faire ! Je ne comprends pas ce qui s'est passé. On va mettre ça à la poubelle.

— Pas question ! On corrige la sauce.

Alain Gagnon se dirigea vers la cuisine en chantonnant, ouvrit le réfrigérateur, les armoires comme s'il avait toujours vécu en ces lieux.

— Tu me fais penser à Grégoire. Il aime faire la cuisine.

— Tantôt je ressemblais à Rouaix, maintenant je ressemble à Grégoire. Ça s'annonce bien…

Alain Gagnon désigna deux boîtes dans l'armoire au-dessus de la cuisinière.

— Je pense que tu as pris le sucre en poudre pour la farine.

— C'est semblable ! rétorqua la détective. Même couleur, même texture. Je ne me suis pas trompée quand j'ai répété la recette avec Grégoire.

Gagnon approuva, bien qu'il n'ait jamais trouvé que le sucre en poudre et la farine avaient la même apparence. Maud avait dit qu'elle avait « répété » sa recette, c'est tout ce qui importait. Elle avait voulu lui faire plaisir en réussissant son osso buco. Il la sentait derrière lui, il percevait son parfum à base de rose au-delà des effluves de thym et de tomates fondues qui s'échappaient de la cocotte. Il remua la sauce longtemps pour étirer ces premières notes d'intimité. Il pensait que jardiner, partager les fourneaux, naviguer sur le fleuve, aller voir une exposition étaient aussi importants, dans l'apprentissage de l'autre, que de faire l'amour. Il n'était pas pressé, même s'il désirait Maud depuis longtemps.

— Ne t'inquiète pas, murmura-t-elle dans son cou. J'ai acheté le dessert.

— Je ne m'inquiète jamais quand je suis ici.

— C'est la première fois que tu viens.

— C'est bon signe, non ?

⁂

Robert Fortier avait arpenté le bassin Louise durant deux bonnes heures avant de décider de s'asseoir sur un banc de la rue Saint-Paul. Il n'en bougerait pas avant qu'il ait vu la jeune femme et trouvé l'endroit où elle vivait avec le témoin. Robert Fortier s'était félicité de son sang-froid en quittant le bureau de Maud Graham. Il n'avait pas montré son émoi, même s'il était obsédé par sa rencontre avec Maurice Tanguay. Avec ce revenant. Pourquoi n'était-il pas mort ?

Il fallait qu'on n'en entende plus parler, qu'on ne l'entende pas parler. Il s'était demandé comment il pourrait assassiner cet homme, jusqu'à ce qu'il se rende compte qu'il avait étranglé Romain et tenté d'assommer un témoin gênant sans vraiment réfléchir, spontanément. C'était un accident. Les meurtres prémédités étaient l'œuvre de vrais criminels. Ce sang ne coulait pas dans ses veines.

Qu'allait-il faire de lui ?

Le revoir ? Risquer d'être identifié ? L'homme ne l'avait manifestement pas reconnu. Il avait cru entendre Graham parler de troubles de la mémoire. Mais celle-ci pouvait bien lui revenir…

Dans combien de temps ? Un coup sur la tête peut rendre amnésique. Il en avait donné trois. Ça ne garantissait pas un résultat définitif.

Aurait-il le courage de le tuer ?

Robert Fortier était rentré chez lui après s'être arrêté rue Cartier pour acheter une bouteille de vodka à l'herbe de bison. Cet alcool réussissait habituellement à le calmer.

Il repensait au petit gars de Sainte-Foy. Même s'il portait une fausse barbe, pourquoi s'était-il approché de cet enfant qui avait l'air trop dégourdi ? Le garçon l'avait appelé Christian, et il dénoncerait vraisemblablement un Christian s'il parlait de leur rencontre, mais ce n'était pas une garantie de tranquillité. Québec n'était pas une ville pour lui.

Il devrait boire plusieurs verres de vodka avant d'être apaisé.

Le lendemain, Robert Fortier était résolu à entrer en contact avec Maurice Tanguay. Il avait suivi les policiers de très loin ; ils ne pouvaient le reconnaître avec ses lunettes sombres et sa casquette.

Des hommes étaient allés chercher Tanguay à l'hôpital et l'avaient ramené au poste de police du parc Victoria. La jeune femme blonde les y attendait. Robert Fortier avait vu le couple quitter le parc Victoria avec Graham et deux hommes en complet. Il avait reconnu Rouaix, mais n'avait pu identifier celui qui tenait un énorme attaché-case et qui suait plus que tous les autres. Maurice et son amie étaient revenus rue Saint-Paul trois heures plus tard. Ils avaient l'air hébété. Que leur avait dit Graham ?

Robert Fortier ne savait plus s'il devait réfléchir ou agir spontanément. Il était passé de l'autre côté du miroir dans un élan incontrôlé. Il devrait peut-être écouter ses pulsions, comme le ferait un animal, plutôt qu'essayer de raisonner. La logique désertait ce monde où il avait pénétré. Il ne restait que la ruse.

Il était entré chez un antiquaire pour acheter une babiole, au cas où des policiers auraient remarqué sa présence, puis il avait renoncé à guetter Maurice Tanguay plus longtemps. Il redoutait d'attirer l'attention d'un commerçant. Le soleil était accablant, une baignade serait la bienvenue. Il avait laissé la rue Saint-Paul aux touristes à la recherche du cachet français qu'ils se remémoreraient en Arkansas et il avait emprunté le boulevard Charest. Direction Valcartier. Les glissades d'eau attiraient bien des enfants. Il se ferait son petit cinéma personnel. Parfois, il prenait des photos et expliquait aux adultes — s'ils intervenaient — qu'il était magicien et aurait peut-être besoin d'un jeune apprenti pour un prochain spectacle. Il faisait quelques tours pour épater les parents, les enfants en redemandaient et on se séparait bons amis. Il ne les rappelait jamais, mais il avait des photos pour alimenter ses fantasmes.

Il n'avait jamais commis l'erreur de flirter avec un enfant qui lui était familier. Le hasard, toujours le hasard. Il était parfois difficile de s'en contenter, pourtant il devait s'y résigner.

Il était revenu chez lui dans un état d'excitation extrême et il s'était masturbé avant de prendre une douche et de s'habiller pour aller chez Graham. Il avait choisi une chemise bleu poudre qui lui donnait un air angélique, un pantalon de lin gris souris et avait chaussé des mocassins taupe. Il s'efforçait d'être bien vêtu quand il rencontrait la détective ; tous les détails devaient jouer en sa faveur.

Ainsi, il avait prévu qu'il ne s'attarderait pas chez Graham. Elle ne l'avait pas invité à entrer — elle attendait manifestement quelqu'un —, mais il aurait refusé si elle l'avait fait ; il tenait à ce qu'elle le croie timide, même timoré. Que l'image de l'homme-gentil-qui-ne-ferait-pas-de-mal-à-une-mouche s'impose à elle.

Juste avant qu'il ne lui apprenne qu'il connaissait Maurice.

Robert Fortier avait envie de siffler en rentrant chez lui. Les premières notes de *Jalousie* ne franchirent jamais ses lèvres : il venait d'apercevoir ses nouveaux voisins.

La mère, assise sur une des nombreuses caisses qui jonchaient l'allée, embrassait une délicieuse petite fille à la peau claire, aux longs cheveux noirs. Elle sentait la vanille. Il devinait son odeur à vingt mètres.

Le supplice de Tantale.

Il se précipita vers la maison, chercha fébrilement ses clés en se répétant qu'il n'irait pas sur son balcon pour revoir l'enfant. Il se força à boire un quart Perrier et du jus d'orange avant de gagner le salon. Il se dirigea vers la fenêtre. À sa grande déception et à son intense soulagement, la gamine avait disparu.

Il ne devait pas y penser.

Il avait d'autres problèmes à régler.

Aborder Maurice Tanguay.

Robert Fortier enfila un pantalon brun, une chemise blanche et un veston beige, opta pour une cravate brique à pois ocre, puis il s'empara d'une encyclopédie et de divers formulaires qu'il jeta dans son attaché-case.

Il était déterminé. Il allait provoquer la rencontre.

En traversant le boulevard Laurier, il faillit écraser un chat. Il l'évita adroitement, mais cet incident lui laissa une impression désagréable. S'il avait des ennuis à peine sorti de chez lui, il devrait peut-être renoncer à son projet et rentrer. On klaxonna, il sursauta, accéléra, décidant de rejoindre la rue Saint-Paul par le boulevard Champlain. Il emprunta la côte Gilmore. Le soleil déclinait à l'horizon, emportant les secrets d'une longue journée, quand Robert Fortier atteignit le port de Québec. Les eaux du bassin Louise, couleur d'huître, lui parurent menaçantes. Le magicien chanta pour se réconforter.

Il chantait encore quand il descendit de son automobile : « Maman, les p'tits bateaux qui vont sur l'eau ont-ils des jambes ? » Il entendit claquer les voiles des embarcations qui gagnaient la rade du bassin Louise et, sans se retourner, il s'imagina qu'il possédait un beau bateau pour emmener sa petite voisine faire un tour au large.

Les enfants adorent la mer.

⁂

Une trop légère brise fit tinter le store blanc de la cuisine. Est-ce qu'un peu d'air pénétrerait enfin dans le logis de la rue Saint-Paul ? Quand ils avaient visité leur futur appartement au dernier étage de l'immeuble, d'où la vue sur le bassin Louise était très belle, ni Clara ni Maurice n'avaient songé que la chaleur avait tendance à préférer les hauteurs. Maurice avait juré qu'il installerait un ventilateur, et même trois, un pour chaque pièce, mais juillet s'achevait et il n'avait pas encore démontré ses talents de bricoleur à Clara.

Aujourd'hui, se souvenait-il de cette promesse ?

— On crève de chaleur, murmura-t-il.

— C'est l'été.

— Est-ce que je supportais mieux la chaleur, avant ?

Clara le rassura : non, il n'aimait pas les journées où le mercure dépassait les 20 °C.

— Est-ce que j'étais très différent ?

Différent ? Oui et non. Il ne posait pas autant de questions et il n'hésitait pas maintenant à admettre sa peur. Pourtant, Clara avait toujours senti qu'une angoisse tenace était tapie au fond de son âme, comme une vipère qui attend dans son trou qu'une proie réveille ses instincts.

Clara aussi sentait la panique monter en elle, l'étrangler. Elle s'était empressée de la refouler ; Maurice était déjà assez anxieux. Assez perdu. Il fallait qu'elle garde la tête froide.

— Tu parlais moins des odeurs, répondit-elle.

— On dirait qu'elles sont indélébiles. Je n'ai pas besoin de les noter.

Maurice Tanguay faisait allusion aux carnets qui ne les quittaient plus depuis son retour rue Saint-Paul. Clara et lui y inscrivaient tout ce qu'il faisait, heure par heure, minute par minute. Maurice avait également collé dans un carnet un plan du quartier, de sa rue, pour retrouver son chemin s'il se perdait.

— Le café, les roses, ta peau, l'eau du bassin Louise. C'est ce qui me revient le plus facilement. Si je pouvais me souvenir du parfum des Plaines, ce matin-là… peut-être que le reste suivrait ?

— Ça viendra.

— Mais quand ? Maud Graham a bien dit que je serais peut-être considéré comme un témoin important dans l'affaire Dubuc.

— J'ai entendu. J'étais là.

Clara était allée chercher Maurice au poste de police à son retour de Robert-Giffard. Elle n'avait pas dormi de la nuit ; Maurice devait être si malheureux de se trouver à l'hôpital. Surveillé. Analysé. Soupçonné. De quoi ? Maurice semblait pourtant moins las. Quand Graham leur avait suggéré d'appeler un avocat, Clara avait senti son sang se figer. Ce qu'elle appréhendait arrivait.

— Voilà le numéro de téléphone d'un avocat, avait proposé la détective. À son arrivée, on retournera voir le Dr Picotte et un neurologue.

— Je me sens bien, avait protesté Maurice.

— Vous devez accepter cette procédure, lui avait conseillé Me Martin une heure plus tard.

— Ce n'est pas parce qu'il a perdu la mémoire que Maurice est un criminel ! s'était écriée Clara. Pourquoi est-ce si compliqué ?

Maud Graham avait haussé les épaules. Rien n'était jamais simple. Même si on lui livrait le coupable avec des aveux, des témoins, des preuves accablantes et l'absence d'alibi. Même si elle arrêtait un homme en flagrant délit. La mort ne pouvait pas être si naturelle. Rapide, cruelle, oui, mais humble ?

Graham avait demandé au Dr Picotte de réexaminer Maurice Tanguay et de l'accompagner à l'hôpital, où il subirait des tests plus approfondis. Graham devait s'assurer que sa blessure à la tête n'entraînerait pas d'autres complications, en plus de l'amnésie. Elle devait protéger le service de police ; son patron n'apprécierait guère que Maurice succombe à une rupture d'anévrisme dans son bureau. La presse s'emparerait de l'incident. De coupable potentiel, Maurice deviendrait une *autre* victime de la brutalité policière. Son avocat, heureusement, ne semblait pas chercher le scandale. En fait, il était trop effacé pour défendre adéquatement son client. Maud Graham se sentait coupable de l'avoir recommandé au suspect. Elle ne l'avait vu plaider qu'une fois et il s'en était bien tiré. Et puis elle pouvait se tromper : Me Martin était discret, il écoutait poliment et parlait peu, mais il prenait des tas de notes, tandis qu'elle s'adressait au témoin. Il en faisait autant avec le Dr Picotte. De toute manière, elle représentait la loi, ce n'était pas à elle de s'inquiéter de l'efficacité du défendeur ! Elle avait pourtant autorisé Clara à accompagner Maurice et le Dr Picotte chez le Dr Beauchamp.

En revenant du laboratoire, le neurologue avait expliqué le phénomène de l'amnésie, prévenu Maurice qu'il devait être patient. Toutefois, il l'avait rassuré sur son état général : les tests ne montraient aucun caillot, aucune anomalie qui aurait causé de ces ravages irrémédiables qui font, par exemple, que vous ne vous souvenez même pas d'avoir perdu la mémoire.

— Les événements apparaîtront progressivement, avait ajouté le spécialiste. Vous devez déjà vous rappeler plus de choses qu'avant-hier. On ne peut malheureusement pas prévoir combien de temps vous mettrez à retrouver vos souvenirs. Vous présentez apparemment les symptômes d'une amnésie antérograde.

— Pardon ?

— Il y a deux sortes d'amnésie : rétrograde et antérograde. Dans le premier cas, le patient ne se souvient de rien de ce qui s'est passé avant l'apparition du traumatisme. Dans le cas d'une amnésie antérograde, le sujet ne réussit pas à assimiler de nouvelles informations, et cela, jusqu'à ce qu'il retrouve la mémoire.

Le spécialiste marqua une pause avant de reprendre :

— Vous avez du mal à vous rappeler ce qui s'est passé au moment de l'agression et ensuite. Vous avez erré, mais vous vous en souvenez vaguement. Votre réveil ? Très flou. Vous avez des flashes. Vous parlez de ces deux filles bizarres chez qui vous avez dormi, vous êtes même capable d'en décrire une. Mais si on vous donne l'heure, vous l'oubliez cinq minutes plus tard. Vous manquez de concentration. Vous pourrez écouter un film et perdre le fil rapidement. Lire un livre sans le comprendre... Oublier où vous habitez. Tout ça devrait se dissiper avec le temps.

« Avec le temps, va, tout s'en va. » Maurice entendait la chanson de Ferré comme s'il l'avait écoutée la veille.

— Vous avez reçu un choc. Ce n'est pas comme si votre amnésie découlait de lésions dégénératives produites par l'alcoolisme, par exemple, une apoplexie ou la maladie d'Alzheimer. Vous souffrez d'une commotion cérébrale. Il est difficile d'évaluer l'étendue des dégâts.

— Je me rappelle certaines choses anciennes, avait affirmé Maurice Tanguay. Toutes les heures, je me souviens d'un plus grand nombre de choses.

— Ça vous mènera au présent, avait approuvé le médecin.

— Maurice souffre donc d'amnésie antérograde, avait dit Graham. Pouvez-vous nous parler de l'amnésie rétrograde ?

— Le patient oublie ce qui précède le traumatisme. Ainsi, sa famille peut lui être étrangère, ses amis, sa maison, son travail. Tout s'est effacé.

— Je reconnais Clara, avait répliqué Maurice Tanguay en resserrant son étreinte sur l'épaule de sa compagne.

Celle-ci avait souri pour l'apaiser. Oui, elle était là et ne l'abandonnerait jamais. Même s'il l'avait rayée de sa mémoire, elle aurait continué à l'aimer. Ils avaient eu un moment en tête-à-tête en attendant l'avocat, et Maurice s'était mis à lui raconter leur première rencontre, leur premier souper, leur première nuit. Il savait quelle était sa couleur préférée, son parfum. Sa date de naissance, sa meilleure amie. Elle travaillait dans une garderie à temps partiel. Elle était aussi pigiste : des contrats de traitement de texte. Elle tapait très vite. À chaque information qu'il lui livrait, il jubilait. En lui rappelant qu'elle détestait les anchois, il avait éclaté de rire. Clara n'avait pas aimé ce rire trop sonore qui était si différent de celui qu'elle connaissait. L'instant suivant, Maurice éclatait en sanglots. Elle lui avait longuement massé le cou pour qu'il se calme. Il avait si peur.

Tandis qu'elle étreignait son ami avant que Graham vienne les chercher pour leur présenter Me Martin, Clara avait remarqué le décalque sur le haut du bras gauche. Elle avait cru distinguer une fleur qui s'effaçait lentement. Se fanait sur la peau, devenait un autre souvenir. Elle avait demandé à Maurice qui avait collé le décalque. Il avait secoué la tête. Il avait cessé de dire à tout bout de champ : « Je ne m'en souviens pas. » Un geste imperceptible, un battement de cils suffisaient.

À l'hôpital, Maurice avait demandé qu'on lui prescrive des somnifères, même s'il n'avait pas l'habitude de prendre des médicaments. Il voulait fuir dans la nuit, sachant qu'il ne pourrait y trouver de pires cauchemars que celui qu'il vivait. Il rêverait peut-être qu'il était une mouche engluée dans une toile d'araignée, un vivant immobilisé, bâillonné par des bandelettes comme une momie, un puceron prisonnier d'une plante carnivore. Rien de tout cela n'atteindrait les sommets d'angoisse causés par l'amnésie.

Sauf être soupçonné de meurtre. Maurice l'avait compris dès que Graham avait ouvert la bouche. Il s'était demandé combien de chocs un homme pouvait endurer avant de sombrer dans la folie.

Il s'était ressaisi pour proposer de se soumettre au test d'ADN. Graham l'exigerait, de toute manière. Et il voulait savoir. Même l'horreur. Il n'en pouvait plus de se perdre dans sa mémoire. Les souvenirs faisaient surface, il allait les cueillir. Mais dès qu'il s'approchait d'eux et demandait des précisions, il perdait pied, tombait dans un trou boueux, se navrait.

Se navrait ? C'était sa mère qui disait ça, près de la piscine. Elle avait très peur qu'il ne se noie.

Un meurtre ! On l'interrogeait à propos de la mort d'un enfant ! Lui qui adorait les enfants. Il l'avait répété trois fois à Graham. Clara avait tiqué quand il lui avait rapporté leur entretien ; ce n'était peut-être pas la chose à dire. On pourrait croire qu'il aimait les enfants à la manière des ogres. On lui avait pourtant permis de rentrer rue Saint-Paul. Les preuves étaient insuffisantes pour l'incarcérer maintenant. Mais Graham affirmait que Maurice s'était trouvé sur les lieux du crime. Qu'y faisait-il ? Que révélerait l'ADN ?

Clara était certaine que Maurice n'aurait jamais fait de mal à un enfant, mais elle avait regardé avec appréhension le technicien repartir avec des échantillons de sang, de peau, de cheveux, de poils. Elle savait que son amoureux avait un secret et elle redoutait que la science ne le lui apprenne.

Elle avait sûrement eu une expression curieuse quand Maurice, alors qu'elle touillait la salade de jambon qu'elle avait préparée pour leur dîner tardif, lui avait déclaré qu'il voulait passer le test d'ADN. Elle avait pris mille précautions pour lui expliquer que c'était déjà fait. Qu'il avait rencontré des spécialistes trois heures plus tôt. Maurice s'était retenu pour ne pas pleurer. Il voyait bien les efforts de Clara afin de le réconforter.

Il avait eu plusieurs oublis par la suite. Quand il avait laissé brûler les champignons, Clara avait tourné cela à la blague en disant qu'il voulait lui faire concurrence. Du moins, au début de leur vie commune : elle avait raté tant de plats ! Il avait souri en se remémorant un lapin aux pruneaux particulièrement sec.

— Tu vois, plein de détails te reviennent !

Elle avait cependant dû lui rappeler de téléphoner à son patron pour lui expliquer son accident. Quand il avait raccroché, il avait avoué n'avoir pas tout compris ce qu'on lui disait. Elle avait renoncé à inviter des amis : c'était prématuré. Elle s'était contentée de les évoquer durant la journée. Sans logique, par à-coups, entre deux discussions sur le meurtre de Romain Dubuc, entre une colère et une crise de larmes, entre une petite joie, comme se rappeler où était le disque compact de Grace Jones, et les déceptions quand Maurice ne pouvait répondre à une question simple. Il cherchait alors la solution dans les calepins où il consignait ses faits et gestes, ses pensées, mais elle ne s'y trouvait pas toujours. Clara l'aidait alors en lui donnant des indices. S'il l'éclairait rapidement sur un événement, il jubilait, mais si Clara devait ajouter trop de précisions pour le guider, il était aussitôt angoissé et devait résister à l'envie de lancer le calepin par la fenêtre ou de s'y jeter lui-même. Il taisait bien sûr ses idées suicidaires, mais il ne pouvait s'empêcher de songer à l'avenir avec tristesse.

Clara avait proposé d'attendre au lendemain pour informer leurs intimes de la situation. Ou au surlendemain. Tant qu'on n'arrêterait pas Maurice, tant qu'il ne serait pas formellement accusé, son nom ne pourrait apparaître dans la presse. L'avocat avait été catégorique. En les quittant, il avait répété que Graham n'avait pas assez de preuves pour inculper Maurice.

Mais en fouillant avec celui-ci dans ses dossiers afin de lui livrer des renseignements concernant son travail d'horticulteur, Clara avait trouvé la carte de visite d'un médecin.

— Tu as été malade ? Je ne m'en souviens pas.

— C'est ton tour de perdre la mémoire ? avait-il plaisanté.

Il lui avait enlevé la carte des mains d'un geste trop brusque pour ne pas l'intriguer.

— Qu'est-ce que tu avais ?

Que pouvait-il lui avoir caché ? Était-elle aussi aveugle que sa cousine Martine avec Louis ? Non. Maurice ne l'avait pas trompée. Il avait sûrement une bonne explication.

— Rien. C'est… c'est quelqu'un qui…

— Maurice, je peux trouver son nom dans le bottin. Ce serait plus simple si tu me parlais. Tout est déjà assez compliqué !

Il s'était dirigé vers la fenêtre pour éviter son regard. Puis il s'était retourné :

— C'est pour toi que j'y suis allé !

— Pour moi ?

— À cause de mes cauchemars. Je te réveille trop souvent... Le Dr Laberge est un psychiatre. Je le vois deux fois par mois depuis sept ou huit semaines. Et je me demande pourquoi !

Le visage de Maurice s'était subitement éclairé :

— C'est là que j'étais avant l'agression ! J'avais un rendez-vous assez tard le soir !

Un psy ? Clara aurait dû se réjouir : quelqu'un pourrait témoigner en faveur de Maurice. Mais elle souriait mécaniquement à ce dernier. Pourquoi lui avait-il caché ces consultations ? Ne devaient-ils pas tout partager ? Ils s'étaient juré de ne jamais se mentir.

— Clara !

Il lui avait pris les mains, il voulait lui parler des médecins quand tout serait rentré dans l'ordre.

Clara avait hésité, s'était dit qu'elle n'avait jamais raconté à Maurice qu'elle consultait parfois une voyante. Il valait mieux penser à l'avenir, à celui de son amant. Il fallait appeler immédiatement ce médecin et lui demander de l'aide.

Un message sur le répondeur du Dr Laberge indiquait qu'il serait de retour le lendemain, à dix heures.

Ils n'avaient plus reparlé du psychiatre. Clara avait sorti un livre magnifique sur les grands jardins du monde et s'était assise près de Maurice.

— Je suis certaine que tu l'aimeras autant qu'avant.

Il avait acquiescé, heureux de faire une pause. Leur quête de la vérité était épuisante. Il avait mal à la tête, elle avait la nausée.

Quand ils avaient refermé l'album, les yeux fleuris d'images de Versailles, de Buckingham, de Tripoli et de Capri, ils étaient légèrement apaisés.

— J'ai faim, avait murmuré Maurice. Je mangerais des pâtes. Je crois qu'il y en a dans le congélateur.

Il se souvenait des raviolis qu'ils avaient achetés une semaine plus tôt ? C'était bon signe. Il pourrait bientôt expliquer à Maud Graham pourquoi on avait retrouvé son sécateur sur les lieux du crime. Il y avait sûrement une bonne raison.

Clara le regardait maintenant se régaler des raviolis *all'arrabiata*. Maurice mangeait avec un appétit nouveau. Elle lui en fit la remarque.

— Tu vas peut-être apprendre des tas de choses sur moi… Il paraît qu'on apprend à se connaître vraiment en voyage, dit Maurice en débarrassant la table. Je pense que ce qui nous arrive vaut un tour du monde.

— Et il fait sûrement aussi chaud que dans le désert du Ténéré où tu as toujours voulu aller…

— C'est curieux que j'aie envie de ce désert alors que je n'aime pas la chaleur. On cuit ici !

Il sentait pourtant un courant d'air soulever le bord de la nappe.

— Je dois sortir, dit Clara. Oh, pas longtemps. Pour aller porter un texte dans Montcalm. Tu te souviens que je fais du traitement de texte à la pige ? Tu me l'as dit. J'en ai pour une demi-heure maximum…

— Dans Montcalm ?

Il y avait un tel désarroi dans sa voix que Clara faillit appeler un coursier au lieu de sortir. Mais elle répéta qu'elle s'absenterait moins d'une demi-heure. Vingt minutes.

Elle devait sortir avant de hurler. Se calmer. Aller prendre une bière au Chantauteuil, parler avec des gens qui se souvenaient de leur vie. Elle se sentait évidemment coupable d'abandonner Maurice et elle ne savait pas si sa bière aurait un goût amer, mais elle attrapa le dossier qu'elle avait fini de taper la veille et répéta, en fermant la porte, qu'elle serait rapidement de retour.

Elle eut du mal à introduire la clé dans la serrure de la portière de son automobile tellement elle tremblait d'épuisement, d'inquiétude, d'énervement. Elle grilla un feu rouge sans s'en apercevoir et n'entendit même pas les coups de klaxon. Elle sonna à la porte de son client, lui remit son dossier en lui disant qu'elle lui téléphonerait le lendemain. M. Gendron n'eut pas le temps de la remercier, elle s'était déjà engouffrée dans son auto.

Dix mètres plus loin, elle s'arrêta, car elle ne voyait plus les lumières du boulevard René-Lévesque tant elle pleurait.

CHAPITRE 6

Maud Graham tourna la tête vers Rouaix: il semblait aussi épuisé qu'elle. Ils achevaient de relire tous les témoignages pour la dixième fois et n'avaient pas relevé le moindre indice.

— Il nous faudrait un détail. Juste un et on serait contents, dit Rouaix.

— Oui, Christian Forgues semble avoir un bon alibi.

— Papineau vérifie ce qu'il lui a dit, mais c'est bien parti pour lui. Il y a des gens qui peuvent témoigner qu'il était avec eux le soir du meurtre. Enfin, c'est peut-être mieux ainsi. Sinon, les journalistes camperaient devant le poste jour et nuit s'ils savaient qu'on soupçonne Forgues.

— Ils s'en donnent déjà à cœur joie, répliqua Graham en désignant les journaux qui emplissaient sa corbeille. Ils ont réussi à faire parler Alice Dubuc. Je suis certaine qu'elle ne s'est même pas rendu compte de ce qu'elle a dit. Pauvre fille!

— Pauvres parents... Moi, si...

Rouaix se tut ; il ne voulait pas imaginer qu'il arrive quoi que ce soit à son fils, à sa femme.

— Je me demande pourquoi on appelle ces torchons des journaux « jaunes », fit Graham. Parce qu'ils donnent la jaunisse ? Parce qu'ils sont aussi acides que du citron ?

— Parce qu'ils sont de la même couleur que la pisse, répondit Rouaix. Excuse-moi...

Loin d'être choquée, Graham était étonnée par cette remarque qui correspondait peu au tempérament distingué de son collègue ; il devait être excédé pour s'exprimer ainsi. Elle se replongea dans la lecture des comptes rendus. Ses hommes avaient bien travaillé ; ils avaient parlé à tous les voisins des Dubuc et à tous les commerçants des environs. Mais rien ne ressortait de leurs témoignages. Romain était un bon garçon, répétaient-ils tous, sans dire d'autres choses plus intéressantes.

Graham se frotta les yeux ; elle allait chercher du café quand Drolet entra dans le bureau.

— Eh ! J'ai un gars qui a vu Romain monter dans une voiture. Une sorte de sociologue. Il sortait de la bibliothèque quand on a embarqué le petit.

— La voiture ? Quelle marque ?

— Lemieux ne sait pas. Il ne conduit pas et ne connaît rien aux autos. Je vais lui montrer des modèles, il va peut-être allumer. En tout cas, l'auto était bleue.

— Il a vu l'homme qui a enlevé Romain ?

— L'enfant le suivait comme s'il le connaissait. Ils parlaient ensemble. Lemieux dit que le ravisseur était habillé en blanc. Mais l'été, c'est plutôt habituel…

— À moins que ce ne soit un infirmier, un préposé aux malades, un pharmacien, non ?

— J'y ai pensé. On va être obligés d'interroger les gens dans les hôpitaux.

— Oui, commencez par l'Hôtel-Dieu et Saint-François. Évidemment, le type peut venir du CHUL pour ramasser des enfants dans Québec, mais je penche pour les hôpitaux les plus près. Ton Lemieux a ajouté autre chose ?

— L'homme est châtain clair, il portait des verres fumés. Taille moyenne. Pas de signe distinctif. Il ne sait pas s'il portait une barbe. Il était trop loin. Et de dos.

— On va s'amuser pour le retrouver.

— Tu as enquêté sur ton témoin ? demanda Rouaix. Pourrait-il être coupable, ou complice ?

— Non. Il participait à un séminaire à Montmagny. Il est revenu à Québec à la fin de la soirée, ça lui laisse mathématiquement la possibilité de tuer Romain, mais où l'aurait-il gardé pendant qu'il était là-bas ? Il ne s'est pas absenté une seule fois. Il donnait une conférence. Non, il est correct.

— Merci, Drolet, beau travail. Ton témoin n'est pas loin, je suppose.

— Je l'amène.

Drolet s'éloigna en souriant, même si la perspective d'arpenter les couloirs des hôpitaux lui déplaisait. Il était fier d'avoir trouvé le premier indice et il espérait participer à l'arrestation du meurtrier. Comment pouvait-on assassiner un enfant ? Il fit signe à André Lemieux de le suivre.

— Vous allez raconter aux enquêteurs ce que vous avez vu, ensuite vous pourrez continuer votre journée. Ce ne sera pas long.

Souriante, Graham invita le témoin à s'asseoir.

— Votre témoignage nous est très précieux. Répétez-nous ce que vous avez déclaré…

— Je n'ai rien de plus à ajouter, l'avertit Lemieux.

— Nous serions heureux de vous entendre nous-mêmes.

Le témoin s'exécuta. Il avait vu un homme conduire un enfant vers une voiture bleue garée près du Holiday Inn.

— J'étais assez loin, mais le garçon suivait le type de son plein gré. L'homme ne le tenait pas par la main. Ce n'est peut-être pas cet enfant qui a été tué. Il m'a semblé reconnaître son visage ce matin dans le journal, quoique les enfants se ressemblent tous aujourd'hui. Les garçons comme les filles. On vit dans une société hermaphrodite et…

— Quelle heure était-il ? questionna Rouaix.

— Autour de cinq heures et demie, six heures. Je ne sais pas. Je n'ai pas de montre. Il me semble plus sage de laisser mon instinct me guider dans le fuseau horaire, car…

— Bien sûr, l'interrompit Graham. Aviez-vous déjà vu cet homme en blanc ?

— Non. Je ne pourrais pas le reconnaître. Trop banal. Mais notre société uniformise les gens. On devient des robots.

— On vous montrera des photos de nos suspects. Peut-être que la mémoire vous reviendra.

— J'étais loin et je n'ai aperçu son visage qu'une seconde avant qu'il me tourne le dos. Mais comme, de toute façon, ma journée est foutue…

— On ne perd jamais son temps quand on aide à résoudre le meurtre d'un enfant, rétorqua Graham.

Elle n'avait pas envie d'expliquer à Lemieux qu'aucun dédommagement n'était prévu pour les témoins qui perdaient leur précieux temps au poste de police. Sentant l'impatience de Graham, Rouaix offrit à Lemieux de boire un café avant de regarder les photographies.

⁂

Robert Fortier ne croyait pas à sa chance quand il reconnut Clara qui se dirigeait vers la Renault bleue. Il avait marché près d'une heure sans se décider à sonner rue Saint-Paul, car il redoutait Clara : il pourrait peut-être manœuvrer l'homme, mais la femme ?

Le prestidigitateur avait vu le soleil caresser les grandes ailes blanches des bateaux qui revenaient au port avant de s'endormir dans la nuit du fleuve. Des reflets irisés jouaient à la marelle entre deux coques noires et le clapotis des vaguelettes était si musical que les goélands étaient honteux de leurs cris rauques. Peut-être riaient-ils. Il y avait de quoi, avec ces noms de bateaux : *Victoire*, *Rocky*, *La puce*, *Le commandant*, *La Schtroumpfette*, *Le titan*. Pourquoi pas le *Titanic* ? Les gens n'avaient vraiment pas peur du ridicule. *L'aigle*, *Prince*. Faisait-on allusion au chanteur ou imitait-on les voisins qui donnaient des noms virils à leur rafiot ? Va-t-on plus vite quand on possède un deux-mâts baptisé *Star Trek* ou *Jaws* ? C'est ce genre de machos qui jugeaient de la normalité sexuelle ?

Selon une définition qu'il avait lue, les abus sexuels consistaient dans la participation d'un mineur à des actes sexuels qu'il ne peut comprendre, qui ne sont pas de son âge et auxquels il est contraint par la violence ou par la séduction. Excepté l'incident avec Romain, il n'avait jamais violenté un enfant. Ce n'était tout de même pas sa faute s'il était attiré par eux, si les jeunes acceptaient si facilement de le suivre. Bien sûr, il leur offrait de l'argent ou des jouets, mais il y avait plus. Il y avait son charme. La preuve ? Des gamines avaient demandé à revoir le « gentil monsieur » dans un hôtel de Bombay. « En âge de comprendre » ? Mais qu'y avait-il à comprendre dans le sexe ? Devait-on expliquer le plaisir ? Le plaisir était naturel. C'est pourquoi les réactions si spontanées des enfants étaient souvent attachantes. Décidément, il aurait dû faire ses études en droit afin de pouvoir proposer des amendements aux lois archaïques de ce pays. Aurait-il eu un voilier amarré comme certains juristes ?

À en juger par sa manière de démarrer, Clara, elle, aurait pu gagner des courses de hors-bord. Robert Fortier l'avait vue s'asseoir dans sa voiture ; l'instant d'après, elle avait disparu au bout de la rue.

Il avait repéré une voiture banalisée, mais ne s'en formalisait pas ; il n'avait qu'à sonner à quelques portes pour faire croire aux flics qu'il était un vendeur ou un témoin de Jéhovah. Il essuya des refus partout où il alla ; personne ne voulait acheter d'encyclopédies. Pas étonnant que les jeunes soient si nuls à l'école ! Il n'y avait plus personne pour s'inquiéter de leur culture. Plus de mentor, plus de tuteur, plus de maître. On était loin de cette ère bénie où l'on confiait de jeunes garçons à des hommes d'expérience qui leur apprenaient tout de la vie, la philosophie comme la guerre, les chiffres comme le plaisir.

Fortier tapota ses lunettes en frappant chez Maurice Tanguay. Il manquait de souffle, malgré le fait qu'il était habitué à monter plus de trois étages.

Et si sa victime le reconnaissait ? Il nierait. Fuirait.

La porte s'entrouvrit lentement. L'homme semblait embarrassé.

— Oui ?

— Excusez-moi de vous déranger, dit Robert Fortier en adoptant le ton trop enjoué des solliciteurs qu'il rabrouait fréquemment au téléphone.

— Oui ?

— J'ai un article très intéressant à vous proposer… Mais… Eh ! on se connaît !

Maurice recula d'un pas. Qui était cet homme ? Où l'avait-il vu ? Quand ? Son visage lui était étranger. Était-ce un ami, un collègue ? Non, une relation, tout au plus, sinon il n'aurait pas commencé son baratin avant de le reconnaître.

— Tu ne me replaces pas ? C'est vrai que j'ai changé. Ça fait un bail, hein, Maurice ? Je peux entrer ?

Maurice s'effaça tout en regardant sa montre ; quand Clara avait-elle dit qu'elle reviendrait ?

— Eh ? Ça va, Maurice ? Je te dérange peut-être ? Tu as l'air un peu… perdu…

— Oui.

Devait-il raconter son cauchemar à cet inconnu ? Celui-ci lui souriait, mais il décelait une part d'appréhension dans son regard.

— J'ai eu une drôle de semaine. Qu'est-ce que vous… Est-ce que tu…

— Je me prépare pour un rôle à l'écran. Vendeur d'encyclopédies. Mais je suis magicien.

— Pardon ?

Maurice ne comprenait plus rien. Un vendeur qui voulait être acteur et qui était magicien pénétrait dans son salon et semblait visiblement content de le voir. Que répondre à cela ?

— J'ai eu un accident, dit-il.

— Un accident ? Tu n'es pas chanceux ! Te souviens-tu quand tu es tombé de l'arbre la veille de l'anniversaire de ma cousine ?

— Ta cousine ?

— Ce n'était pas ton genre, mais elle était folle de toi. Maintenant, elle est mariée et elle a trois enfants. Et toi ? Ça fait longtemps que tu vis à Québec ?

— Assez, oui.

— Tu aimes la ville ?

— Oui. Excuse-moi, mais quel est ton nom ?

Robert Fortier réussit à paraître vexé.

— Bob. Bobby Fortier. Tu ne te souviens vraiment pas de moi ?

— On était voisins au chalet ?

Il avait parlé d'un chalet par hasard.

— Oui. La chaleur était plus supportable qu'en ville.

— Tu as dit que tu étais acteur ?

— Un tout petit rôle. Je suis d'abord magicien. Je donne des spectacles un peu partout. Je viens juste d'arriver à Québec. Toi, où étais-tu avant de débarquer ici ?

— À Magog.

— Tu n'as jamais bougé ?

— J'ai fait mes études à Saint-Hyacinthe.

La ferme expérimentale lui apparut nettement. Les bâtiments, les serres, l'odeur de l'humus, les grands peupliers. Cette image était rassurante.

— À Saint-Hyacinthe ?

— Oui. Prendrais-tu une bière ? Il me semble que j'en ai vu dans le réfrigérateur.

— Pourquoi pas ? J'ai assez travaillé aujourd'hui.

— Qu'est-ce que tu fais ? dit Maurice en rapportant deux Heineken. Je n'ai pas bien saisi ton histoire d'encyclopédies.

— Je t'ai dit que je suis magicien. Je soigne beaucoup mes mises en scène, les décors et les costumes. La chance m'a souri ; on m'a engagé pour jouer un petit rôle dans une série télévisée. Je suis un vendeur qui aime la magie… J'ai eu l'idée d'expérimenter la vente itinérante pour bien comprendre mon personnage. Peut-être que je pousse le professionnalisme un peu loin. Et toi?

— Je suis horticulteur.

De ça, au moins, il était persuadé. C'était en lui. C'était lui, comme si de la sève coulait dans ses veines.

— Tu aimais déjà les fleurs dans le temps.

Dans quel temps?

— Es-tu marié?

— Non. Oui. J'habite avec Clara. Et toi?

— Je n'ai pas encore trouvé la perle rare. Mais je ne reste jamais longtemps au même endroit. En tournée à travers le monde.

Fortier parla de ses voyages, puis il exécuta quelques tours de passe-passe avec une pièce de monnaie pour épater son hôte. Le dollar vola dans les airs avant que le magicien le récupère sous une bouteille de bière vide.

Maurice écarquilla les yeux. La vitesse avec laquelle le prestidigitateur avait opéré l'étourdissait. Il avait besoin de calme pour comprendre les événements.

— Tu es vraiment doué, dit-il pour être gentil.

Il était subitement fatigué et il avait envie que son invité le laisse seul. Devinant ses pensées, celui-ci se leva et lui tendit la main:

— Je n'abuserai pas plus longtemps de ton hospitalité. Mais j'aimerais bien qu'on se revoie…

Je me sens un peu isolé à Québec. Je ne connais pas grand monde.

— Ça me ferait plaisir. Donne-moi ton numéro de téléphone. Je ne t'appellerai peut-être pas tout de suite, parce que… j'ai des problèmes de santé. Rien de grave, mais j'étais un peu crevé ces derniers jours. Tout va rentrer dans l'ordre et je te ferai signe. Il faudrait que tu connaisses Clara. Elle est…

Ils entendirent une clé s'enfoncer dans la serrure et la jeune femme apparut. Robert Fortier réussit à sourire et s'avança vers elle pour se présenter. Allait-elle le reconnaître? Elle ne l'avait aperçu qu'une minute au poste de police et elle était troublée. Mais non, elle prenait la main qu'il lui tendait. Elle lui souriait.

Le magicien confia à Clara qu'il était très heureux d'avoir retrouvé Maurice et de le voir comblé par une si charmante compagne. Tout en parlant, Fortier se demandait s'il n'en faisait pas un peu trop, mais il chassa vite cette idée; les femmes adorent les flatteries et n'en sont jamais rassasiées. Quand il s'adressait à une petite fille, il la complimentait toujours pour sa robe ou ses cheveux, sa poupée ou ses barrettes multicolores, alors qu'aux garçons il parlait de mécanique, de vaisseaux spatiaux, de magie et de performances sportives. Un truc marchait souvent: faire la course avec un gamin. Pour l'entraîner de plus en plus loin. Dans un endroit discret.

Des images de sa nouvelle voisine traversèrent son esprit. Elle avait des joues qui évoquaient les pommes trempées dans la tire rouge, tandis que Clara avait des pommettes trop saillantes pour suggérer la douceur. Les femmes avaient une sévérité, un rigorisme qu'elles ne parvenaient pas à lui cacher. Il voyait la volonté d'acier sous les rondeurs. On ne l'abusait pas. Graham était un parfait exemple de cette rigidité féminine : tout en nuances, en circonvolutions pour mieux piéger l'homme. Un barman à qui il avait livré ses réflexions lui avait dit qu'il haïssait les femmes. Fortier s'en était étonné. Non, il ne les détestait pas, elles l'intriguaient. Elles ne savaient pas qu'il les observait comme l'aurait fait un anthropologue ou un entomologiste.

— On se reverra bientôt, Maurice, dit le magicien. Ah, j'oubliais de noter ton numéro de téléphone.

Clara le lui écrivit sur un bout de papier avant de refermer la porte derrière lui.

Robert Fortier ne savait pas encore s'il terminerait son travail. Ni comment. Si Maurice Tanguay retrouvait la mémoire, il devrait bien l'achever, même s'il savait maintenant qu'il n'est pas facile d'assommer quelqu'un.

⁂

Le ciel avait viré au gris éléphant et Grégoire regardait l'heure pour la cinquième fois depuis qu'il s'était assis sur la dernière marche du perron pour flatter Léo. Le chat lui avait faussé compagnie au premier coup de tonnerre. Il s'était faufilé dans le cabanon et devait se demander pourquoi Grégoire s'exposait à la pluie.

Graham avait dit qu'elle serait là à dix-sept heures. Ce n'était pas la première fois qu'il l'attendait ; malgré le fait qu'elle avait toujours de bonnes raisons pour expliquer ses retards, elle n'était pas ponctuelle. Ces détails n'avaient pas la moindre importance pour lui. Si lui était à l'heure, c'est qu'il avait hâte d'entendre le récit de Graham. Le récit de sa soirée avec Alain Gagnon. Hâte et un peu peur. Si ça avait trop bien marché ? Si elle se sentait beaucoup moins seule ? Si elle n'avait plus envie de le voir ? Il n'avait jamais compris pourquoi elle s'intéressait à lui ; elle ne voulait pas le baiser, elle ne voulait pas l'arrêter. Ni femme ni flic. Alors ? Elle l'avait présenté à Rouaix et à Gagnon comme un ami. Elle se comportait comme telle. Mais pour combien de temps encore ? Il avait plu à plusieurs personnes, à commencer par ses propres parents, qui l'avaient ensuite rapidement écarté de leur vie.

Il s'alluma une Player's Light, aspira voluptueusement la fumée. Comment Graham pouvait-elle se priver de ce plaisir ? La peur du cancer ?

Elle voyait tant de morts dans son boulot, elle ne devrait pas en faire toute une histoire. C'est peut-être parce qu'elle était plus vieille : elle avait l'impression de se rapprocher de sa dernière heure. Elle savait pourtant que cela n'a rien à voir avec l'âge.

Grégoire rejeta la fumée en petits ronds qui s'évanouirent aussitôt, bafoués par des bourrasques qui prédisaient l'orage à venir. Le prostitué aimait ce temps encoléré qui lui ressemblait. Il le préférait nettement au soleil, rieur, férocement joyeux, apprécié de tous, accepté comme un cadeau, vénéré. Il aimait crier avec le tonnerre. Il aurait souhaité pouvoir hurler aussi fort que lui. Il aimait la pluie cinglante, les coups de cravache du vent, la course affolée et maladroite des gens qui veulent éviter la douche comme si une averse était une catastrophe. Que savaient-ils des catastrophes ? Ils s'inquiétaient plutôt de sauver leur mise en plis et leurs souliers vernis avant de s'incliner devant leur patron ou leurs clients.

Lui était libre. Libre de marcher sous la pluie. Libre de se faire mouiller. Libre de s'allonger sur le ventre, au parc des Braves, et de converser avec les vers de terre. Il se sentait assez proche d'eux, de leur vie souterraine où ils creusaient un tunnel sans jamais en voir le bout. Le dernier client de la nuit l'avait d'ailleurs regardé comme s'il était un lombric. Il avait jeté son argent par terre. Grégoire avait craché sur lui avant de quitter la chambre.

Ensuite, il avait bu trop de kamikazes.

Il se sentait mieux maintenant et attendait l'arrivée de la pluie avec autant d'impatience que celle de Graham. Il avait lu les journaux tous les jours pour suivre l'enquête. Il éprouvait un mélange de gêne et de fierté en lisant le nom de la détective. Il n'aimait pas être l'ami d'un membre de la police, mais il adorait lire le nom de Maud dans le journal et se répéter qu'ils étaient intimes, qu'elle lui livrait des éléments que les reporters n'entendraient jamais. Il chérissait par-dessus tout ces marques de confiance. Quand Graham le regardait, il avait le sentiment d'être un monarque ou un sphinx ou, mieux encore, un *Morpho anaxibia*. Elle lui avait montré ce merveilleux papillon du Brésil aux ailes bleues chatoyantes et lui avait dit que ses iris n'avaient rien à leur envier, mais qu'ils se rapprochaient davantage des teintes de l'*Actias luna*.

Il s'étonnait de la passion de Graham pour l'entomologie. Elle avait confessé qu'elle éprouvait un malaise à épingler des insectes sur une planche, même si elle les avait préalablement endormis. Il s'était demandé si elle ne se vengeait pas sur ces bestioles de tous les criminels qui lui échappaient.

Elle s'était mise aux casse-tête avant de partir en voyage. Deux mille morceaux! Grégoire était persuadé qu'elle ne finirait jamais sa Joconde. Elle n'était pas assez patiente et ne devait rien voir à travers ses lunettes sales.

Quoique, maintenant, elle portait plus souvent ses verres de contact. Gagnon était-il conscient au moins de ses efforts? Les hommes sont souvent aveugles. Deux de ses trois clients réguliers se plaignaient souvent du manque de sagacité de leurs amants. Ils justifiaient leur recours aux services de Grégoire par l'inattention de leur conjoint.

— Il ne me voit plus. Je suis un meuble, un coussin sur le lit. Pourtant, il m'aime, je suis sûr qu'il m'aime.

Grégoire se jurait alors de ne jamais partager le quotidien de quiconque. Il se moquait ensuite de lui-même. Comment cela se pourrait-il? Qui voudrait vivre avec lui?

La fureur du ciel le fit sursauter. Le fracas du tonnerre lui coupa le souffle quelques secondes. Il envia cette puissance. Il colla ses mains sur le béton du perron pour sentir les vibrations du prochain éclat. Il ferma les yeux dès qu'un éclair lacéra le ciel, attendit le tumulte avec une excitation juvénile. Broooooooum! Il aurait souhaité que ça ne finisse jamais. Il n'entendit pas la portière de la voiture claquer. Il ne vit pas Maud Graham le regarder.

S'émouvoir en constatant que les éléments avaient encore une influence sur son protégé.

— Grégoire? dit-elle entre deux coups de tonnerre.

— Ah? T'es là?

— Je suis en retard, s'excusa-t-elle.

— C'est correct. J'étais bien.

Il était si rare qu'il dise cela.

— J'ai fait des courses. Mais je ne sais pas si j'ai acheté les bonnes choses.

— Tu penses que je vais cuisiner?

— Oui. Non?

Il l'aida à sortir les sacs à provisions. La détective avait vidé le supermarché.

— Attends-tu tout ton staff? plaisanta Grégoire.

Elle eut un sourire timide.

— Mais non. J'ai pensé que ce serait mieux de faire une vraie épicerie. Comme tout le monde.

— T'es pas tout le monde. Mais peut-être que ton croque-mort a des enfants?

— Grégoire!

— Je blaguais. Il est trop jeune. Certain!

Il aurait voulu se mordre la langue! Pourquoi avait-il parlé de l'âge de Gagnon? Il savait pourtant que Graham se préoccupait tellement du sien.

— C'est vrai qu'il est jeune, dit-elle.

— Biscuit, il a juste cinq ans de moins que toi.

— Six. Et s'il en avait dix de plus, ça ne paraîtrait pas pour autant.

— On va préparer le souper au lieu de dire des niaiseries, décréta-t-il.

Elle déverrouilla la porte en tentant de deviner ce qu'elle lui confierait durant la soirée.

Grégoire fit l'inventaire de ses achats et se décida pour une ratatouille. Avec des côtelettes de porc grillées et du riz. Il chargea Graham de couper les légumes tandis qu'il préparait la marinade pour la viande. Il s'amusait de voir Graham si concentrée à trancher finement les poivrons et les oignons. Elle fronçait les sourcils, pinçait les lèvres, s'appliquait avec une bonne volonté touchante.

Mais Graham pouvait-elle faire quelque chose sans y mettre toute son énergie?

— Puis, ton osso buco était bon?

— À la fin?

— À la fin?

— Ce n'était pas ma faute. J'ai vraiment suivi ta recette.

Grégoire lui tapota l'épaule:

— Confessez-vous, mon enfant. Qu'est-ce que tu as fait?

— J'ai mis du sucre en poudre au lieu de la farine. Ça se ressemble tellement! Tu peux rire…

Il ne s'en privait pas. Il finit par retrouver son calme pour demander si Gagnon avait apprécié.

— Il m'a aidée à corriger la sauce. Il est très gentil, tu sais.

— Gentil. Tu n'as pas quelque chose de plus excitant à me raconter sur Gagnon ? Est-ce qu'il embrasse bien ?

— Grégoire !

— Bon, tu veux pas parler de cul ?

Elle riait en rougissant, rougissait en riant.

— Ce n'est pas du cul.

— Ah oui, c'est vrai. Tu baises pas, toi, tu fais l'amour. C'est ça ?

— C'est ça.

— Je t'agace, Biscuit. T'es pas obligée de tout me raconter. Je veux juste savoir ce qui s'est passé…

— Il a presque couché ici. Mais tu n'en sauras pas plus…

Alain Gagnon était parti à l'aube après l'avoir caressée durant des heures. Elle lui avait offert de dormir avec elle. Il avait justifié son refus par le désir d'étirer sa découverte d'elle. Il ne voulait pas tout connaître le premier soir. Il se réservait le plaisir de se réveiller près d'elle.

— Quand ? avait-elle demandé.

— Bientôt, je suppose. Je ne résisterai pas longtemps.

Alain Gagnon préférait rentrer chez lui pour éviter qu'elle ne se sente envahie ; il avait déjà pris assez de place. Elle devait retrouver sa solitude pour le désirer de nouveau.

— T'es vraiment amoureuse, dit Grégoire.

Les silences succédaient aux soupirs dans le récit de Graham. Elle sourit en prenant Grégoire par le cou :

— En partie grâce à toi. C'est toi qui m'as appris que je plaisais à Alain.

— C'est vrai que t'es un peu niaiseuse pour ces affaires-là. Tu vois rien.

Elle lui tendit la brunoise de légumes, puis ajouta qu'elle avait l'impression de plaire aussi à Robert Fortier.

— Bobby ? Pourquoi ?

— Il vient me voir tous les deux jours ! Il pourrait me téléphoner. Je dois avoir l'air prétentieuse de penser ça…

— Non, on pogne toujours plus quand on est en amour.

— Tu as déjà été en amour, toi ?

Il secoua la tête. Il fit glisser les tomates et les courgettes dans la sauteuse.

— J'ai pas le temps. Passe-moi une grande cuillère.

Elle ouvrit le tiroir à ustensiles, reparla de Robert Fortier pour briser la tension que sa question avait suscitée. Elle croyait pourtant qu'elle s'était assez confiée à Grégoire pour qu'il puisse l'imiter. Elle aurait voulu qu'il soit aussi heureux qu'elle en ce moment. Une énergie extraordinaire l'habitait, comme si la lumière coulait dans son sang.

Elle savait qu'elle irradiait. Son teint était plus nacré, ses cheveux brillaient, ses yeux étincelaient. Son rire tintait et ses moues étaient douces. Rouaix n'avait pas été dupe ; il avait fait un clin d'œil à Graham quand Alain Gagnon était passé à leur bureau dans la matinée. Elle avait bredouillé en remerciant le légiste de leur avoir apporté des précisions concernant l'affaire Dubuc.

Ce n'est qu'en ouvrant le dossier qu'elle était redevenue détective : les détails sur l'agression sexuelle à l'endroit du jeune Romain n'avaient rien de romantique.

— Je pense pas que ton magicien trippe sur toi, reprit Grégoire.

— C'était simplement une impression.

— Il trippe trop sur lui-même pour tripper sur quelqu'un d'autre.

— Précise.

Grégoire ouvrit la porte du réfrigérateur, hésita entre une Corona et une Molson Dry, prit la première.

— Il regarde les gens par en dedans. C'est difficile à expliquer. Il ramène tout à lui. Il donne pas. Il prend.

— Voyons, il participe à plusieurs spectacles-bénéfice, pas seulement notre fête. Tu ne l'aimes vraiment pas…

— Écoute, je suis smatte avec lui. C'est déjà pas mal. Je peux me tromper…

Graham acquiesça, mais les remarques de son ami la troublaient ; elle estimait le jugement de Grégoire. Il savait évaluer les gens. Même s'il s'était fait tabasser plus d'une fois pour ne pas avoir deviné qu'un client se révélerait sadique et violent. Et il était jeune. Déjà jaloux de Gagnon. Elle avait eu tort de lui parler de l'attirance de Fortier pour elle. Mais elle était si contente de plaire. Elle ressuscitait après trois ans d'enfermement dans la douleur d'une rupture qu'elle n'avait toujours pas comprise ni acceptée. Trois ans que l'image que lui renvoyait son miroir l'indisposait, l'attristait. Trois ans à se barricader dans le travail, à se noyer dans les enquêtes. À sentir son cœur se tordre à la vue d'un couple enlacé. Combien de fois avait-elle eu envie de crier aux amoureux d'être plus discrets ? De penser à ceux qui souffrent autour d'eux ? Heureusement que Léa ne l'avait jamais importunée avec son bonheur conjugal. Et qu'elle avait connu Grégoire.

— Le gros Léo, il mange du porc ?

— Il adore. Il n'est pas si gros. Ça me surprend qu'on ne l'ait pas encore entendu miauler. Mais les chats sont tellement bizarres. Parfois, il a le nez juste à côté d'un morceau de viande et il ne le voit pas.

— Tu m'as déjà dit ça.

— On dirait que son odorat fonctionne à distance, comme un radar, mais qu'il perd de son efficacité quand il est trop près de l'objet de son désir.

— C'est comme les gens. On voit rien quand on est collé sur quelque chose. Toi, tu vois pas les défauts de ton croque-mort, par exemple…

— Grégoire !

— Ça te dérange pas qu'il tripote des morts avant de venir ici ?

— C'est son travail !

— Je sais, mais c'est écœurant.

— Ceux qui vendent de la drogue à des enfants de huit ans m'écœurent bien plus !

Elle lui tourna le dos pour se composer une attitude détendue. Elle n'avait pas à répondre aux provocations de Grégoire, qui constituaient une manière de contrer son embarras.

— Romain Dubuc prenait de la dope ? demanda-t-il.

— Mais non, pourquoi ?

— T'as parlé d'enfants de huit ans. J'ai pensé à lui. Le gars aurait pu l'attirer en lui offrant du PCP.

— Il n'y avait aucune mention de drogue dans les analyses. Puis les parents ne sont pas…

— … du genre à avoir un enfant qui sniffe ?

Graham haussa les épaules. Elle avait failli dire une bêtise. La drogue était partout, dans tous les milieux, et certains parents aimants connaissaient l'enfer. Ils pouvaient avoir un aîné heureux, équilibré, et une cadette qui se détruisait avec le crack.

Quand ils venaient chercher leur fille au poste, ils n'avaient qu'un mot à la bouche : pourquoi ?

— Avancez-vous dans l'enquête ?

— Oui et non.

— Comme d'habitude.

— C'est compliqué ; impossible de savoir déjà. Et notre suspect collabore autant que si c'était son enfant qu'on avait assassiné. On a l'impression qu'il tient à ce qu'on arrête le coupable. Même si c'est lui.

— Tu penses évidemment au dédoublement de la personnalité ?

Merde ! Qu'est-ce qu'ils avaient tous à l'agacer avec cette théorie ?

— O.K. Je vous ai parlé assez souvent de cette psychose, mais ce n'est pas un sujet de moquerie. Vous auriez l'air fins si j'avais raison !

Grégoire siffla ; ce qu'il y avait de bien avec Graham, c'est qu'elle grimpait facilement dans les rideaux.

— T'as toujours raison, Biscuit. Inquiète-toi pas.

— Je ne tiens pas à avoir raison, protesta-t-elle. C'est la vérité qui m'intéresse.

Elle ouvrit le réfrigérateur en se demandant si elle était orgueilleuse à ce point. Et si cela pouvait gêner Alain Gagnon.

⁂

Le mercure indiquait 29 °C. À l'ombre. Au soleil, Clara pariait pour 35 °C. Heureusement, on annonçait d'autres orages pour la nuit. L'humidité était telle que les feuilles de l'imprimante collaient ensemble; Clara avait pourtant réussi à livrer une copie impeccable à Mme Jasmin avant midi. Elle avait ensuite rejoint Maurice au parc Montmorency. Il prisait ce cimetière pour sa vue sur le fleuve, pour le calme qui y régnait. Le parc était trop petit pour attirer des groupes de touristes ou de jeunes. Il n'y avait aucun dépanneur à moins de cent mètres pour acheter des boissons fraîches ou des chips et la proximité du Petit Séminaire semblait suggérer le respect pour ce lieu historique. Maurice avait dit à Clara qu'il aurait aimé étudier dans ce collège. Il l'avait visité à son arrivée dans la capitale. Il avait apprécié l'épaisseur des murs de pierre, les parquets bien cirés, l'escalier vertigineux et l'odeur un peu sucrée, poussiéreuse de toutes ces années chargées de mystère et des rires des élèves qui couraient dans les corridors, malgré l'interdiction, ou qui se cachaient dans les recoins de la grande cour pour échanger des secrets.

— Tu regrettes encore de ne pas avoir étudié au Petit Séminaire? devina Clara en s'assoyant dans l'herbe.

— J'ai aimé mes études à Saint-Hyacinthe, mais j'adore les vieux murs. Tu es en retard. As-tu eu des problèmes avec Mme Jasmin ?

— Non, j'ai essayé de trouver l'enfant qui t'a collé un décalque.

Quand Maurice avait mentionné l'intérêt de Graham pour cette tache rouge, Clara avait entendu une sonnette d'alarme tinter au fond de son cœur : aucune des questions de la détective n'était innocente. Clara était allée à la pataugeoire des enfants. Les Plaines étaient jaunies par trop de soleil ; Maurice disait souvent qu'il était regrettable que les gens coupent leur pelouse avec une telle frénésie. Une hauteur de neuf centimètres était tout à fait acceptable ; l'herbe était plus moelleuse que celle coupée au ras du sol pour faire bien ordonné. Bien propre. Les enfants qui couraient sur le gazon devaient le trouver trop sec, trop mince ; ils avaient peu de chances d'y découvrir des insectes intéressants, à moins de creuser le sol avec un bâton.

Les cris des petits étaient si stridents qu'ils auraient pu faire concurrence aux sirènes antivol de certaines voitures. Clara avait souri en s'approchant des balançoires. Deux garçonnets étaient venus vers elle en courant.

— Tu viens jouer avec nous ? Maurice avait dit qu'il viendrait avec son cerf-volant. Où il est ?

— Il est malade. Il se repose, mais il reviendra bientôt.

— Qu'est-ce qu'il a ?

— Il a reçu un gros coup sur la tête.

— Avec un bâton ? Comme Lune ?

— Lune ? Quand ?

Un gamin avait précisé que c'était la faute de Geoffroy qui avait laissé échapper son bâton en grimpant sur l'échelle, mais que Lune n'était même pas allée à l'hôpital. Maurice y était-il allé, lui ?

— Oui, mais il en est ressorti très vite, avait répondu Clara en remarquant chez les garçons leurs avant-bras constellés de décalques.

— Ils lui ont fait des piqûres ? avait demandé une fillette.

— Juste une. Sur le bras. Et une infirmière a trouvé que son décalque était très joli. Qui l'a collé sur le bras de Maurice ?

— C'est Audrey, clama Steve. C'est mon amie.

— C'est sa blonde ! s'était esclaffée Gentiane. C'est elle qui lui a donné un décalque de fleur.

— J'aimerais bien la voir.

Steve était allé chercher Audrey à l'autre bout du bassin où elle coiffait sa poupée Barbie. Clara lui avait dit qu'on avait fait beaucoup de compliments à Maurice sur son décalque.

La figure ronde d'Audrey s'était rembrunie. Elle avait dévisagé Steve comme s'il l'avait trahie et elle avait couru droit devant elle. Steve, déconcerté, s'était tourné vers ses copains qui riaient.

— Ce n'est plus ton amie !

— Tant pis, j'en ai d'autres, avait fanfaronné le garçonnet. On joue au ballon ?

Tandis que les enfants s'éloignaient, Clara avait rejoint Audrey. La petite semblait désespérée et retenait difficilement ses larmes.

— C'était un secret ? avait demandé Clara.

— Si je te le dis, ça n'en sera plus un.

— Mais Maurice voulait que je te remercie.

— Ce n'est pas moi qui lui ai donné le décalque, avait-elle protesté.

— Mais Steve dit que…

— C'est juste un… un gars. Il dit n'importe quoi. Mon amie Lune est bien plus gentille.

Clara était déconcertée par l'attitude d'Audrey ; pourquoi niait-elle avoir fait plaisir à Maurice ? Elle ne lui reprochait rien, elle la remerciait. Alors ?

— Mais Maurice…

— Je ne le connais même pas, Maurice Tanguay !

Que dissimulait ce pathétique entêtement ?

— Qu'est-ce qu'il y a, ma puce ? Maurice n'est pas fâché contre toi. Son médecin voulait savoir où tu avais acheté le décalque, car ce monsieur a un enfant de ton âge qui en cherche des pareils. On veut seulement que tu nous dises dans quel magasin tu l'as pris.

— Ce n'est pas moi. Je ne l'aime plus, Maurice!

La fillette avait crié ces derniers mots avant de s'enfuir.

Clara avait songé à la rattraper, mais elle s'était contentée de questionner une de ses copines. Interrogatoire décevant: la petite avait émis des suppositions. Elle n'avait pas vu Audrey appliquer le décalque, elle avait déduit cela. Clara avait marché jusqu'à sa voiture avec un sentiment d'appréhension. Si la première démarche qu'elle effectuait pour aider Maurice se soldait par un échec face à une enfant de six ans, qu'en serait-il des prochaines étapes?

— Je n'ai rien pu tirer d'Audrey, dit Clara en conclusion.

Maurice lui tendit un morceau de pain. Il avait acheté des viandes froides et des fromages. Clara sourit: comment ne serait-on pas déterminée à aider un homme qui prévient vos désirs? D'autant plus qu'elle avait lu que l'amour était la meilleure thérapie pour l'amnésie: un chercheur américain le prouverait bientôt, de concert avec des neurologues européens. Les médecins s'accordaient pour dire que les structures émotives étaient essentielles au fonctionnement du cerveau cognitif. Une amie avait déjà parlé à Clara d'une femme qui oubliait tout au fur et à mesure de la journée, mais qui se rappelait une rencontre amoureuse survenue six mois auparavant. Le Dr Picotte avait répété à Clara que l'affection dont on entourait un amnésique pouvait vraiment accélérer sa guérison.

— Audrey ? dit Maurice. Ça ne me rappelle rien.

Il ouvrit son opinel et, tandis qu'il tartinait des rillettes sur le quignon, il raconta à Clara les souvenirs qui l'assaillaient depuis qu'il était assis dans le parc.

— C'est étrange. Ils se manifestent comme des fantômes. On dirait que j'assiste à une pièce de théâtre dont je suis parfois l'acteur.

— C'est apeurant.

— Oui. Mais j'ai l'intuition que je vais parvenir à retrouver presque tout.

Clara croqua un raisin, s'empara d'une cerise de France.

— Ou même plus que tout, murmura Maurice.

— Qu'est-ce que tu veux dire ?

Lumière rouge. Alerte. Plus que quoi ?

— Je ne sais pas. Il me semble qu'il y a toujours eu des zones d'ombre dans ma vie, mais que je l'ignorais.

Clara frémit. Quelles zones d'ombre ?

— Maintenant, il y a des souvenirs qui me surprennent plus qu'ils ne me bouleversent. Comme s'ils appartenaient à un autre Maurice. C'est difficile à expliquer. Je devrais peut-être demander au Dr Laberge de m'hypnotiser.

Clara cracha le noyau de la cerise: le fruit était suret et trop dur. Rien de ce qu'elle avait imaginé ne s'était déroulé comme prévu. Elle se rappela le premier soir, alors qu'elle attendait Maurice en tentant d'étouffer sa jalousie. Elle était si loin de la vérité! Aujourd'hui, elle aurait préféré qu'il l'ait trompée et soit le triste héros d'une histoire trop banale. Tout plutôt que ce gouffre où gisait le cadavre d'un enfant. Ainsi que la santé mentale de Maurice.

Qu'allait déterrer le Dr Laberge?

Et pourquoi Maurice avait-il traîné sur les Plaines au lieu de rentrer directement à la maison? Rien de tout cela ne serait arrivé si son rendez-vous chez son psychiatre avait eu lieu à la fin de l'après-midi. S'il avait passé la soirée avec elle au lieu de s'allonger sur un divan pour raconter sa vie.

Elle était en colère. Et elle avait honte d'être en colère.

— Qu'est-ce que tu as? questionna Maurice. Tu parais fâchée.

— Moi? Non. Seulement un peu contrariée.

Elle enfouit sa rage et sa honte au plus profond de son ventre et reparla de la petite Audrey.

— Je ne me souviens vraiment pas d'elle, soupira Maurice. J'aimerais bien, cependant... Comment est-elle?

— Mignonne, rousse, avec des tresses. Je me demande pourquoi elle nie t'avoir posé un décalque.

— Elle a ses raisons. Les enfants ont toujours des raisons pour agir. D'ailleurs, ils sont souvent plus logiques que les adultes.

— Tu aimes beaucoup les enfants, constata-t-elle.

En auraient-ils ensemble ?

— Oui. J'en veux.

Il lui baisa la main.

— Avec toi. Quand toute cette histoire sera finie.

Ils se marièrent, ils furent heureux et eurent beaucoup d'enfants ? Il était aussi candide que les petits qu'elle avait vus plus tôt.

— Je ne suis pas si innocent, protesta-t-il.

Il blêmit, maudissant la langue française qui donne plusieurs sens à un mot. La chaleur l'écrasait subitement. Il regarda le Saint-Laurent pour y puiser quelque réconfort, mais le fleuve étale brillait comme un mirage dans un désert. Pas étonnant : il n'y avait plus que des mirages dans sa vie.

CHAPITRE 7

La pluie tombait dru depuis des heures. Les rues luisaient sous les réverbères. Ils s'éteindraient bientôt et l'intensité de la verdure attirerait l'attention des passants. Peut-être se réjouiraient-ils de l'orage en songeant au bien-être des fleurs. Des enfants joueraient pieds nus dans l'eau avant le déjeuner. Maud Graham avait été éveillée par les miaulements de Léo qui s'était caché une bonne partie de la nuit, mais avait finalement décidé d'affronter la tempête pour rentrer chez lui.

En ouvrant la porte, Graham compara la couleur du ciel au poil de son chat. Un gris soutenu avec des nuances brunes. Un gris apaisant après ces journées de soleil. Il avait bien tonné quelques jours plus tôt, mais il n'était tombé que quelques gouttes. C'était insuffisant pour les fuchsias, les lobélies et les bégonias qu'elle avait plantés devant sa maison au début de juin. En regardant l'horizon chargé de pluie, elle fut contente de constater qu'elle n'aurait pas à arroser son parterre en revenant du bureau. Elle aimait pourtant s'occuper de ses plantes, même si elle n'y connaissait pas grand-chose ; sarcler, mettre de l'engrais, couper des branches mortes lui apportaient la meilleure détente après des heures d'interrogatoire ou de paperasserie. À la suite d'un meurtre, elle éprouvait encore davantage le besoin d'enfouir ses mains dans la terre pour se persuader de la stabilité de l'univers.

Maud Graham essuya Léo avec une vieille serviette en lui promettant du jambon s'il se laissait faire. Il s'abandonna en considérant que ça ne durerait pas très longtemps. Il alla jusqu'à ronronner pour plaire à sa maîtresse. Il se frotta contre ses genoux. Il adorait la flairer le matin. Sa senteur était alors plus chaude, plus moelleuse ; on pouvait y trouver une nuance de beurre ou de crème. Le soir, en rentrant du boulot, elle rapportait des odeurs bizarres, chimiques, sales. Sa sueur était souvent acide. Il savait alors qu'elle avait eu peur.

— Mange, mon loup. Je vais aller m'habiller pendant ce temps-là.

Elle lui parlait beaucoup, le regardait droit dans les yeux, était toujours épatée par la dilatation de ses prunelles. Il n'avait aucun mérite, mais il ronronnait quand elle lui faisait des compliments. Elle lui disait vingt fois par jour qu'il était beau.

Un peu plus depuis la visite du médecin légiste. Léo n'était pas dupe : elle ne voulait pas qu'il soit jaloux. Il ne l'était pas. Simplement, il préférait Grégoire, qui sentait parfois le papyrus. Et qui lui apportait des cadeaux. À sa dernière visite, il avait des friandises au poulet.

— J'y vais, mon Léo. Je vais rentrer tard.

Le vent fit claquer la porte et Graham s'excusa. Elle écouta le rap de la pluie pendant quelques minutes avant de démarrer. Les essuie-glaces ne suffisaient pas à la tâche et Graham devait rouler lentement. Au lieu de s'impatienter, elle pensa à Alain Gagnon. Se demanda s'ils luncheraient ensemble à midi. Mais non, il serait à la cour pour témoigner. Entre deux mouvements d'essuie-glaces, elle vit une analogie entre son travail et les vitres : troubles, dangereuses, puis claires après un balayage, puis de nouveau opaques. L'ombre se disputait sans cesse avec la lumière. On détenait un indice, puis un autre le démentait.

Christian Forgues avait un alibi en béton armé pour le soir où Jonathan Drouin avait été agressé. Rouaix et Graham avaient tenté de convaincre Mme Drouin de présenter des photos de Maurice à son fils, mais elle refusait toujours. Elle voulait retirer sa plainte, disant qu'il était préférable d'oublier toute l'histoire. Si ce n'était pas Forgues, ce n'était pas Forgues, voilà tout. On ne ressasserait pas ces pénibles événements.

Graham essuyait ses lunettes en consultant les messages reçus depuis la veille quand Robert Fortier se présenta à son bureau. Grégoire avait tort : cet homme était sûrement attiré par elle, ou du moins fasciné, pour venir la voir par un temps pareil. Elle perçut les clins d'œil qu'échangèrent Drolet et Plamondon ; eux aussi pensaient que le magicien s'intéressait à elle.

— Bobby ! Quelle surprise ! Assieds-toi.

— J'ai trouvé quelqu'un pour l'impression des programmes. Je voulais te montrer ce que Patrick Doyle peut faire. Si ça t'intéresse, il pourrait nous faire un prix.

— Tu es trop gentil. Je ne sais pas comment te…

— Laisse, dit Robert Fortier en cueillant un bouquet de campanules derrière l'ordinateur de Graham.

— Bobby ! s'écria-t-elle.

— Tu es bon public ! Tout t'épate.

— Et toi, tu es trop généreux.

— C'est pour une bonne cause. J'aime mieux travailler pour toi et savoir à quoi sert mon énergie que d'envoyer de l'argent à un organisme dans lequel je ne sais même pas si je peux avoir confiance. À part ça, quoi de neuf ?

— La routine. Les enquêtes.

Il se levait déjà, replaçait sa chaise.

— Dis donc, il me semble que j'ai vu Maurice Tanguay ici…

Il s'interrompit, se balança sur un pied, sur l'autre, visiblement embarrassé.

— Excuse-moi, je suppose que tu n'as pas le droit d'en parler.

Pourquoi nier la présence de Maurice, puisque Bobby l'avait vu ? La règle voulait qu'elle soit silencieuse, mais le bon sens ne lui interdisait pas d'écouter quelqu'un parler du suspect.

— Tu le connais ? Depuis longtemps ?

— J'espère qu'il n'a pas d'ennuis.

— Il a eu un accident, mais il va mieux maintenant.

— Ah ? Il ne m'a pas semblé si mal en point quand je l'ai vu avant-hier. Bizarre, mais en forme…

— Tu l'as vu ?

— Par hasard. C'est drôle, j'ai été des années sans avoir de ses nouvelles et je l'ai rencontré deux fois ces derniers jours. On m'avait dit que Québec était petit, mais à ce point !

— Québec n'est pas si petit, protesta Graham avec une véhémence toute chauvine.

— C'est quand même toute une coïncidence.

— Tu disais que tu le trouvais étrange.

— Il avait l'air déboussolé. Mais il a toujours été différent.

— Différent ?

Robert Fortier posa sa main sur la poignée de la porte, bredouilla qu'il devait rentrer.

— Bobby, tu n'as pas répondu à ma question.

— Écoute, je ne sais pas ce que Maurice faisait ici. C'est un copain d'enfance. On était voisins au chalet un été… Maurice était gentil avec moi. Je sais que c'est moi qui ai commencé à te poser des questions, mais oublions ça, veux-tu ? Je n'étais pas venu ici pour parler de lui.

— Mais, Bobby…

— Je ne pourrais pas te dire grand-chose de toute manière. Ça fait des années qu'on s'est vus… Près de trente ans. C'est même incroyable que je l'aie reconnu. C'est grâce à sa tache de vin. Sans ça… De son côté, il ne m'a pas reconnu. J'ai encore plus changé que lui…

Graham était tentée d'insister, mais Robert Fortier se serait fermé davantage. Elle l'accompagna dans le corridor en le remerciant de s'être déplacé pour lui montrer le travail de Patrick Doyle. Elle regarda le distributeur de café, puis secoua la tête ; elle en avait assez bu. Elle n'aurait pas les idées plus claires si elle en ingurgitait davantage.

Différent ? En quoi Maurice Tanguay différait-il de Robert Fortier ?

Le chalet ? Devrait-on remonter à l'enfance pour connaître Maurice ?

Elle reconnut le pas nonchalant de Rouaix; même quand il était très énervé, il ne se départait jamais d'un certain flegme. Graham le taquinait en lui disant qu'il tenait plus des Britanniques que des Français, même si son père était originaire de la Champagne.

— Ton magicien est arrivé vraiment de bonne heure, Graham. Qu'est-ce que tu leur fais?

Elle rosit pour le plus grand plaisir d'André Rouaix, marmonna qu'il était venu discuter de l'affiche. Elle dit plus fermement qu'il connaissait Maurice Tanguay.

— Comment?

— Je ne sais pas si ça peut nous être utile; il ne l'a pas vu depuis des années. Il l'a reconnu quand il l'a croisé ici. À cause de sa tache de vin. Et il l'a rencontré cette semaine par hasard. C'est à peu près tout ce qu'il m'a dit.

— Fortier a l'air de t'aimer beaucoup, tâche d'en profiter. Il pourrait nous aider à en savoir plus sur notre suspect.

Graham soupira; elle doutait que le magicien collabore. L'espérait. Elle n'avait pas envie de transformer le prestidigitateur en informateur. Elle approuvait, paradoxalement, le raisonnement de Rouaix: on devait faire flèche de tout bois. Elle rappellerait Robert Fortier au cours de la journée pour lui parler de Patrick Doyle et elle aviserait à ce moment.

À quinze heures, les rues séchaient sous un soleil radieux. L'air sentait encore la pluie et Graham aurait aimé se promener sur le bord du fleuve, mais elle ne quitterait pas son bureau avant plusieurs heures. Elle craignait d'être distraite parce qu'elle était amoureuse et entendait compenser la qualité de son travail par la quantité. Personne ne lui avait rien reproché, mais Graham avait l'impression de piétiner. Elle s'étira et composa le numéro de téléphone du magicien. Un répondeur prit son message.

À seize heures, Robert Fortier riait en écoutant la voix de la détective; il pouvait commencer son boulot de désinformation. Il lui peindrait un portrait assez particulier de ce cher Maurice.

Il allait rappeler Maud Graham quand il vit la petite Sandra sous sa fenêtre; elle courait derrière son chien, un caniche nain qui aboyait souvent. N'eût été l'enfant, Robert Fortier se serait plaint à ses voisins depuis longtemps. Mais il leur avait plutôt avoué combien il enviait leur fillette de posséder un animal; ses parents le lui avaient toujours refusé.

Sandra portait une robe en coton mauve qui mettait en valeur son teint frais. Ses joues rappelaient l'incarnat des strombes. Il en avait ramassé à Miami et les avait offerts à un petit garçon qui en avait besoin pour son château de sable. Le père, malheureusement, était venu aider son fils à terminer son œuvre. Les parents de Sandra étaient-ils aussi vigilants ? La gamine ne s'éloignait jamais vraiment de leur appartement. Il contemplait de loin, de beaucoup trop loin, ses doux mollets, ses cuisses dodues, ses petites fesses charnues. Elle serait encore belle durant deux ou trois ans. Ensuite, elle commencerait à ressembler à une femme. Elle serait grande et forte, solide, indépendante.

Il la héla. Elle leva la tête, lui adressa un sourire où il manquait une dent.

— Je l'ai perdue hier soir en mangeant un biscuit. Mais mon père m'a dit que ce n'était pas vrai que les souris apportent de l'argent en dessous de l'oreiller. Il dit que ce sont des niaiseries.

— Et toi, qu'en penses-tu ?

Elle se dandina un moment ; son père devait avoir raison, puisque c'était un adulte.

— Les adultes n'ont pas toujours raison, mon lapin.

La petite rit d'être appelée « mon lapin ».

— Tu aimes les biscuits ?

— Oh, oui ! Mes préférés, ce sont les biscuits au chocolat. C'est pour ça que mon chien s'appelle Chocolat. Mais maman a oublié d'en acheter. Elle oublie tout depuis qu'elle a Gabriel.

— Dommage.

— Il n'est même pas beau. Il pleure tout le temps et je ne peux même pas jouer avec lui.

— Tu pourrais jouer avec moi ? Moi aussi, j'aime le chocolat.

— Et les biscuits à la noix de coco avec des pitons bleus et rouges dessus ?

— Connais-tu l'histoire d'Hänsel et Gretel et de la maison en pain d'épice et en bonbons ?

— Non ! C'est où ?

Il allait lui répondre quand il entendit sa mère : « Sandra ! Sandra ! » Il devrait être très prudent dans ses tentatives pour se rapprocher de sa voisine. Et s'il l'invitait avec ses parents à assister à la soirée-bénéfice ? Ils se méfieraient moins d'un homme qui fréquente des représentants de l'ordre.

— Je te raconterai l'histoire d'Hänsel et Gretel un autre jour. Et je te montrerai mes lapins. Oui, oui, j'ai des lapins chez moi. Salut !

Elle lui fit un petit signe de la main. Le caniche courut derrière elle en jappant, mais Robert Fortier n'entendait plus ses aboiements ; il regardait la filette pousser la lourde porte d'entrée. Il se mastuberait avant de téléphoner à Maud Graham.

⁂

Le Dr Laberge avait écouté le récit de Maurice et Clara avec stupéfaction. Amnésie ? Meurtre ? Accusation ? Il avait entendu des choses plutôt curieuses dans ce bureau, mais rien d'aussi incroyable, même s'il avait souvent constaté que la victime est proche du bourreau. Et qu'ils se confondent parfois.

Maurice se punissait-il? De quoi?

Leurs rencontres précédentes n'avaient pas permis au psychiatre d'établir exactement de quel trouble souffrait Maurice Tanguay. Il était introverti, certes, et cela tout le monde aurait pu le lui dire. Il était légèrement paranoïaque et faisait difficilement confiance aux autres. Il avait des tics: qui n'en avait pas? Il était apparemment généreux, puisqu'il l'avait consulté en songeant à sa compagne qui méritait des nuits plus calmes.

Mais on ne savait pas encore ce qui générait les cauchemars.

Deux mois plus tôt, Maurice lui avait révélé qu'il avait choisi un psychiatre plutôt qu'un psychologue, car il souhaitait qu'on lui donne des médicaments pour l'aider. Sa mère en prenait beaucoup. Elle avait des nuits agitées.

Daniel Laberge avait expliqué à Maurice qu'il souhaitait mieux le connaître avant de lui prescrire les médicaments désirés. Maurice avait manifesté sa déception; il espérait un résultat rapide. Il en avait assez de déranger Clara dans son sommeil. Le Dr Laberge avait fait comprendre à Maurice que ses terreurs nocturnes étaient le symptôme d'un plus grand malaise. La pointe de l'iceberg, en quelque sorte. Et qu'il fallait faire fondre le glacier plutôt que de le décapiter avec des psychotropes.

Maurice avait soupiré, mais promis de revenir.

Il était là maintenant. Pour annoncer au psychiatre qu'on le soupçonnait de meurtre parce qu'il avait perdu la mémoire. Il était si fébrile qu'il dut recommencer son récit plusieurs fois. Clara n'était pas beaucoup plus calme que lui. Pourtant, elle semblait habituée à se maîtriser, à se tenir droite en toutes circonstances, à respirer discrètement, sans à-coups, même si son cœur battait trop vite.

— Je veux être hypnotisé. Je veux savoir ce qui s'est passé.

— Maurice n'a tué personne, décréta Clara. Je le saurais.

— Et il faut que vous enregistriez la séance. Pour la présenter aux policiers.

— Ce n'est pas dans mes habitudes de…

Clara interrompit le psychiatre:

— Maurice non plus n'est pas habitué à être soupçonné d'un meurtre.

— Je n'aime pas qu'une tierce personne assiste aux entretiens.

— J'espérais que Clara resterait auprès de moi, glissa Maurice.

Daniel Laberge s'inclina: l'hypnose apaiserait peut-être son patient, à défaut de l'éclairer sur ses actes.

Et si Maurice avait vraiment tué cet enfant ? Il devrait téléphoner aux policiers pour qu'ils viennent l'arrêter dans son bureau ? C'était absurde. La vie était absurde. Avait-il choisi le bon métier ? Il aimait se poser des questions, mais il détestait qu'elles restent sans réponse. À force de sonder l'âme humaine, il mesurait son ignorance. Cependant, il ne désespérait pas d'en apprendre un peu plus avant de quitter ce monde étrange.

— Très bien, dit-il à Maurice en lui désignant un large fauteuil.

Bientôt, ils n'entendirent plus que leur respiration. Ensuite, la respiration de Maurice domina celle de Clara et celle du médecin. Elle était plus longue, plus lourde. Le Dr Laberge ramena Maurice un mois, puis une semaine plus tôt. Il l'interrogea sur son emploi, lui fit préciser où il travaillait. Il lui demanda pourquoi il s'était rendu sur les plaines d'Abraham en sortant de son cabinet.

— Votre sécateur était attaché à votre ceinture. Pensiez-vous vous en servir en sortant d'ici ? Où ?

— Il faisait noir quand je suis parti. Je traîne presque toujours mon sécateur avec moi. Je l'avais utilisé durant la journée. Je suis rentré par les Plaines parce que ça sentait bon.

— Y avait-il d'autres odeurs à cette heure-là ?

— Oui, des relents de ville.

— Quelle heure était-il?

— Près de vingt-trois heures. Quelqu'un venait de me poser la question.

— Nous allons maintenant remonter plus tôt. Il est dix-neuf heures. Dix-huit. C'est l'heure du souper, Maurice.

Les traits de Maurice se crispèrent. Il ferma les yeux. Secoua la tête.

Sa voix se métamorphosa en un filet aigu.

— Que se passe-t-il, Maurice?

— J'ai pas faim, maman. Je suis juste allé me promener.

Daniel Laberge retint une exclamation en comprenant que Maurice s'était propulsé, sans son aide, dans sa petite enfance. De telles manifestations étaient rares. De quoi devait-il se protéger pour fuir si loin?

— Quel âge as-tu, en ce moment?

— J'ai quatre ans et demi. Ça va être mon anniversaire. Après l'Halloween.

Il grimaça et se mit à pleurer.

— Tu n'aimes pas les anniversaires, Maurice? Ou l'Halloween?

— Je ne veux pas de diable. Le diable fait mal à Jacques.

Jacques? Son frère qui s'était noyé? Maurice y avait fait allusion lors d'une rencontre précédente.

— Jacques pleure?

— Le diable est méchant. Il met sa cape rouge sur Jacques pour l'empêcher de pleurer. Mais moi, je l'ai vu.

— Qu'est-ce que tu as vu, Maurice ?

— Le diable tapait les fesses de Jacques.

— Est-ce que quelqu'un a empêché le diable de battre Jacques ?

Maurice hésita, renifla :

— Je suis trop petit pour l'aider. Jacques est plus grand que moi.

— Mais il est moins grand que le diable ?

Maurice courba la tête, murmura que sa mère lui interdisait de jouer dans le bois.

— J'aurais dû rester à la fête.

— Quelle fête ?

— L'Halloween. Chez Juliette. Je l'aime pas. Elle a des cheveux noirs. J'aime juste les cheveux blonds comme ceux de Boucle d'Or.

Malgré sa peur, Clara esquissa un sourire que le médecin remarqua. La jeune femme n'était pas si sûre d'elle.

— Juliette a ri de moi. C'est pour cette raison que je suis parti. Personne m'a vu.

— Tu as quitté la fête tout seul ?

— J'ai presque cinq ans ! rétorqua Maurice.

— Et Jacques ?

— Il était pas à la fête. Il est trop vieux. Mais il pleurait après que le diable est parti.

— Il avait très mal ?

— Il a dit que c'était un secret. Il faut que personne le sache parce que le diable va l'emmener en enfer.

— En enfer ?

— Jacques dit que c'est pas un vrai diable, mais qu'il veut pas le fâcher.

— Est-ce que Jacques a parlé du diable à tes parents ?

— Non. Le diable voulait pas. Il avait dit qu'il le tuerait.

— Maurice, tu as parlé du diable à ta maman ?

— Non, j'avais pas le droit d'aller dans le bois. Mais après, je l'ai dit.

— Après quoi ?

— Après que Jacques est tombé dans l'eau. Peut-être que le diable l'a poussé.

— C'était la même journée ? Le diable a battu Jacques et ensuite Jacques s'est noyé ?

— Non, pas la même journée. Il faisait beau. Jacques avait parlé du diable à Richard.

— Il te l'a dit ?

— Avant d'aller lui parler. Jacques avait encore peur du diable. Richard était grand. Il lui montrait des sports. Il aurait pu battre le diable. Il était capable de lever des haltères. Mais le diable a poussé Jacques dans l'eau avant que Richard le tue. Il est arrivé trop tard, je pense.

— C'est Richard qui a trouvé Jacques ?

— Non. C'est Mme Duquette. Elle a crié assez longtemps. Plus que ma mère, je pense.

— Et le diable ? Mme Duquette l'a vu ?

— Non.

— Et toi ? Tu l'as revu ?

Maurice se tassa sur sa chaise, secoua la tête avec vigueur.

— Non. Jamais, jamais, jamais.

— Parce que ton papa l'a battu ?

— Non, chuchota Maurice. Ils m'ont pas cru. Ils ont dit que le diable avait pas de corps. Que c'est des inventions. Mais je l'avais vu, moi !

Il suait maintenant à grosses gouttes, se mordait les lèvres en gardant les yeux fermés. Que refusait-il de voir ?

— Écoute-moi, Maurice, tu es grand maintenant. Tu as vingt ans.

Maurice s'apaisa lentement et décrivit des plantes aquatiques.

— C'était son cours préféré en horticulture, précisa Clara. Il en parle souvent.

— Tu as trente ans. Trente-huit ans aujourd'hui, Maurice. Tu vis à Québec. C'est l'été. Il fait chaud et tu vas… vous allez vous réveiller. Dès que j'aurai commencé à compter. À zéro, vous ouvrirez les yeux.

— Il n'a pas raconté ce qui s'est passé sur les Plaines… protesta Clara. Il fallait lui demander s'il a utilisé la lampe de poche. Où il l'a mise.

— Maurice en a déjà assez fait aujourd'hui.

— Mais…

— Ça pourrait être dangereux d'insister.

Le médecin entreprit le compte à rebours. Il nota le frémissement des paupières, la respiration plus régulière, tout en se demandant comment Maurice accepterait ses propres révélations. Il ne pouvait les lui cacher, et savait que la scène que Maurice avait vécue dans son enfance l'avait profondément traumatisé. Comme l'incrédulité de ses parents quand il leur avait parlé du diable.

Mais quel lien y avait-il entre ce crime dont il avait été témoin, la noyade de Jacques et le meurtre du petit Romain ? Comment mesurer les conséquences d'un secret trop bien gardé ? Le psychiatre avait toujours su que son patient avait enfoui certaines peurs au fond de sa mémoire, mais il n'aurait pu deviner qu'il avait assisté au supplice de son frère. Daniel Laberge avait aussi en tête des chiffres qui l'affolaient : quatre abuseurs sur cinq avaient eux-mêmes été agressés dans leur enfance. Et si Maurice, malgré son épouvante, avait transposé la scène ? Il avait, en quelque sorte, été aussi victime de l'agression. Pouvait-il en avoir répété l'horreur ?

— Maurice, nous avons entendu des choses… assez troublantes.

— Que s'est-il passé sur les Plaines ? Je veux savoir !

— Ce n'est pas aussi simple.

Maurice se tourna vers Clara :

— Dis-moi la vérité !

Clara prit le visage de Maurice entre ses mains, mais se tut. Le psychiatre l'avait effrayée ; si elle parlait trop ? Si elle détruisait l'équilibre psychique de son amant ? Elle ne pouvait s'empêcher de penser que le manque de confiance en soi dont souffrait Maurice pouvait être lié à un traumatisme. Elle se souvenait d'avoir parlé d'une peur diffuse à Maud Graham. Que dirait l'enquêtrice si on l'informait de cette séance d'hypnose ?

— La vérité, Maurice, c'est qu'on devra faire d'autres séances, dit le Dr Laberge. Vous nous avez entraînés dans le passé. C'était plus difficile, ensuite, de revenir à votre passé récent. Vous souffririez trop.

— Je… je ne comprends rien, bafouilla Maurice.

— C'est normal. Vous nous avez révélé un secret que vous avez gardé pendant des années.

— Un secret ?

— Un secret sur vous. Vous aviez près de cinq ans.

Maurice se serra le ventre comme s'il voulait se protéger.

— Vous m'avez déjà parlé de votre frère Jacques. Vous m'aviez dit qu'il s'était noyé. Vous pouvez me donner des détails sur sa mort ?

— Qu'est-ce que Jacques vient faire dans cette histoire ?

Par un sourire, Clara encouragea Maurice à répondre.

— Il est mort quand il avait huit ans, ça, je m'en souviens.

— C'était un accident ?

— Oui. Il a marché sur la glace. Elle devait être trop mince.

— Il y avait des témoins ?

— Non. Mme Duquette est arrivée trop tard. Elle n'a pas eu le temps d'aller chercher du secours. Il s'était enfoncé sous la glace.

— Il n'y avait personne d'autre ? Ça n'aurait pas pu être un meurtre ? Aurait-on pu pousser Jacques ? Ou un suicide ?

— Mais non ! Expliquez-moi !

— Jacques a été agressé quand vous étiez jeunes.

Maurice écouta le récit du médecin avec horreur et étonnement. Il se mordait frénétiquement les lèvres et Daniel Laberge s'attendait à un déni des faits. Mais après un long silence, Maurice s'affaissa dans le fauteuil et se mit à pleurer. Clara appuya sa tête sur son épaule et lui caressa les cheveux aussi délicatement qu'elle l'aurait fait avec un enfant.

Les sanglots s'espacèrent. Maurice s'épongea les yeux en expliquant qu'il se sentait atrocement coupable.

— Si j'avais parlé du diable plus tôt à mes parents, Jacques serait peut-être encore en vie. J'ai toujours pensé qu'il s'était suicidé. Il savait que la glace était fragile, on nous le répétait assez souvent. Il ne s'y était jamais aventuré avant. Mais depuis… le diable… il était bizarre. Il s'était refermé sur lui-même.

Maurice avait mentionné la mort tragique de son aîné lors de sa deuxième visite au médecin, et celui-ci avait décelé un certain sentiment de culpabilité. Mais il ne pouvait deviner qu'un viol était à l'origine du suicide et que ce terrible secret étouffait le survivant.

— Vous pensiez que vous mourriez si vous parliez, Maurice. C'est normal que vous ayez gardé le silence. C'est affreusement triste, mais c'est normal. Vous étiez un enfant. Il faut que vous pardonniez à cet enfant de ne pas avoir sauvé son frère.

— Si j'avais crié au début quand l'homme a attaqué Jacques, peut-être qu'il se serait enfui ?

— Ou qu'il vous aurait tués tous les deux.

— Jacques est mort quand même.

— Tu n'es pas responsable, dit Clara. À la limite, c'est l'entraîneur de sports de Jacques qui aurait dû intervenir. Jacques lui avait parlé de l'agression, mais ce… Richard n'a rien fait et ton frère est mort peu de temps après. Connaissais-tu cet homme que tu appelles le diable ?

— Non, non, c'était un vrai diable. Enfin, c'était un homme déguisé en diable. Avec une cape rouge et noir. C'était l'Halloween. Tout le monde se costumait.

Le psychiatre enleva ses lunettes, se frotta les yeux en se moquant intérieurement de lui-même, de la théorie qu'il était en train d'échafauder. Il pensait déjà expliquer toute la symbolique du diable pour bien montrer à son patient qu'il le comprenait. Alors qu'il s'agissait bêtement d'un homme qui avait profité de l'Halloween pour agresser un enfant sans être identifié.

— Vous n'avez pas reconnu sa voix ?

— Non. Jacques non plus.

— Et vos parents ne se sont doutés de rien ?

Maurice soupira. Jacques avait été malade en rentrant à la maison. Il avait dit qu'il avait mangé trop de friandises. Jacques était très entêté ; personne n'aurait pu le décider à parler s'il voulait se taire. Même pas leurs parents. C'était un enfant hyperactif avant l'agression. Quand il s'était mis à faire les quatre cents coups à l'école, les Tanguay n'avaient pu deviner que cette violence était la conséquence d'abus sexuels. Ils croyaient qu'ils avaient un enfant difficile, mais intelligent. Ils vantaient sans cesse son intelligence. Et sa beauté.

— Jacques avait l'air d'un ange. Ils auraient préféré que ce soit moi qui meure.

— Maurice! s'écria Clara. Tu...

— C'est ça, la vérité. Si j'avais défendu Jacques, ils ne m'en auraient pas voulu de sa mort.

— Non, ce n'était pas votre rôle. Vos parents auraient pu se poser des questions sur l'attitude de Jacques. Même après sa disparition. Ils auraient pu prendre votre histoire de diable au sérieux et mener leur enquête, au lieu de s'incliner devant la fatalité divine!

— Ce n'était pas ta faute, ajouta Clara.

Le Dr Laberge l'approuva tout en se disant que Maurice devrait le consulter encore longtemps. Il avait une si piètre estime de lui-même qu'il pouvait bien se croire capable d'un meurtre. Et si les flics l'en persuadaient?

— Nous devons décider de ce que nous dirons aux autorités, déclara-t-il.

— Rien! s'écria Clara. Ça ne les regarde pas.

— On ne sait toujours pas ce qui m'est arrivé sur les Plaines, fit Maurice. On pourrait faire une autre séance d'hypnose.

— Oui, mais pas tout de suite. Vous devez être prudent.

Le Dr Laberge indiqua à son patient qu'il faisait des progrès dans la quête de ses souvenirs.

— La mémoire vous revient à un rythme très prometteur. Ne vous découragez pas.

Quand il referma la porte derrière le couple, Daniel Laberge se demanda s'il saurait aider Maurice. Les serpents qui casquaient la Gorgone Méduse étaient moins emmêlés et moins menaçants que les sentiments qui empoisonnaient son patient.

Clara, elle, cherchait désespérément un coupable. Elle bouclait sa ceinture de sécurité quand elle s'écria :

— Richard !

— Quoi ?

— Le prof de gym à qui Jacques s'est confié. Si c'était lui, l'agresseur ? S'il avait ensuite tué ton frère pour éviter qu'il ne parle ?

Maurice se prit la tête entre les mains, appuya de toutes ses forces sur ses tempes ; des marteaux-piqueurs lui vrillaient le crâne. Il ne voulait plus entendre parler de meurtre.

— Ça fait longtemps et Jacques est mort.

— On pourrait tenter de savoir ce qu'est devenu cet homme.

— Je n'habitais pas à Québec.

Clara fit une moue avant d'admettre que ses soupçons n'étaient pas suffisants pour qu'on ordonne une enquête sur l'enseignant trente ans après la mort de Jacques.

— On ferait mieux de s'occuper du meurtre de la semaine dernière, reconnut-elle. J'ai lu que les pédophiles choisissent souvent un métier qui les rapproche des enfants : prof, c'est l'idéal... Ou pédiatre. Ou moniteur dans une colonie de vacances.

Elle passa sa main sur le front de Maurice.

— Mais pas horticulteur, murmura-t-elle.

« Je le saurais, mon amour. Je le saurais. »

CHAPITRE 8

Graham se regardait dans le miroir depuis un bon moment et, si une femme n'avait pas poussé la porte des toilettes, elle y serait peut-être restée encore longtemps. Elle supportait difficilement le brouhaha du bureau des délits contre la personne. Elle avait beau se réfugier le plus souvent possible dans une des petites pièces fermées, elle se demandait comment elle tenait le coup. Le bruit l'avait toujours agressée. Elle détestait les gens qui parlaient fort, les musiques tonitruantes, et avait expliqué vingt fois à Grégoire qu'il devrait réduire le volume de son baladeur s'il ne voulait pas souffrir d'acouphènes. Il avait rétorqué, comme toujours, qu'il ne vivrait pas assez vieux pour être malade.

Maud Graham haïssait aussi l'éclairage des toilettes qui vous donne un teint verdâtre et vous vieillit de dix ans ; elle espérait que cette lumière ne demeurerait pas sur sa peau quand elle regagnerait le corridor. Alain devait passer la voir d'ici une heure.

Alain, Alain, Alain. Comme elle aurait aimé que ce miroir lui dise qu'elle était la plus belle.

Elle mit ses lentilles de contact en grimaçant ; elle se demanda si elle s'y habituerait un jour.

Alain Gagnon n'avait fait aucun commentaire sur l'absence de lunettes ; n'appréciait-il pas ses efforts ? La porte grinça et Graham adressa un signe de tête à la secrétaire qui venait d'entrer.

— Ça va ?

— Oui, je prends des vacances dans deux jours. Et toi, as-tu fait un beau voyage en France ?

— Oui, je serais bien restée là-bas.

En poussant la porte, elle se dit qu'elle avait menti ; elle avait eu hâte de revenir. Elle s'était ennuyée d'Alain Gagnon et de Grégoire, et aussi de Léo. Elle n'appréciait pas les trop longs séjours loin de chez elle. Même si elle n'était pas une femme d'intérieur, elle goûtait le confort de son foyer. La teinte chaude des murs du salon, sa collection d'insectes, le canapé de velours vert, l'odeur de l'eucalyptus qu'elle réveillait en l'aspergeant d'eau fraîche chaque dimanche. Enfin, les dimanches où elle restait à la maison.

Le dimanche précédent, Alain avait proposé qu'ils sortent de la ville pour se changer les idées. Graham avait expliqué qu'elle n'avait pas envie, justement, de se changer les idées ; aussi pénible qu'elle soit, la tension qui régnait au bureau à la suite de la disparition de Romain lui semblait indispensable pour poursuivre son enquête. Elle ne tenait pas à quitter cet univers. Ou, du moins, elle ne voulait pas aller trop loin ; le meurtre avait eu lieu à Québec, elle resterait à Québec tant qu'il ne serait pas résolu. Alain l'avait taquinée sur sa logique biscornue, puis avait suggéré d'aller au cinéma.

— Voyageons par l'image. C'est ce qui arrivera un jour, de toute manière.

— Pardon ?

— On se téléportera, on se promènera dans l'espace, dans le temps, sans bouger de chez soi.

Elle avait vaguement acquiescé. Elle avait peine à imaginer l'avenir et redoutait que les ordinateurs ne remplacent les gens. Elle gardait ces pensées pour elle car, paradoxalement, elle avait appris très vite à utiliser les services informatiques et elle espérait toujours la venue d'ordinateurs plus performants. Mais elle connaissait déjà la réponse du patron : « On attend les crédits. »

L'argent. Le nerf de la guerre ? Un nerf bien malade, en tout cas. Méchante névralgie au poste de police ! Dix minutes plus tôt, elle avait demandé de l'aide pour prendre Maurice Tanguay en filature. Le patron lui avait fait comprendre qu'elle devait se débrouiller autrement. O.K., elle avait compris, c'est elle qui ferait les heures supplémentaires.

En retournant à son bureau, Graham s'arrêta à celui de Rouaix, se permit un commentaire sur la plante qui avait besoin d'être arrosée.

— Ce n'est pas d'eau qu'elle manque, dit Rouaix, mais d'air. Elle étouffe ici.

— Elle n'est pas la seule.

— Tu vas être souvent dehors ces prochains jours. Ne te tracasse pas, je te relayerai pour suivre Tanguay.

— Je sais qu'on ne pouvait pas le garder. On a juste le sécateur comme indice de sa présence sur place. Il a pu le perdre là avant ou après le meurtre. Il n'y a pas d'autres empreintes que les siennes, pas d'autres traces. Romain n'a pas touché l'outil. Et les cheveux qu'on a relevés sur le chandail du petit ne concordent pas avec ceux de Maurice. Il y a le bouton…

— Il peut provenir de n'importe qui ayant marché sur les Plaines. Il y a pourtant un lien entre Maurice et le petit. Ils se sont trouvés sur les mêmes lieux.

— Et Maurice a un décalque. Par contre, Jonathan Drouin ne l'a pas reconnu.

Mme Drouin avait finalement consenti à ce que son fils regarde les photos de plusieurs hommes. Jonathan n'avait pu identifier Maurice parmi celles-ci. Il avait répété que c'était Christian Forgues, même s'il avait une barbe.

— Tu penses que n'importe quel homme portant un costume semblable à celui que porte Forgues pour son émission a pu abuser du petit Jonathan ? demanda Rouaix.

Graham cligna des yeux ; elle allait remonter ses lunettes quand elle se souvint qu'elle n'en portait pas.

— C'est dur d'évaluer dans quelle mesure Maurice Tanguay est dangereux, reprit Rouaix. Il n'a aucun casier judiciaire, et ses amis, ses voisins et son médecin parlent de lui comme d'un doux rêveur. Ses patrons sont très satisfaits de son travail.

— Je ne peux pas croire qu'il simule l'amnésie. Ou alors c'est le plus formidable psychopathe que nous ayons jamais vu. J'aurais tellement voulu qu'on le garde trente jours à l'hôpital.

— Mais sa blonde n'est pas commode… Je crois qu'elle fait peur à son avocat.

Graham sourit : elle défendrait son amoureux avec une semblable ardeur. Son amoureux ? Ne sautait-elle pas trop vite aux conclusions ?

— Je vais suivre Tanguay ce soir, promit Rouaix. Je suis coincé demain. Nicole a invité des amis à un barbecue.

— Pas de problème. Je reste ici pour taper le rapport, je te le montre tantôt.

— Je dois aller à la cour, tu l'as oublié ?

Oui. Non. Elle savait pourtant que Rouaix allait perdre deux ou trois heures à expliquer comment et pourquoi une adolescente avait menacé sa mère de l'égorger si elle ne lui achetait pas le blouson de cuir convoité.

— Grégoire a beau être délinquant, dit Rouaix, c'est un ange à côté d'autres jeunes.

— Oui, merci.

Merci de quoi ? Grégoire n'était pas son fils, elle ne l'avait pas élevé. Elle avait pourtant l'impression d'être responsable de lui. Elle souhaitait que ce soit grâce à elle s'il avait cessé de sniffer de la coke.

— Ton Martin aussi est un bon gars.

Rouaix grimaça ; Martin était paresseux. Rien ne l'intéressait à l'école. Qu'allait-il devenir ? Quelle place aurait-il dans la société ? C'était un fils aimable, poli, mais lymphatique.

— Quand je le vois affalé devant la télé, j'ai envie de prendre l'appareil et de le jeter par la fenêtre. Je ne suis même pas certain qu'il réagirait. Il croirait qu'on va acheter un modèle plus récent.

— Je me demande comment était Maurice Tanguay à dix-sept ans. Ses camarades d'école ne nous ont pas beaucoup aidés. Tout le monde se souvient que son frère s'est noyé, mais personne ne semble avoir connu Maurice. Trop discret, trop tranquille. Un gars ennuyeux ?

— C'est vraiment embêtant que tous les membres de sa famille soient décédés.

— Ils auraient pu nous parler de lui.

Vraiment ? M. et Mme Graham sauraient-ils décrire leur fille ?

Graham voyait peu ses parents. Elle les aimait bien, mais n'avait pas grand-chose à leur dire. Ils vivaient dans des mondes parallèles. Sa mère la culpabilisait, son père l'exaspérait.

Elle avait pourtant hâte de leur présenter Alain Gagnon.

Elle recopia son rapport en espérant avoir rapidement des éléments nouveaux à y ajouter. Elle tria ensuite des dossiers et rédigea plusieurs notes avant de se dire qu'elle proposerait à Alain Gagnon que Grégoire se joigne à eux pour le souper. Si celui-ci téléphonait, elle saurait le convaincre de les retrouver au Portofino. Elle fréquentait ce restaurant depuis quelques mois, attirée par les pizzas, mais elle avait vite adopté le risotto.

Flûte, c'était jeudi. Le jour des payes. C'était une bonne journée pour faire des passes dans les centres commerciaux. Avant de rejoindre leurs femmes au restaurant, certains hommes faisaient un petit détour par les toilettes publiques. Grégoire traînerait sûrement dans ces parages jusqu'à vingt heures.

Alain Gagnon ne manifesta aucune surprise quand elle lui expliqua qu'ils mangeraient un peu plus tard que prévu.

— On peut réveillonner, répondit-il.

— Il n'y a décidément rien qui te dérange, fit-elle, mi-admirative, mi-agacée. J'ai de la paperasse à terminer. Mais je ne me plains pas : si Rouaix n'avait pas voulu suivre Maurice Tanguay, on ne pourrait pas sortir ce soir.

— Il va vraiment le surveiller ?

— Dans une heure, il se trouvera quelque part près du bassin Louise. En principe, Maurice doit nous avertir s'il quitte Québec. Clara a affirmé qu'ils n'avaient pas l'intention de sortir de chez eux. Je la crois. Maurice Tanguay semble terrifié par le monde qui l'entoure. Il a besoin de calme, de repos. Il doit être fatigué de noter tout ce qu'il fait. Je doute qu'il ait envie de se balader.

— Mais Rouaix demeurera dans les environs.

— Oui. J'espère que ça donnera quelque chose.

À vingt heures douze, alors que Maud Graham et Alain Gagnon se promenaient rue Saint-Jean en direction du restaurant italien, André Rouaix regardait Robert Fortier pousser la porte de l'immeuble où habitait Maurice Tanguay. Même s'il savait qu'ils se connaissaient, il en fut intrigué. Graham aurait intérêt à faire parler le magicien de son ami d'enfance.

Maurice, lui, essayait de se souvenir de cette période de sa vie. Avec l'aide de Fortier…

— C'est dommage que je n'aie pas de photos de ce temps-là, disait ce dernier en tendant la main vers la bière que lui avait apportée Clara. J'ai perdu bien des choses au cours de mes déménagements.

— Peut-être pourriez-vous retrouver un ami commun, qui raconterait son passé à Maurice, suggéra-t-elle.

— Je n'ai revu personne de cette époque-là…

— Je me rappelle bien le chalet, dit Maurice. La course en canot. L'incendie du casse-croûte où on allait manger des oignons frits. La fois où notre voisin a pêché une truite de douze pouces.

Maurice regardait Robert Fortier avec tant d'insistance que celui-ci détourna la tête.

— Excuse-moi, Bob, j'essaie seulement de me souvenir de toi.

— Je comprends. Non seulement tu as perdu la mémoire, mais ça fait très longtemps qu'on ne s'est pas vus. Et on a changé. Enfin, moi, j'ai changé. Toi, tu es resté le même. Tu ne vieillis pas.

— Ce n'est pas l'impression que j'ai en ce moment.

— La mémoire va te revenir, assura Clara.

— Si je découvre que j'ai…

Maurice se retourna brusquement afin d'éviter que Fortier ne voie les larmes lui monter aux yeux. Il se sentait coupable de ne pas lui montrer une plus grande confiance et de lui cacher qu'on le soupçonnait d'un meurtre. L'illusionniste l'avait appelé le lendemain de leur première rencontre et l'avait invité à dîner avec Clara. Maurice lui avait expliqué qu'il ne se sentait pas assez bien pour sortir de chez lui. Fortier lui avait fait porter des fleurs dans l'après-midi. Puis il l'avait appelé pour expliquer son geste. Il ne voulait pas avoir l'air de s'imposer ; il souhaitait seulement témoigner du plaisir qu'il avait à retrouver un ami d'enfance.

— Tu comprends, j'ai été si souvent à l'étranger que je ne connais plus personne au Québec. Ça me fait du bien de rencontrer un vieux copain. Les fleurs font peut-être féminin, mais comme tu as une passion pour les plantes…

Maurice l'avait à son tour invité à souper.

— Pas ce soir, mais demain ou après-demain. Je vais en parler à Clara. Ce sera simple, mais si ça te tente… Je pense que je me débrouille en cuisine.

— Tu penses ?

— Je t'expliquerai quand on se verra.

En prenant l'apéritif, Maurice avoua son amnésie au magicien.

— J'ai le cerveau comme du gruyère : des souvenirs très précis, très denses, très incarnés, et puis des trous, de gros trous. Tu vois, au moment où je te dis ça, je me souviens de la chanson de

Gainsbourg: « J'fais des trous, des p'tits trous, toujours des p'tits trous ». Mais je n'aurais peut-être jamais repensé au *Poinçonneur des Lilas* si je n'avais pas dit le mot « trou ».

— C'est terrible. Tu as vu des médecins, j'imagine?

— Oui, j'ai passé des tests.

— On a rencontré plusieurs spécialistes, précisa Clara. Ils ne peuvent pas se prononcer.

— C'est probablement trop tôt, fit Robert Fortier, compatissant.

— Ça peut durer des mois, des années. Je ne retrouverai peut-être jamais mes souvenirs.

Clara pressa l'épaule de son compagnon:

— Ne dis pas cela. Tu as fait d'énormes progrès depuis ton accident.

— Je ne sais pas... Quand je confronte mes souvenirs avec ceux de Robert, on voit bien qu'il m'en manque de grands bouts!

L'exaspération envahissait Maurice par moments. Il était calme durant un certain temps, puis il paniquait, s'emportait. Clara n'avait jamais vu Maurice se mettre en colère et cette nouvelle attitude la troublait. Même si elle pensait que cela pouvait être salutaire. Elle trouvait Maurice trop bon, trop doux; il était la proie idéale pour les profiteurs. Des collègues avaient abusé de sa gentillesse à maintes reprises. Heureusement, son patron était un honnête homme qui partageait avec Maurice une réelle passion pour l'horticulture. Clara s'était souvent demandé si Maurice n'avait pas choisi ce métier parce que les plantes ne pouvaient pas le menacer ni l'exploiter.

Si les colères de son amoureux étonnaient Clara, les souvenirs qu'évoquait le prestidigitateur l'intriguaient tout autant. Maurice avait peu parlé de son passé depuis qu'ils étaient ensemble, mais les faits qu'il lui avait rapportés ne ressemblaient en rien à ceux que racontait Robert. Celui-ci relatait des événements qui donnaient un très beau rôle à Maurice ; à l'en croire, il aurait été admiré de tous ses camarades. Clara avait toujours pensé que Maurice avait été un enfant aimable, mais elle l'imaginait difficilement en leader. Elle questionnerait Fortier à ce sujet lorsqu'elle se retrouverait seule avec lui.

Elle se réjouissait néanmoins des retrouvailles des deux hommes, car l'artiste distrayait Maurice de son désarroi quand il exécutait des tours de magie. Il était très doué. En constatant la joie de Maurice quand il avait vu un minuscule lapin surgir de son soulier, il avait voulu le lui donner.

— Tu devrais essayer la zoothérapie, avait dit Fortier. Il paraît qu'avoir un animal calme les esprits.

— On devrait déménager au zoo, avait répondu Maurice en serrant l'animal contre son cœur.

Robert Fortier était fasciné de constater que, chaque fois qu'il faisait un numéro avec un lapin, il se trouvait quelqu'un pour s'en enticher. La bestiole était un formidable moyen d'entrer en contact avec des enfants. Fortier gardait toujours un ou deux lapins chez lui. En ce moment, il possédait des lapins angoras, un blanc et un gris.

Sandra serait sûrement très contente de les caresser. Cette fillette lui plaisait infiniment. Dangereusement. Il avait beau se répéter qu'il était exclu d'avoir des relations avec une enfant qui pouvait l'identifier, il la guettait pourtant de sa fenêtre et s'arrangeait pour sortir de chez lui en même temps qu'elle. Bien entendu, elle avait eu droit à quelques tours de magie. La mère de Sandra lui avait proposé de venir à l'anniversaire de la petite, fin août. « Elle vous aime bien », avait-elle ajouté.

« Moi aussi, je l'aime bien. » Fortier était persuadé que le creux de son joli cou, juste derrière les petites oreilles, goûtait la cerise. Il l'avait aperçue en maillot de bain la veille et il avait dû rentrer chez lui avant qu'on ne remarque son émoi.

— À quoi penses-tu, Bobby ? demanda Clara.

L'homme regarda la jeune femme. Vite, inventer un souvenir cocasse concernant Maurice.

Il s'en tira en décrivant une petite fille qui ressemblait curieusement à Sandra et qui était amoureuse de Maurice.

— On devait avoir huit ans.

— Huit ans? dit Maurice.

— Oui, pourquoi?

— Pour rien.

Clara observait Maurice du coin de l'œil. Évidemment, il avait pensé à Romain Dubuc qui était mort à huit ans. Elle sentait qu'il avait envie de tout raconter à Robert. Ils en avaient discuté la veille et avaient décidé de se taire encore un peu: Maurice ne voulait pas perdre son amitié.

— Je ne peux pas lui dire comme ça qu'on m'accuse d'un meurtre. Qu'est-ce que Bobby en penserait? Il a l'air ouvert et il essaie réellement de m'aider, mais il ne faut pas exagérer.

— C'est une chance que tu l'aies rencontré, avait dit Clara. Il y a au moins une personne qui peut te parler de ton enfance. Il faut faire des recherches pour retrouver des membres de ta famille même éloignée, des oncles, des cousins.

— Les flics s'en occupent. Mais ils sont tous en Nouvelle-Écosse. Je ne les ai pas vus depuis des années. Ils n'étaient même pas à l'enterrement de mes parents.

— Dommage que tes parents soient morts. Ils nous aideraient et…

Maurice l'avait interrompue d'une voix chargée d'amertume:

— Non, ils ne m'aideraient pas. Ils ne m'ont jamais aimé, jamais soutenu, jamais cru. Et moi, je devrais gober leur version de *ma* vie ? Ils nous raconteraient une enfance idyllique, affirmeraient que j'ai été leur seule joie après la mort de Jacques. Alors que c'est faux.

— Comment le sais-tu ? avait demandé Clara.

Maurice avait expliqué que des émotions enfouies dans le passé refaisaient surface : cette impression d'être un *remplaçant* — de second ordre — dans le cœur de ses parents. Il s'était efforcé pendant des années de se passionner pour le baseball afin de plaire à son père, de jouer de la flûte pour sa mère, d'aimer les biscuits au beurre d'arachide et les camions de pompiers. Mais il n'était pas Jacques.

Il avait reparlé à Clara de la séance d'hypnose. Ainsi, il avait appris avec soulagement qu'il se sentait responsable de la mort de son frère parce qu'il avait été témoin du drame. Inconsciemment, il avait vécu dans la crainte que ses parents ne découvrent la vérité. Il devait ressembler à Jacques s'il voulait qu'ils lui pardonnent son erreur.

— Tu as des frères ? demanda Clara à Robert Fortier en apportant des glaces au café sur la table.

— Non, ça m'a toujours manqué. Et toi ?

— Moi non plus. Il n'y a que Maurice qui a… Jacques.

— Que devient-il aujourd'hui ? Il était très gentil, il me semble...

— Jacques ?

Robert Fortier lut de l'étonnement dans les yeux de Maurice. Celui-ci se tourna vers son amie.

— Je pensais que Jacques était mort à huit ans. Il me semble que c'est ce que j'ai compris chez le Dr Laberge.

— Et c'est ce que tu m'as toujours dit.

Le magicien tenta de faire marche arrière.

— Je dois me tromper. On était toute une bande. Je ne me souviens pas de chacun. J'ai supposé que ton frère avait joué avec nous.

— Il ne le pouvait pas. Il était déjà mort depuis quelques années.

— C'est pour ça que je ne me rappelle pas bien de lui.

— Je n'avais pas tout à fait cinq ans quand il s'est noyé. Tu dis qu'on s'est connus au chalet, lorsque j'avais huit ans.

— Ou neuf... Dans ces eaux-là.

— En tout cas, Jacques avait déjà disparu.

— Je suis désolé, bredouilla Robert Fortier. J'en ai sans doute entendu parler. Ou je confonds avec quelqu'un d'autre.

— Oh, je suppose que je ne me souvenais pas trop de lui non plus. Même avant de perdre la mémoire. Est-ce que je parlais de lui, Clara ?

— Pas souvent.

Robert Fortier s'efforçait de respirer lentement, mais il avait senti une décharge d'adrénaline. Son visage devait s'être empourpré. Il préféra devancer les remarques :

— Misère qu'il fait chaud ! On se croirait à Svaypak.

— Svaypak ? Où est-ce ? questionna Maurice, heureux de délaisser un peu son passé.

— Au Cambodge. J'étais en tournée. Je ne suis pas resté longtemps. C'est un beau pays. Les gens sont très aimables. Mais l'humidité est insupportable !

— Il doit y avoir une végétation extraordinaire, dit Maurice.

Robert Fortier acquiesça en se levant.

— Je dois rentrer. Je donne un spectacle dans une garderie demain matin. Il vaut mieux être en forme pour affronter tous ces petits monstres.

— Tu donnes souvent des spectacles pour les enfants ? demanda Clara. Tu pourrais peut-être venir à la garderie où je travaille, un de ces jours ?

Le magicien inclina légèrement la tête :

— Avec le plus grand plaisir.

⁂

Batman s'était réveillé trop tôt. Un essaim de jeunes cyclistes était passé près de lui en chantant. En chantant ! Il fallait être fou pour se lever à l'aube et s'échiner à pédaler au lieu de rester couché dans un bon lit. Il y avait longtemps que Batman avait dormi dans des draps propres, mais il se souvenait du bien-être qu'il éprouvait en remontant les couvertures sur ses épaules.

C'était loin, tout ça. Heureusement, l'été était chaud. Batman pouvait dormir dans des parcs quand il ne pleuvait pas. Et même, il suffisait de s'allonger sous un des bancs verts qui parsemaient les plaines d'Abraham. Les insectes ne le dérangeaient pas, car il s'endormait toujours dans un état d'ébriété avancé. Surtout durant la belle saison. Batman fouillait les poubelles dès qu'il parvenait à se tenir debout. Les touristes affluaient sur les Plaines, les amoureux, les familles qui venaient pique-niquer ; on trouvait des tas de bouteilles et de canettes vides après leur départ. Batman les apportait au dépanneur et en ressortait avec quelques bières, un gâteau Vachon et une boîte de croquettes pour Robin.

Batman tâta la fourrure sable de son nouveau chien. La bête bâilla, dévoilant des crocs impressionnants : son maître n'avait pas à s'inquiéter de ce qu'on lui vole ses maigres biens pendant son sommeil. Il l'avait adopté quatre jours plus tôt et y était déjà attaché.

— Y'a des épais qui sont déjà debout à cette heure, Robin. On commence-tu notre run ?

Le chien se redressa et se dirigea vers la première poubelle qu'il vit.

Il jappa alors d'une manière étrange. Les aboiements s'étiraient en hurlements.

— Arrête de gueuler, Robin, j'ai mal à la tête ! Tais-toi ! Qu'est-ce qu'y'a ?

En s'approchant de la poubelle, Batman repoussa les pans de sa cape afin d'être plus à l'aise pour fouiller les détritus. Le chien l'aidait avec enthousiasme et il jappa en repérant un sous-marin à peine entamé.

Une auto de police ralentit à leur hauteur.

— Qu'est-ce qui se passe ?

— Rien, Robin a trouvé du manger.

Un des patrouilleurs, qui avait reconnu l'itinérant, descendit de la voiture avec un beignet. Alors que les clochards le laissaient habituellement indifférent, il avait pitié de Batman. Probablement parce qu'il était le plus vieux.

— Tiens, prends donc ça, dit-il en lui offrant son beignet.

Batman s'approcha en précisant que Robin aussi aimait les sucreries. En tendant la main, il découvrit l'intérieur de la cape. Un éclair rouge, brillant.

— Montre-moi donc cette cape, dit le patrouilleur.

— Elle est à moi. C'est moi qui l'ai trouvée.

— Passe-la-moi, Batman. Je ne te la volerai pas !

Le clochard la céda en répétant qu'elle lui appartenait.

— Où l'as-tu ramassée ?

— C'est pas de tes affaires.

— Eh ! Je suis correct avec toi. Réponds-moi : où ?

— Dans une poubelle, mentit-il. Redonne-moi-la, astheure ! Cibole, est à…

— Quelle poubelle ?

— J'sais-tu, moi ? Sont toutes pareilles.

— Sur les Plaines ?

— Ben oui, je reste ici, moi.

Le patrouilleur regardait attentivement le vêtement. Son collègue s'était approché.

— Il y a beaucoup de taches. On va peut-être trouver quelque chose.

— En tout cas, les cordons sont rouges.

Les deux hommes se souvenaient parfaitement du rapport des techniciens ; les fibres trouvées dans la bouche de Romain Dubuc étaient en soie écarlate.

— On va être obligés de l'emporter, dit un patrouilleur à Batman.

— Pour quoi faire ?

— On en a besoin. Et tu vas venir avec nous pour raconter ton histoire à notre patron.

— J'ai rien fait.

— On ne t'accuse pas. Calme-toi.

— Et Robin ?

— Emmène-le, pourvu qu'il reste couché au fond de l'auto.

Ils démarrèrent malgré les récriminations de Batman, qui répétait qu'on n'avait pas le droit de l'arrêter.

— Graham va être contente de notre découverte, dit le conducteur. C'est vrai qu'elle sort avec Gagnon ?

— Gagnon ? Il ne va pas s'ennuyer !

Ils rirent. Ils étaient heureux d'avoir trouvé le vêtement.

— Il fait encore beau.

— On dira ce qu'on voudra, Québec est une maudite belle ville.

La voiture empruntait la côte Salaberry. D'en haut, on pouvait admirer les clochers qui se dressaient dignement malgré la désaffection des paroissiens, la mosaïque des rues, anarchique, illogique, les toits noirs liquéfiés par un soleil trop ardent. On se prenait à penser aux gens qui vivaient dans ces maisons paraissant minuscules. Que feraient-ils aujourd'hui ? Iraient-ils se promener sur les bords de la rivière Saint-Charles ? Magasiner à la place Fleur-de-Lys pour y jouir de l'air conditionné ? Sortir une chaise sur leur balcon ? S'y bercer en sirotant une limonade ou un cola ? Des éclairs dans les fenêtres et le vert des arbres, avivé par la lumière, presque violent, vous forçaient à cligner des yeux, à regarder plus loin, très loin, vers les montagnes bleutées qui se prélassaient à l'horizon.

La magie s'évanouissait en bas de la côte, rue Langelier à droite, puis encore à droite, toujours à droite vers le poste de police.

Les portières de l'auto-patrouille claquèrent. Les deux hommes grimpèrent les marches quatre à quatre après avoir isolé Batman dans un bureau.

— Graham ! Regardez ce qu'on a pour vous !

La détective leva la tête. Elle allait interroger les patrouilleurs quand ils déroulèrent la cape d'un coup sec. La doublure de satin rouge lui arracha une exclamation :

— Vous l'avez trouvée !

Elle aurait dû examiner davantage le vêtement avant d'affirmer que c'était bien la pièce à conviction qu'on cherchait, mais elle souhaitait si fort cette découverte qu'elle ne pouvait réfréner son enthousiasme.

Elle tenta de se calmer :

— Je me suis excitée un peu vite, les gars. Le labo nous dira si on a raison.

— Ça ressemble aux fibres rouges que vous avez prélevées. Avec des taches en plus… C'est un clochard qui avait la cape.

— Je ne veux pas que vous ayez une fausse joie. Dès que les techniciens m'apporteront la confirmation, je vous appelle. En attendant, je veux parler au clochard.

— Il est en bas. Je l'emmène ?

— Dans quinze minutes. Je serai à côté. Allez porter le tissu au labo en passant. Dites-leur de m'appeler au plus vite. Beau travail, les gars.

Le technicien promit à Maud Graham qu'elle aurait les résultats dans les plus brefs délais, même s'il devait travailler toute la nuit.

— J'ai deux enfants, expliqua-t-il. C'est trop dégueulasse ce qu'on a fait au petit bonhomme. Comparer les fibres ne sera pas si long. Pour le sang, c'est plus compliqué.

— Fais de ton mieux.

Au moment où Graham refermait un dossier, Rouaix l'interpella :

— Il paraît qu'on a trouvé une cape rouge ? J'ai croisé les patrouilleurs dans l'escalier.

Graham se leva, contourna son bureau, rejoignit son partenaire, tapota le bord de sa chaise.

— Touchons du bois. Je vais interroger le clochard qui la portait. Et toi ? Maurice Tanguay n'a pas bougé ?

— Non. Je suis resté jusqu'à deux heures du matin. Jusqu'à ce que les lumières s'éteignent chez lui. Ce matin, Dombrowsky va le surveiller.

— C'est son jour de congé.

— Il m'a dit qu'il n'avait rien à faire. Son amie vient de le quitter. Il a besoin de s'occuper. Bon, Maurice Tanguay a eu la visite de ton ami le magicien.

— Bobby est allé le voir hier soir?

— Il faut que tu le fasses parler, Graham. C'est curieux qu'il fréquente Tanguay au moment où on s'intéresse à lui.

— Oui, drôle de coïncidence.

Elle ajouta, en même temps que son collègue:

— Et on ne croit pas beaucoup aux coïncidences… Je me demande ce que Bobby me cache. S'il est un ami de Maurice Tanguay, il sait maintenant qu'on le soupçonne du meurtre de Romain. Pourquoi choisit-il une position si inconfortable, entre Maurice et moi?

— Il doit bien se douter que tu ne peux rien lui dire sur l'affaire. Et il n'a probablement pas envie de parler. Pourtant, il le faudra bien. Qu'est-ce qu'il sait? Il veut peut-être aider son copain?

Graham jura; l'enquête était déjà assez compliquée! Elle attrapa le téléphone et composa le numéro de Robert Fortier, lui laissa un message: elle souhaitait le rencontrer.

Elle salua Batman poliment, mais ne put s'empêcher d'ouvrir la fenêtre: un relent d'urine et d'alcool bon marché emplissait la petite pièce où attendait le clochard.

— Il paraît que vous avez trouvé une cape dans une poubelle sur les Plaines ?

— Je l'ai déjà dit.

— C'était quand ?

— Je m'en souviens plus. Pour moi, les jours et les nuits sont tous pareils. Comme les poubelles. J'sais pas dans laquelle j'ai pris la cape.

— C'est dommage. On aurait payé pour une information. Cinq dollars.

Graham eut l'impression que le clochard hésitait.

— Vous ne vous en souvenez vraiment pas ? À moins que vous n'ayez échangé cette cape avec un ami ?

L'homme se renfrogna ; il ne pouvait tout de même pas lui dire qu'il s'était battu pour s'approprier le vêtement. Elle lui demanderait avec qui et il devrait parler de l'homme étendu par terre. Que des ennuis. Pour cinq dollars ? Ça n'en valait pas la peine. En plus, il avait soif.

— Il fait chaud, non ?

Il haussa les épaules.

— On devrait boire quelque chose. Une bière, peut-être ?

Batman en avait terriblement envie, mais il devait résister à la tentation. Cette femme ne le lâcherait plus si elle apprenait ce qu'il avait fait pour s'emparer de la cape. S'il avait su que le vêtement intéressait les flics, il n'y aurait jamais touché !

Il s'était battu sans trop savoir quel était l'enjeu. Mais quand son adversaire avait lâché le vêtement, il s'était dit que cette cape lui était destinée, puisque le vrai Batman en avait une. Maintenant, il regrettait sa stupidité.

— J'ai pas d'ami. À part Robin. C'est lui qui a trouvé la cape en fouillant pour son lunch.

— Il était tard le soir ?

— Il faisait noir. On était pas loin de la pleine lune.

— Vous ne vous rappelez vraiment pas l'endroit où vous l'avez dénichée ? On paierait, je vous le répète.

Elle sortait déjà son portefeuille.

— Ça devait être du côté de la rue Bernières.

Graham rangea aussitôt les billets.

— Ah ! Nous, on cherche du côté de l'escalier de bois. Près des panneaux d'information. Ça ne vous dit rien ?

— Non.

Il avait trop peur qu'elle ne l'arrête. Et trop soif. Il voulait sortir.

— J'étais paqueté. Je me souviens pas.

— On pense que cette cape appartient à un meurtrier, dit Graham. Vous pourriez être considéré comme son complice.

— Ben, gardez-la cette maudite cape-là si vous y tenez tant que ça ! Moi, j'en ai pas besoin. Si on peut pas fouiller dans les poubelles sans se faire arrêter par les bœufs !

Il criait maintenant.

— On va effectivement conserver la cape. Et sans doute vous demander de revenir nous voir. Pour l'instant, vous pouvez partir. Où habitez-vous ?

— Ciboire de bonne question ! Sur les Plaines. Sont à tout le monde !

Oui, les Plaines étaient publiques. Trop de gens avaient marché sur les lieux du crime et ce clochard mentait peut-être, mais pour quel délit pouvait-on l'arrêter ?

Graham le raccompagna jusqu'à la sortie ; elle pourrait lui reparler si elle le désirait. Il ne fuirait pas, car il ne connaissait rien d'autre que le Quartier latin et les plaines d'Abraham. Les patrouilleurs le lui avaient dit.

Graham donna cinq dollars à Batman en le remerciant d'avoir répondu à ses questions. Puis elle se dirigea vers un distributeur de boissons gazeuses et y inséra des pièces. Elle appuya la canette glacée contre son front avant de l'ouvrir. Elle but à grandes gorgées sans se soucier des calories.

⁂

Robert Fortier s'immobilisa en reconnaissant la voix de la détective. Il réécouta le message quatre fois ;

elle lui semblait plus tendue qu'à l'accoutumée. Elle était mûre pour qu'il la désinforme au sujet du suspect. Robert Fortier inspira profondément; il ferait son plus beau numéro de mystification. Il ne la rappellerait pas, il irait directement au poste de police. Il n'y avait qu'une chose à laquelle il devait prendre garde: les propos dont Clara avait été témoin. Il ne pouvait les modifier. Si Maurice avait des trous de mémoire, son amie, elle, avait toute sa tête.

Fortier était si anxieux qu'il faillit emboutir une voiture. Le conducteur l'injuria: le magicien continua à sourire. Il mènerait Graham en bateau. Où il voudrait. Il savait d'avance tout ce qu'il dirait. Il avait répété son petit discours avant de s'endormir. Il se demandait si son habileté à tromper les gens n'était pas une déformation professionnelle. Après tout, il vivait dans le monde de l'illusion, du faux, du mystère.

Il avait toujours eu des secrets. À dix ans, il rêvait d'être espion. Puis il avait découvert la magie et avait choisi cette voie où il évoluait seul, où il était son propre patron. Et où il voyageait énormément. Il avait ainsi multiplié les rencontres sensuelles durant des années. Pourquoi était-il revenu au Québec? Il avait eu une chance incroyable d'avoir un bouc émissaire, mais il devait repartir. Rapidement. L'ennui, c'est que Graham s'étonnerait peut-être de ce départ précipité. Elle ferait toute une histoire s'il laissait tomber sa maudite fête… Il quitterait plutôt la ville le lendemain de sa prestation. En se remémorant la soirée précédente, Fortier s'étonnait que Maurice ne lui ait pas encore parlé des soupçons qu'entretenaient les policiers à son égard. Ne lui faisait-il pas assez confiance ? Clara et lui étaient-ils vraiment conscients de la situation ? Et si Graham ne leur avait rien dit ? Si elle devait attendre d'avoir plus d'indices pour accuser Maurice ?

Non, le magicien avait deviné un drame plus grand encore que l'amnésie. Clara était si pâle quand elle lui avait ouvert la porte ! Et il y avait eu toutes ces phrases inachevées, tous ces silences qui suintaient l'angoisse.

Robert Fortier se gara rue de la Couronne et tira un jeu de cartes du coffre à gants. Il fit une dizaine de tours pour se détendre. Il était calme quand il arriva à l'entrée du poste de police. Il présenta son permis de conduire et sa carte d'assurance-maladie. Le policier qui travaillait ce matin-là vérifia soigneusement l'identité du visiteur. Il l'autorisa enfin à rejoindre Graham.

— Tu aurais dû me téléphoner, dit-elle. Je t'aurais évité de venir jusqu'ici. Je voulais savoir si on pouvait manger ensemble à midi. Je devais aller à la cour, mais c'est annulé. J'aurai l'impression de faire l'école buissonnière… Es-tu libre ?

La détective souriait malicieusement. Le magicien fut déçu qu'elle soit moins anxieuse qu'il ne l'avait imaginé. Son visage avait un éclat nouveau. Sa peau semblait plus lisse, son teint nacré lui rappelait le camée que portait Angèle Fortier, sa grand-mère. D'ailleurs, la figure gravée en relief dans la pierre ressemblait à Maud Graham pour ce qui est de la finesse des traits, de la rondeur de l'épaule. Mais la femme qui avait inspiré l'auteur du camée était une aristocrate des temps napoléoniens, une oisive. Pas un flic.

Il accepta de retrouver Graham au Manège enchanté à midi quinze.

— Je veux finir cette paperasse avant de manger, expliqua-t-elle, sinon j'aurai moins d'appétit. Tu ne peux pas faire disparaître tous ces papiers d'un coup de baguette magique ?

Il promit d'essayer.

Se doutait-elle qu'il avait terriblement envie de lire le dossier de Maurice Tanguay ?

— Je te le dis tout de suite, j'aimerais aussi qu'on parle de ton ami Maurice.

— Maurice ?

— Je t'expliquerai tantôt. Midi quinze ? Je ne devrais pas être en retard. Je sais que je dis toujours ça, mais aujourd'hui, je serai ponctuelle.

— Je t'attendrai.

Robert Fortier était interloqué ; il ne se serait jamais imaginé que Graham s'exprimerait en des termes aussi directs au sujet de Maurice. L'illusionniste déambula dans l'avenue Cartier jusqu'à ce qu'il entende sonner l'angélus. Il lui restait quinze minutes avant le rendez-vous; il avait le temps d'aller au magasin d'animaux. Il était toujours désireux de se procurer de jolis oiseaux pour ses spectacles. Malheureusement, ceux-ci avaient souvent une santé fragile et il devait continuer à travailler avec les classiques colombes et les lapins. Il y avait un splendide perroquet du Gabon, mais Fortier savait que les psittacidés supportaient mal le nomadisme. L'homme faillit acheter un caméléon pour l'offrir à Sandra, puis il y renonça. Le reptile était d'un beau vert printemps avec des taches latérales écarlates; toutefois, les fillettes étaient sûrement moins attirées que les garçons par ces phénomènes de la nature. Il ferait mieux de choisir un serre-tête pour ses cheveux fins.

Il lui avait déjà donné des friandises, faisant apparaître une tablette de chocolat sur le rocher qui ornait la pelouse des voisins ou une sucette sous la balançoire, un caramel dans un buisson. Un matin où il était persuadé qu'on ne pouvait le voir, il avait trouvé du nougat sous la jupe de la gamine et un bâton de réglisse dans son cou. La fillette riait aux éclats, battait des mains: «Encore, encore!» Il se rendait bien compte qu'il lui plaisait. Ses parents ne s'intéressaient pas assez à elle, car ils étaient trop occupés par leur nouveau-né. Ils avaient offert un caniche à Sandra pour la distraire; ce n'était pas suffisant. La petite avait besoin d'un ami qui la comprenne, qui devine qu'elle était jalouse de son frère et se sentait délaissée, même si on lui promettait le plus beau des anniversaires, fin août. Elle était si loin, la fin août!

— Je peux vous aider?

La vendeuse souriait poliment à Robert Fortier.

— Non, je regardais pour le plaisir. J'ai toujours rêvé d'avoir un gros perroquet, mais je voyage sans cesse. Il serait malheureux.

La vendeuse approuva, puis retourna derrière son comptoir après avoir caressé les chiots arrivés la veille. Elle regarda Robert Fortier sortir: elle avait déjà vu cet homme-là. Était-ce une vedette de la télévision? Un chanteur? Il avait dit qu'il bougeait beaucoup. Oui, il devait faire des tournées. Elle aurait dû lui demander un autographe.

La chaleur surprit le magicien quand il ouvrit la porte du magasin d'animaux. Il mit ses lunettes de soleil, agacé par tant de lumière, et marcha d'un pas vif vers le restaurant. Il avait envie d'une limonade glacée. De vin blanc aussi. Il devrait boire afin que Graham l'imite. Créer un climat de détente. De confiance.

Maud Graham semblait très fière d'être la première arrivée:

— C'est rare. Grégoire m'attend neuf fois sur dix.

— Grégoire ? Ah oui, ton petit…

— Mon jeune ami.

Robert Fortier hésita, puis avoua qu'au début il trouvait cette amitié étrange, mais qu'il aimait bien Grégoire. Graham rapporta que ce dernier admirait ses dons d'artiste. Ils commandèrent des moules poulette et Madagascar et un pichet de blanc.

— Je ne devrais pas, dit Graham, qui fit un clin d'œil à Robert Fortier quand il passa la commande.

Quand la serveuse eut apporté le pichet, Graham demanda au magicien s'il préférait parler tout de suite de Maurice Tanguay ou commencer par discuter de la soirée-bénéfice.

— On parlera du spectacle tantôt. Ce sera plus drôle. Qu'est-ce qui se passe du côté de Maurice ?

— J'aimerais que tu me le décrives.

Il exposa ses scrupules, rappela leur amitié d'enfance, demanda pour quelles raisons il devrait livrer certains de ses secrets. Il vit frémir le lobe de l'oreille droite de Graham au mot « secret » ; elle était bien appâtée.

— Il a des problèmes, révéla-t-elle. Tu l'as vu au poste. Je t'avais dit alors qu'il avait eu un accident, non ?

— Oui, je suis au courant. Il a perdu la mémoire. Ce ne sont pas des policiers qu'il doit rencontrer, mais des psy, non ?

— Disons qu'il a des informations qui nous intéressent au sujet d'un crime.

— D'un crime ? Maurice ?

— Une fugueuse, mentit Graham. On recherche une délinquante depuis deux mois ; Maurice aurait passé une soirée avec elle. Peut-être même une nuit. On s'interroge sur leurs liens.

— Qu'en dit Maurice ?

— Il prétend qu'il ne se souvient de rien.

— C'est vrai qu'il est amnésique. Je lui ai décrit notre enfance sans éveiller chez lui le moindre souvenir. Il ne simule pas, je le saurais même si…

— Même si ?

— C'est un introverti. Il est très pudique, très secret.

Robert Fortier avala une gorgée de vin, se lécha les lèvres avant d'interroger Graham.

— Comment avez-vous su qu'il connaissait cette fille ?

— Des témoins.

— Et que reprochez-vous à cette fugueuse ?

— Elle est soupçonnée d'un meurtre.

— D'un meurtre ? s'écria le magicien.

Là, Graham exagérait. Il avait manqué de s'esclaffer. Qu'allait-elle inventer pour lui tirer les vers du nez ?

— Enfin, elle serait plutôt complice. Elle s'est enfuie du centre d'accueil où elle demeurait pour rejoindre un homme recherché par nos services. Ils ont braqué un dépanneur ; ils ont tué l'employé avant de se sauver avec la caisse. On a formellement reconnu la fille sur la bande vidéo. C'était facile : elle n'a même pas pris la peine de modifier son apparence. Une punk comme elle, ça se remarque !

Pas mal, songea Robert Fortier. Graham mentait presque aussi bien que lui. La partie n'en serait que plus captivante.

— Qu'est-ce que Maurice vient faire là-dedans ?

— Justement, on l'ignore. Il a mentionné cette fille, mais maintenant qu'on veut en savoir plus, il prétend ne rien se rappeler…

— Tu aimerais savoir s'il s'est confié à moi ?

La détective rompit un bout de pain, le beurra soigneusement avant d'avouer qu'elle ne croyait pas que Maurice soit complice de la délinquante. Il n'avait rien à craindre. Si le prestidigitateur lui communiquait des informations au sujet de son ami, ce dernier ne serait pas inquiété.

— Et je devrais te croire ? demanda Robert Fortier en fixant Graham.

— Oui, affirma-t-elle avec assurance.

Elle rougissait souvent, mais jamais quand elle mentait pour obtenir des renseignements, même si elle détestait le procédé.

— Pose-moi des questions, je verrai si j'ai envie d'y répondre. Je ne veux pas enfoncer Maurice, tu comprends? Ce n'est pas un ami intime, mais je l'aime bien. Ce n'est pas sa faute s'il a perdu la mémoire. Tu ne peux pas l'accuser de…

— Mais je ne l'accuse de rien, répliqua-t-elle aussitôt. À la limite, j'essaierais plutôt de le protéger.

— Pardon?

— Cette fille n'est pas une enfant de chœur. Son copain non plus. Il a un casier long comme ça… Si Maurice sait quelque chose sur eux, ils tenteront peut-être de…

— De le faire taire? Maud, c'est invraisemblable! On n'est pas au cinéma.

Graham s'impatienta, cita des faits divers vérifiables, suffisamment rapportés par les médias pour que Fortier en ait entendu parler:

— Et les gamins qui ont appelé un chauffeur de taxi pour l'assassiner? Le type qui a massacré le marchand de journaux de la rue Saint-Jean? Ce n'est pas fou, ça? Le monde est de plus en plus violent. Ce n'est pas un cliché, c'est une réalité. Le copain de notre fugueuse fait partie des Hell's Angels, si tu veux tout savoir; il suffit qu'il soit jaloux de Maurice pour avoir envie de le tuer. Ce n'est pas ce que tu souhaites, non?

Si, oh que si! Mais hélas, cette histoire était fausse. Quoique Maud Graham s'exprimait avec des accents d'une grande vérité. Si une partie de son récit était vraie? Ce serait trop beau! Un motard qui le débarrasserait de Maurice!

Non, il valait mieux ne compter que sur lui-même. Il devait convaincre la détective de la culpabilité de Maurice.

Un courant d'air souleva le rideau, le soleil donna une teinte particulière aux yeux de Graham, un vert céladon presque transparent. Fortier en éprouva un malaise, comparant ce regard à celui d'un chat, impénétrable, insupportable.

Allons, il avait trop d'imagination ; on le lui avait toujours dit. Ses professeurs avaient mis ses parents en garde contre ce travers. Il était constamment dans la lune au lieu d'écouter la leçon.

— Depuis combien de temps connais-tu Maurice ?

— Ça fait un bail. C'était au chalet, je devais avoir huit ou neuf ans.

— A-t-il beaucoup changé depuis son enfance ?

La serveuse apporta les plats. Graham ferma les yeux pour mieux respirer l'odeur des moules poulette. Robert Fortier remplit de vin blanc le verre de la détective, en versa trois gouttes dans le sien.

— Je ne sais pas. Je l'ai revu récemment. Mais il me semble que sa relation avec Clara l'a aidé…

— Aidé ?

— Il était très bizarre quand on était petits. Tout le monde l'aimait, mais après l'accident de son frère, il avait beaucoup changé.

Fortier fit une pause, se maudissant intérieurement : si Graham avait la mauvaise idée de vérifier les dates avec Clara, elle s'apercevrait qu'il lui mentait. Il devait vite se reprendre.

— Maurice et moi avons été séparés à la fin de l'été. Mes parents ont déménagé et je n'ai plus revu Maurice jusqu'à ces derniers jours. Tu vois, je ne peux pas vraiment t'aider. Je ne le connaissais pas tant que ça. Penses-tu que sa mémoire va revenir ?

Maud Graham haussa les épaules : les spécialistes ne pouvaient pas se prononcer.

— Comment le trouves-tu ? Complètement confus ?

Fortier hocha la tête lentement.

— Il ne se souvient pas du tout de toi ?

— Non. C'est curieux comme impression. Son amie doit trouver ça difficile. Quoiqu'il semble se rappeler d'elle. De toute manière, si j'étais à sa place, que je m'en souvienne ou non, je resterais avec Clara. C'est une femme sympathique.

« Sympathique ». Le terme étonna Maud Graham ; il collait mal à la personnalité de Clara. « Sympathique » était un mot presque poli, comme si Bobby n'avait rien trouvé d'autre à dire au sujet de Clara. Comme s'il s'efforçait de l'apprécier. Sympathique ? Ça manquait de chaleur.

— Tu aimerais rencontrer une femme ressemblant à Clara ?

Non, elle n'était pas son genre.

— Mais j'admire son courage. Elle aime un homme qui ignore tout d'elle, de lui-même. Elle n'a pas l'air d'avoir peur.

— Peur?

— J'exagère, admit Robert Fortier en buvant une gorgée de vin. Peur est un bien grand mot, mais enfin, elle ne sait pas ce que Maurice a fait durant son absence. Elle m'a dit qu'il avait disparu pendant près de deux jours. Tu m'apprends qu'il était avec une fille qui choisit ses copains chez les Hell's Angels. Il y a de quoi être inquiet…

— Ni Maurice ni Clara ne connaissent le délit dont est accusée la fugueuse. J'ai seulement dit qu'on la recherchait parce qu'elle s'était volatilisée. Je n'ai évidemment pas le droit de t'en parler, mais je te fais confiance, tu ne le leur répéteras pas.

— Bien sûr que non. À condition que tu les informes rapidement que… Il s'agit des Hell's!

— Bientôt, ils sauront tout. Je voulais juste savoir si tu pensais que Maurice nous jouait la comédie. Puisque tu le connais depuis longtemps. Tous les membres de sa famille sont décédés, ce n'est pas facile d'enquêter sur lui. Tu es le seul à l'avoir connu autrefois. Il doit te faire plus facilement confiance.

— J'espère.

Maud Graham trempa un bout de pain dans la sauce, le mastiqua longuement avant de demander à Bobby combien de temps durerait son spectacle.

— Le temps que tu veux, Maud. C'est toi qui mènes. Tu es le patron.

Il lui sourit, satisfait : elle le croyait, elle pensait qu'elle dirigeait les opérations…

CHAPITRE 9

Grégoire avait vu la détective et le magicien quitter le restaurant. Graham avait embrassé Fortier sur les deux joues, puis elle s'était dirigée vers son automobile. Grégoire avait crié son nom, mais elle ne l'avait pas entendu ; l'autobus qui empêchait le prostitué de traverser la rue avait également couvert sa voix.

Il voyait sa voiture disparaître au bout de la rue Cartier. Il allait descendre vers la rue Saint-Jean quand il constata que Robert Fortier n'avait pas bougé ; il était toujours devant le restaurant. Lui aussi avait regardé Graham s'éloigner. Il souriait de toutes ses dents. Que lui avait-elle raconté de si amusant ?

Fortier consulta sa montre, puis traversa lentement le boulevard René-Lévesque et entra dans une boutique. Il en ressortit avec deux paquets ; il en glissa un dans la poche de son veston, jeta l'autre sur le siège de la voiture sans remarquer que Grégoire l'observait. Celui-ci craignait, avec raison, qu'il ne s'engouffre à son tour dans sa voiture. Sans comprendre pourquoi, Grégoire héla un taxi, le pria de suivre la voiture grise.

— Comme dans les films ? demanda le chauffeur, ravi qu'on brise sa routine.

— Comme dans les films, affirma Grégoire, qui souhaitait découvrir un détail qui ternirait l'image du magicien auprès de Graham.

Il aurait du mal à expliquer à cette dernière comment il l'aurait appris, ce détail, mais il en avait marre d'entendre chanter les louanges de saint Bobby.

Robert Fortier gara sa voiture dans une zone interdite rue Saint-Paul, en face de la taverne Belley. Le chauffeur de taxi s'arrêta net, prit la peine de reculer de quelques mètres.

— C'est mieux qu'il ne te voie pas, je suppose. Pourquoi suis-tu ce gars-là ?

— Parce que je le déteste.

Grégoire mit dix dollars dans la main du chauffeur et referma doucement la portière. On ne l'aurait pourtant pas entendue claquer ; le vent poussait les sons vers le bassin Louise, quasi désert par cette chaleur. Les bienheureux qui possédaient un bateau s'étaient disséminés loin des remparts de la ville. Certains se contenteraient de se rendre au pont de Québec, d'autres feraient le tour de l'île d'Orléans, attirés par la pointe indigo de Sainte-Pétronille. Les voiles gonflées feraient ressembler certains bateaux à des montgolfières et les touristes qui admireraient le ballet des voiliers sur le Saint-Laurent envieraient leurs propriétaires. Ils songeraient ensuite à prendre le traversier et goûteraient un peu de fraîcheur tout en regrettant de ne pas être éclaboussés par les vagues.

Robert Fortier marchait d'un pas décidé. Qu'allait-il faire dans une boutique d'antiquités ? Grégoire se trompait. L'homme s'arrêta juste avant le commerce, rectifia son apparence, lissa ses cheveux, enleva ses verres fumés. Il allait pousser la porte quand elle s'ouvrit. Les deux hommes s'exclamèrent. Robert Fortier remit un paquet à un type blond, puis il le tira par la manche, l'obligea à le suivre, revenant sur ses pas.

Grégoire fit demi-tour en espérant que Fortier ne l'ait pas aperçu. Non, il était trop occupé avec son ami. Manifestement, ils se connaissaient bien. Ils se dirigèrent à la terrasse de la taverne Belley ; une serveuse les rejoignit rapidement, les servit. Grégoire eut envie d'une bière quand il vit la mousse déborder des verres, la couleur paille des boissons. Ils devaient boire une Blanche de Chambly. Maurice Tanguay passa la langue sur ses lèvres, repoussa une mèche de cheveux avant de déballer le paquet. Il donna une tape dans le dos du magicien en découvrant un objet en cuir. Un portefeuille ? Un agenda ?

Grégoire l'observa plus attentivement : où avait-il vu cet homme ? Était-ce un client ? Un travailleur de rue ? Un habitué des boîtes gay ?

Non. Il ne l'avait pas connu la nuit.

L'homme écoutait maintenant Robert Fortier avec une extrême attention : il était penché vers lui, mais Grégoire voyait son visage tendu. Il lui semblait qu'il avait blêmi. Que lui racontait donc l'illusionniste ? L'homme porta la main à son front, grimaça en tournant la tête.

Grégoire se souvint alors : c'était le type qu'il avait croisé en descendant du traversier quelque temps plus tôt. Il se rappelait la tache de vin. L'inconnu avait une belle bosse sur le crâne. Quels étaient leurs rapports ?

Ils finirent leurs bières et se séparèrent. Grégoire renonça à sa filature. Il ne s'amusait plus et avait trop envie d'une bière.

Dombrowsky, qui l'avait observé, se demandait pourquoi le protégé de Graham suivait Maurice Tanguay et Robert Fortier. Le policier souhaita qu'elle ne réagisse pas trop mal quand il lui ferait son rapport.

⁂

Maud Graham fut étonnée, perplexe: que venait faire Grégoire dans cette histoire?

— Il va me téléphoner aujourd'hui, dit-elle à Rouaix. Il m'appelle régulièrement depuis mon retour. Tous les jours, en fait. Il y a sûrement une explication.

Grégoire ne lui parla qu'en fin d'après-midi, après avoir bu plusieurs bières chez Belley et joué au billard. Au ton de sa voix, Graham comprit que le prostitué avait un peu bu, mais elle se garda de faire la moindre réflexion.

— Je voulais t'inviter à souper ce soir.

— Avec ton beau médecin?

— Non, tout seul.

— Comment ça? Qu'est-ce que tu veux?

— Te voir.

— Dis-moi pourquoi. Tu veux apprendre une nouvelle recette de cuisine?

Maud Graham eut un petit rire, expliqua qu'Alain Gagnon était parti à Montréal.

— Il y va souvent maintenant que la plupart des autopsies se font là-bas.

— Ah, dit Grégoire, je sers de bouche-trou.

Elle soupira. Elle ne voulait pas lui avouer pourquoi elle désirait le rencontrer. Il crierait qu'il était écœurant que Dombrowsky l'ait dénoncé et il se défilerait. Ce serait différent si elle l'avait en face d'elle.

— J'arriverai pas avant huit heures. Tu seras pas là.

— Je vais te faire faire une clé. Ce sera moins compliqué. Comme ça, tu pourras préparer les repas en m'attendant.

— Tu rêves en couleurs. Pis en Imax!

Elle savait qu'il souriait à l'autre bout de la ligne.

Bien sûr, il jura quand elle lui apprit plus tard que Dombrowsky l'avait vu suivre Fortier et Tanguay.

— Calme-toi, Grégoire, Dombrowsky faisait son travail. Et tu es mal placé pour parler. Toi aussi, tu suivais un type. Et Bobby, en plus! Qu'est-ce que tu lui voulais?

— Je l'ai vu sortir du restaurant avec toi. Je savais pas quoi faire cet après-midi. Je me suis dit que ça serait drôle de le suivre. Pour voir ce que ça fait. C'est facile, en tout cas. Il a jamais su que j'étais derrière lui.

— Comme ça? Juste pour t'amuser? Et tu choisis Bobby par hasard?

— Je l'aime pas, mais je le suivais pas pour le tuer, si c'est ça que tu veux savoir.

— Grégoire!

— Quoi, Grégoire? On peut rien faire sans que tu t'en mêles.

— C'est toi qui ne te mêles pas de tes affaires. On ne s'amuse pas à suivre les gens.

— T'aimes mieux que je traîne dans les centres d'achat ? O.K. Pas de problème, j'y vais tout de suite. Tant pis pour toi. Je suis bon en câlice pour suivre les hommes. Je suis pas mal habitué…

Il se leva d'un coup de reins. Elle courut derrière lui.

— Il va falloir que je te supplie de rester ? Quel caractère !

— Je tiens ça de mes vieux. C'est tout ce qu'ils m'ont laissé. Beau cadeau, hein ?

Il revint s'asseoir. Elle n'était pas dupe de la comédie qu'il jouait.

— J'ai déjà vu le gars qui parlait avec ton Bobby. Tanguay ? C'est ça que tu as dit tantôt ?

— Ce n'est pas mon Bobby et… Tu connais Tanguay ?

— Je lui ai déjà parlé.

— Quand ?

Il se faisait prier, elle s'impatientait, il jubilait. Il finit par relater sa brève rencontre avec Maurice Tanguay par un beau matin d'été.

— Il était ben fucké. Il savait même pas son nom.

— Est-ce qu'il avait une cape en satin avec lui ?

— Une cape ? Non. J'ai juste remarqué un peu de sang dans son cou et sur son chandail. Sa blessure à la tête. Qu'est-ce que tu lui veux ?

— Il a perdu la mémoire.

— Ça, je l'avais deviné.

— C'est un témoin.

Grégoire finit sa bière, déposa la bouteille vide sur le comptoir et interrogea son amie. Voulait-elle dire que Maurice avait été témoin d'un incident ou employait-elle le terme « témoin » pour « suspect » ?

— Tu sais bien que je ne peux pas parler.

— All right. Ça veut dire qu'il est suspect. Vous le surveillez pas pour rien, certain !

Graham leva les yeux au ciel sans répondre.

— T'es pas capable de me mentir.

— Tu aimerais mieux ça ? rétorqua-t-elle.

— Tu m'as pas dit pourquoi ton magicien le connaît. Il lui a même fait un cadeau. Une sorte de cahier ou de carnet.

— Ce sont des amis d'enfance.

— T'as le don de bien t'entourer, hein, Biscuit ? Un chum prostitué, un copain qui se tient avec des meurtriers.

— Je n'ai jamais dit que Maurice Tanguay avait tué quelqu'un ! Arrête de tout interpréter.

— T'es trop nerveuse pour que je me trompe. Veux-tu que je te montre à faire un spaghetti carbonara ? C'est niaiseux tellement c'est facile. Y'a pas de farine à mettre dedans.

Graham l'ébouriffa, protesta pour la forme.

— Ça doit être engraissant.

— Pis après ? Ton beau médecin t'aime comme t'es. C'est quoi, le problème ?

— Tu le trouves beau?

— Pas trop pire. Mais c'est pas mon genre, inquiète-toi pas, je te le piquerai pas.

Graham fit mine d'être scandalisée, puis ouvrit la porte du réfrigérateur pour prendre une bouteille de vin rosé.

— Tu ne te souviens pas de la date où tu as vu Maurice Tanguay?

— Quand tu revenais de vacances.

Grégoire remplit une marmite d'eau et la déposa sur la cuisinière avant de murmurer:

— Le jour du meurtre. C'est ça, non?

Graham fit un signe de tête. Pourquoi nier? Grégoire s'empressa de lui donner des détails suplémentaires sur sa rencontre. Il répéta leur conversation en s'efforçant d'en rapporter les termes exacts et, surtout, l'impression que lui avait laissée cet homme.

— Il faisait pitié. Il était vraiment out. Il avait pas l'air dangereux. J'aurais jamais pensé que c'était un bum.

— Je n'ai pas dit ça.

— Ben non, tu dis rien. Tu veux que je t'aide, mais tu m'aides pas fort, toi. Donne-moi un œuf, je vais te montrer à séparer le blanc du jaune.

— Je suis capable de le faire.

— Ah oui?

— Je ne suis pas si nulle!

Grégoire l'observa tandis qu'elle s'y reprenait à trois fois pour briser la coquille.

— Une chance qu'on fait pas une omelette pour dix personnes ! Comme ça, Tanguay aurait tué le petit gars ? J'y crois pas.

— Pourquoi ?

— Je pense pas que tuer quelqu'un peut te faire perdre la mémoire.

— Pourquoi ?

— T'es fatigante avec tes pourquoi !

Il ignorait la réponse, tout en étant persuadé d'avoir raison : Tanguay n'avait pas un tempérament d'assassin.

— C'est une belle intuition, mais mon patron ne s'en contentera pas.

— Toi, qu'est-ce que t'en penses ?

— Je ne pense rien.

— Menteuse. La dope va être gratis pour tout le monde quand tu vas arrêter de penser !

— J'aime beaucoup tes comparaisons. Ça te ferait tellement plaisir que la coke ne coûte rien !

— J'en achète plus. T'es contente, là ?

— Oui. Tiens.

Elle lui tendit le jaune d'œuf en souriant.

— On le garde pour la fin. Tu vas couper du bacon en petits morceaux.

— Je vais prendre dix livres juste à respirer l'odeur. Toi, ça ne t'inquiète pas de grossir, mais…

— T'as juste à sniffer de la coke. C'est excellent pour le régime.

— Tu es très drôle. Pourquoi suivais-tu Bobby ?

— Je te l'ai déjà dit : pour voir ce que ça faisait d'être détective. Pour mieux te comprendre, je suppose.

— Si tu essaies de m'avoir par les sentiments…

— J'ai pas d'autres réponses, sacrament ! Râpe donc du fromage au lieu de me faire chier avec tes questions. J'ai rien fait de mal. Ton beau Bobby a jamais su que je l'avais suivi.

Graham lui tira la langue. Il reprit :

— Je me demande ce qu'il a fait avec l'autre paquet.

— L'autre paquet ?

— Ton magicien est sorti du magasin avec deux paquets. Il en a remis un à Tanguay, mais il a jeté l'autre sur le siège de sa voiture. J'aurais aimé ça savoir à qui il voulait le donner. Mais je pouvais plus le suivre. J'ai pas de char et y'avait pas de taxi dans le coin. Ça, c'est pas mal mieux à Montréal, les taxis. On en trouve partout.

— C'est aussi bien qu'il n'y en ait pas eu rue Saint-Paul. Tu n'as pas le droit de filer les gens…

— Mais tu es bien contente de savoir que j'ai vu Maurice le matin du meurtre.

Elle admit qu'elle ne pouvait négliger aucune information, mais ajouta que ce qu'il y avait dans le deuxième paquet, et à qui il était destiné, ne regardait pas Grégoire. Ni personne d'autre, d'ailleurs.

Elle avait tort ; elle se serait beaucoup intéressée au paquet fuchsia si elle avait su qu'il était pour Sandra. Si elle avait su que Robert Fortier guettait la fillette. Qu'il avait déjà réussi à l'attirer chez lui.

Sandra était venue le voir. Il lui avait montré le joli paquet et elle l'avait aussitôt suivi chez lui. Il avait précisé qu'elle devrait cacher ses nouveaux crayons à ses parents.

— Ils seraient gênés que je te donne des cadeaux.

— Le bébé en a tout le temps, lui. J'ai bien le droit d'en avoir, moi aussi.

— Tu as raison, ma puce, mais si ça ennuyait tes parents, ils seraient fâchés, et je ne pourrais plus te faire de cadeaux... Tu ne pourrais plus t'amuser avec les lapins.

Sandra aimait bien Jeannot et Lola. Presque autant que Chocolat. Si Bobby avait raison ? Si ses parents étaient embarrassés par ses cadeaux ? Parce qu'ils ne lui en faisaient pas assez à elle ? Ils penseraient peut-être qu'elle trouvait Bobby plus gentil qu'eux ?

C'était la troisième fois qu'elle allait chez Bobby ; sa mère croyait qu'elle était chez Sophie. Sophie ! Elle était si stupide ! Elle ne voulait jamais rien lui prêter. Sandra avait décidé de ne plus jamais jouer avec elle. Sophie ne l'avait pas crue quand elle lui avait dit qu'elle apprenait à faire de la magie. Une vraie nouille!

Robert Fortier lui avait déjà montré quelques petits trucs. Il faisait apparaître des pièces de monnaie de plus en plus lentement, afin qu'elle perçoive bien ses mouvements. Le dollar roulait sur sa cuisse, remontait jusqu'à son nombril. Elle riait. Ça la chatouillait. Bobby recommençait pour qu'elle apprenne comment escamoter la monnaie sans qu'on s'en rende compte. Elle avait été un peu surprise quand il avait trouvé la pièce entre ses petites fesses, mais lui riait aux éclats, semblait vraiment s'amuser. Il avait ensuite perdu un autre dollar dans son pantalon; elle y avait glissé sa menotte et avait senti quelque chose de très dur en tentant de rattraper le dollar. Puis elle avait tâté la pièce.

— Tu as encore gagné! avait-il dit.

D'une voix rauque, il lui avait alors expliqué qu'elle devait maintenant rentrer chez elle et garder le secret sur sa visite.

Robert Fortier avait craint que la fillette ne parle à ses parents, mais elle s'était tue. Sinon, il aurait eu la visite de ces derniers. Ou celle des policiers.

Il jouait avec le feu. Il le savait, mais il ne pouvait résister au charme de Sandra. Son innocence l'ensorcelait. Et s'il était très prudent, il pourrait peut-être s'amuser longtemps avec elle. Après tout, il avait bien tué sans qu'on l'arrête. Sans qu'aucun soupçon ne pèse sur lui. Il était très fort.

Sandra portait un tee-shirt rouge avec une jupe marine. Il aimait les couleurs vives qui accentuaient la carnation de sa peau, l'illuminaient. Elle avait déballé le paquet en gloussant et s'était écriée, en voyant les pastels, qu'elle dessinait bien mieux que Sophie.

— Ah oui ? Montre-moi.

Il s'était levé pour aller chercher une feuille, avait farfouillé dans son bureau avant de revenir les mains vides.

— Je n'en ai pas trouvé. J'ai une idée : si tu dessinais sur moi ? Comme si tu me maquillais ? Ça serait drôle.

— Maman ne veut pas que je mette du crayon sur moi.

— Pas sur toi, sur moi ! C'est du pastel, ça va partir facilement quand je prendrai ma douche. Veux-tu qu'on essaye ?

Elle avait hésité un peu, mais le projet lui avait semblé si comique : dessiner sur une grande personne ! Elle n'aurait jamais pensé faire cela. Non, c'était faux, elle y avait déjà songé : elle aurait bien aimé barbouiller la face de Claudine, sa maîtresse d'école. Elle l'avait détestée !

Robert Fortier avait d'abord offert ses mains, puis son visage.

La petite s'enthousiasmait, riait franchement. L'homme avait enlevé sa chemise, prêté ses épaules à l'artiste. Elle était ravie d'avoir une si belle surface. Comme elle frôlait la ceinture de son pantalon, il l'avait baissée un peu. Elle avait cessé de dessiner pendant quelques secondes, avant de reprendre son travail. Il s'était tortillé en disant qu'elle le chatouillait. Elle avait ri. Il s'était agité encore pour faire baisser davantage le pantalon. Il avait les fesses à moitié dénudées. Il s'était retourné vers Sandra.

— Tu peux colorer aussi mes foufounes. Je vais les laver en même temps que mon dos, ne t'en fais pas. J'aimerais ça avoir tout le corps dessiné ! J'aurais l'air d'un poisson ou d'un oiseau ! Tu ne trouves pas qu'on est ternes avec notre peau toute blanche ? Je vais être bien plus beau grâce à toi !

Il avait terriblement envie d'ôter son pantalon, mais il ne savait pas si la petite avait déjà vu un sexe. Peut-être que oui, dans un livre d'éducation sexuelle, ou chez elle, si ses parents se promenaient nus. Sinon, il risquait de l'effaroucher. Il lui montrerait son sexe quand ils auraient regardé ensemble un film où il apparaissait avec des enfants de son âge.

Il apprivoiserait cette fillette. Il prendrait le temps nécessaire pour la former à ses goûts. Et il n'aurait plus à chercher d'enfant, avec cette charmante voisine sous la main. Il réglerait le problème « Maurice » et n'aurait pas à quitter Québec.

— Dessine sur mes pieds. Es-tu capable de faire des fleurs sur chaque orteil ?

Sandra s'était exécutée de bonne grâce et il s'était mis à rire si fort quand elle avait esquissé un pétale bleu sur le gros orteil du pied gauche qu'elle avait sursauté. Il l'avait aussitôt rassurée, mais n'avait pas réussi à rester immobile :

— Ça me chatouille trop ! Je crois qu'il est temps que tu rentres chez toi. Je ne voudrais pas que ta maman te dispute.

— Et les crayons ? Elle va se demander où j'ai pris mes crayons.

— Mais non, laisse-les ici. Tu pourras venir t'en servir quand ça te plaira. Je vais acheter des feuilles pour la prochaine fois. Même si c'était plaisant que tu dessines sur moi. As-tu aimé ça ?

Elle avait répondu oui. Son ami avait des idées si originales !

Dès que Sandra était partie, Robert Fortier avait effleuré son sexe et atteint l'orgasme presque instantanément. Quand le sperme avait giclé, il s'était demandé comment il arriverait à le faire goûter à la petite. Pourrait-il lui faire croire que c'était une sorte de potion magique qui rendait plus intelligent ?

Jouir l'avait un peu apaisé, mais sa rencontre avec Maurice Tanguay lui revenait en mémoire. Il devait prendre une décision. Son « copain d'enfance » semblait retrouver un peu trop vite ses souvenirs. Ils étaient encore vagues, mais de plus en plus nombreux. C'était trop dangereux.

⁂

Clara regardait Maurice dormir. Elle aimait écouter sa respiration, observer les frémissements de son beau visage. Elle avait eu si peur de le perdre. Quand il avait disparu et quand il avait réapparu. Elle n'aurait jamais pu imaginer un sentiment aussi déstabilisant que celui d'être étrangère à son amant. Il ne l'avait toutefois pas rejetée. Le Dr Laberge lui avait dit que Maurice réagissait d'une manière inhabituelle au traumatisme qu'il subissait. Il est vrai que l'amnésie dont il souffrait était malaisée à circonscrire, à déterminer. Daniel Laberge lui avait réexpliqué les types d'amnésie, antérograde et rétrograde, mais le cas de Maurice n'était pas aussi net qu'une définition médicale.

— Même si les heures suivant le réveil de Maurice sur les Plaines sont encore floues, il se souvient graduellement de ce qui lui arrive. Vous êtes chanceux dans votre malheur parce que l'amnésie antérograde est terriblement handicapante.

Le praticien rapporta le cas d'une patiente qui pouvait téléphoner vingt fois de suite au même endroit sans en avoir le moindre souvenir. Elle parlait à son mari, raccrochait et rappelait deux minutes plus tard. Elle pouvait prendre dix douches par jour, commander cinq poulets au restaurant. Sa mémoire était une passoire.

— Je n'irais pas jusqu'à dire que c'est mieux d'avoir oublié sa vie, son passé, mais au moins Maurice peut vivre à peu près normalement.

— Normalement ! s'était écriée Clara.

— Il vous manifeste même de l'affection. C'est énorme. Je vous ai dit comme mes collègues que votre amour est essentiel à la guérison de Maurice. C'est une bénédiction qu'il vous reconnaisse ; il semble même conscient de certains efforts que vous faites pour l'aider. Ce n'est pas le lot de tous les parents ou de tous les conjoints des amnésiques : certains n'ont aucune gratitude pour ceux qui les soutiennent, car ils oublient tout ce qu'ils font pour eux. C'est très dur. Par ailleurs, le sentiment de culpabilité et la colère qu'éprouvent les malades sont difficiles à supporter. J'ai une patiente qui est épuisée par l'amnésie de son père : celui-ci ne communique qu'avec son petit-fils qui a trois ans, car il ne l'a pas connu avant sa maladie et ne lui parlera jamais d'un temps qui a disparu avec l'amnésie. Il n'a pas honte face à son petit-fils. Sa fille a beau tenter de le raisonner, le vieil homme s'isole… Je vous le répète, vous avez de la chance. Les souvenirs de Maurice affluent rapidement.

— Rapidement ?

— Il y a des gens qui mettent des années à retrouver leur identité. Quand ils la retrouvent. Maurice est sur la bonne voie. Et votre amour l'aide beaucoup.

— Alors, pourquoi lui avez-vous demandé de rencontrer un de vos confrères ?

— Je suis seulement étonné de la complexité de son amnésie. Sa perte de mémoire est reliée directement à l'agression, celle qui concerne les détails immédiats dont il devrait se souvenir : qui il a vu sur les Plaines, quand, pourquoi il passait par là, ce qui est arrivé. Dans ce cas, il y a un trou antérograde, si je puis m'exprimer ainsi. Mais il y a aussi une perte beaucoup plus floue qui entoure son passé. Une deuxième amnésie ? Rétrograde, celle-ci ? Ou tout au moins une occultation impressionnante de certains faits. Je me demande dans quelle mesure le coup qu'il a reçu peut relier ces deux genres d'amnésie.

Clara avait rapporté ces propos à son amoureux, l'avait convaincu de consulter un autre spécialiste.

— Je n'ai pas le temps, avait-il commencé par dire. Je me suis absenté assez longtemps ; les fleurs n'attendent pas ! La terre ne perd pas la mémoire ! Je me sens déjà assez coupable d'avoir pris une bière avec Robert cet après-midi. Mais il m'apportait un cadeau… Un étui en cuir pour mon calepin.

— J'espère que tu n'auras pas à t'en servir trop longtemps.

— Je me souviens de plus de choses qu'avant. Mais toujours rien concernant les Plaines. C'est tellement... enrageant!

— Le Dr Laberge m'a promis que son collègue ne te garderait pas plus de deux heures.

— Pauvre Clara!

Elle s'était serrée contre lui pour protester. Elle n'était pas à plaindre, il était revenu. Elle contemplait maintenant son visage froissé par le sommeil. La lune l'éclairait d'une lumière si douce qu'elle le rajeunissait. Ces derniers jours l'avaient fait vieillir si vite. *Les* avaient fait vieillir. Clara était épuisée d'être perpétuellement inquiète, de rassurer Maurice constamment, d'être hantée par les accusations — même non fondées — qui planaient sur lui, de chercher à raviver ses souvenirs sans qu'il se décourage si ceux-ci ne trouvaient pas d'écho dans sa mémoire.

Leurs amis savaient maintenant ce qui était arrivé à Maurice; en partie du moins. On avait parlé d'un accident, d'une branche qui lui était tombée sur la tête. Personne n'avait fait le rapprochement avec le meurtre des Plaines.

La lune glissa sur l'épaule de Maurice, longea le mur, atteignit la table de nuit où brillait le calepin. Robert Fortier avait choisi un cuir d'une très belle qualité ; l'étui avait dû lui coûter cher. Les quelques fois où il était venu rue Saint-Paul, il avait apporté soit une bonne bouteille, soit des chocolats. L'autre soir, il avait dit que « les bonbons, c'est tellement bon ». Maurice s'était souvenu qu'il aimait Jacques Brel. Robert lui avait offert un disque du chansonnier le surlendemain. Clara commençait à penser qu'il était amoureux de Maurice.

L'étui était très chic. On n'offre pas de tels cadeaux sans raison. Elle devrait en parler à Maurice, le mettre en garde ; il serait cruel d'alimenter de faux espoirs chez le magicien.

Et si, tout simplement, Robert se sentait très seul ?

Il y avait sûrement de cela aussi. Clara, qui avait pourtant toujours désiré voyager, n'enviait pas l'artiste : des avions, des valises, des hôtels, des restaurants, des spectacles, puis des trains, des taxis, des bateaux de croisière, un arrêt à l'appartement, de nouveau des hôtels… Elle était essoufflée quand il racontait ses tournées. Elle le plaignait sincèrement, d'autant qu'il admettait n'avoir jamais beaucoup de temps pour visiter les villes où il s'arrêtait. En fait, il n'avait connu que deux ou trois pays d'Asie où il s'était arrêté pendant quelques mois. « Ça ne coûte rien pour vivre là-bas, avait-il dit. J'aimerais sûrement Paris, Londres ou Venise, mais c'est impensable aujourd'hui. » Maurice et elle avaient approuvé. Elle se demandait maintenant pourquoi ;

elle avait toujours aimé l'Europe et souhaitait davantage visiter Rome ou Munich que Hong-Kong ou Bangkok. Elle n'était pas influençable, mais Robert avait un réel pouvoir de persuasion. Ça devait lui être bien utile dans son métier.

Avant de s'endormir, Clara repensa aux anecdotes que le magicien rapportait à propos de Maurice. Elle savait maintenant pourquoi ces versions différaient de celles de son amant : Robert idéalisait Maurice. Il en avait fait son héros quand ils étaient enfants.

Aucune jalousie n'animait Clara quand elle se demandait si Maurice ne devait pas prendre une certaine distance vis-à-vis du magicien. L'amitié était une belle chose, mais Robert ne souffrirait-il pas inutilement en fréquentant Maurice ? Même si ce dernier lui parlait franchement, n'entretiendrait-il pas, malgré tout, quelques illusions ?

Pourquoi fallait-il que Robert se soit épris de Maurice ? Leur vie était déjà assez compliquée. Elle espéra une nuit sans rêve, une nuit de trêve.

CHAPITRE 10

Alain Gagnon regardait dormir Maud Graham depuis vingt minutes. Il s'était levé dès qu'il avait entendu Léo miauler et s'était précipité dans la cuisine pour le nourrir, afin qu'il n'éveille pas sa maîtresse. Il avait cherché sans succès une boîte de nourriture pour chats et s'était résigné à lui donner des restes du poulet au champagne qu'il avait cuisiné la veille.

Il n'avait pas encore invité Maud chez lui, mais il anticipait ce plaisir: s'il se débrouillait très bien dans un lieu étranger, il n'envisageait pas de réaliser une recette sophistiquée à l'extérieur de chez lui. Pour faire des cailles aux raisins en timbale ou une mousse aux cinq parfums, il devait connaître les caprices d'un four. En tout cas, ils mangeaient moins de pizza depuis quelque temps, c'était un début. Elle n'en dégustait plus qu'avec Grégoire. Malgré cela, elle avait un très beau teint. Et Grégoire, donc! Il se bourrait de frites, de pizza et de boissons gazeuses sans abîmer sa peau.

Pendant son adolescence, Gagnon avait surveillé ce qu'il mangeait pour éviter l'acné. Il n'avait qu'à regarder les marques sur le visage de son père pour être dissuadé d'acheter des croustilles ou du chocolat. Sa mère lui avait déjà confié que la vilaine peau de son mari ne l'avait jamais ennuyée. Alain Gagnon trouvait que son père avait été chanceux de plaire à une si belle femme. Même s'il était adorable et drôle et généreux et intelligent.

D'ailleurs, M. Gagnon s'en émerveillait encore. Il avait expliqué très tôt à ses enfants qu'ils devraient s'alimenter sainement s'ils ne voulaient pas souffrir, comme lui, de leur apparence. Alain et sa sœur avaient écouté ses conseils. Des années plus tard, ils se demandaient s'ils ne s'étaient pas privés pour rien. Ils n'avaient pas eu de boutons, certes, mais était-ce dû à leur régime ou à la chance?

Grégoire devait-il son teint admirable à ses parents? Gagnon ne le savait pas. Le prostitué ne parlait jamais de ses parents.

Maud non plus. Elle était très secrète sur sa famille.

Sur tout, en fait. Il savait seulement qu'elle avait eu une déception amoureuse. Il s'interrogeait sur cet Yves qui l'avait quittée. Comment avait-il pu se séparer d'une telle femme?

Alain Gagnon flatta longuement Léo, hésitant à préparer le déjeuner pour son amante. Ne ferait-il pas mieux de retourner auprès d'elle ? Il avait toujours envie de la caresser. Comment Yves avait-il pu se lasser de ses formes si douces, si réconfortantes ? Contrairement à ce que Maud Graham s'imaginait, il aimait ses rondeurs non pas parce qu'elles évoquaient la maternité, mais parce qu'elles étaient le contraire du monde.

— Le quoi ? avait dit Graham.

— On vit dans un univers plein d'aspérités, d'arêtes, d'angles, de choses dures, aiguës, tranchantes, carrées, délimitées, précises, froides, fonctionnelles. Ton corps est un champ… d'horizon. Il n'y a pas de fin, pas de chute. Ma main glisse sur ton épaule, descend au creux de tes reins, et tes fesses qui remontent me renvoient vers ton dos. Ma main se balance sans que j'y pense, le mouvement est naturel. Il y a une force giratoire… Et je ne te parle pas de l'attraction ! Tu saisis ?

Graham avait souri. Elle comprenait cette chose qui était la plus étonnante qui lui soit arrivée depuis des années — oh oui, même avant Yves —, elle comprenait qu'il aimait vraiment son corps. Yves répétait sans arrêt qu'il aimait ses petites rondeurs, ses petites poignées d'amour. Elle détestait cette expression, et le « petites » qu'il accolait aux mots « rondeurs » ou « courbes », et le « un peu » qui accompagnait inévitablement « dodue », « potelée », « en chair » ou « grassouillette ». Grassouillette ! Existait-il terme plus ridicule ? Elle avait l'impression qu'Yves évoquait les charmes de son poids pour s'en convaincre.

Alain n'en parlait pas, sauf si elle amenait ce sujet dans la conversation, mais il la touchait sans cesse avec un empressement rassurant. Avec un joyeux enthousiasme. Ils n'avaient fait l'amour que deux fois, et elle avait pensé, ces deux fois, qu'aucun homme ne l'avait à ce point désirée. Mélancolique, elle avait vu défiler sa jeunesse, les rencontres ratées, les étreintes embarrassées, le plaisir inquiet.

Elle avait raconté tout cela à son nouvel amant. Il avait été touché de sa confiance. Puis il avait ri quand elle s'était moquée de sa « déformation professionnelle ».

— Tu parles de mouvement naturel, de force d'attraction. On dirait que tu donnes un cours de physique.

— Mais non !

— Ça ne me gêne pas. Un peu plus et tu me dirais que mon… mon corps est un exemple de parfait équilibre.

Ils avaient rigolé. Maud Graham avait ajouté qu'il s'exprimait souvent avec des termes propres à son travail.

— Quand il est question de vins, tu parles de concentration, de conservation, de refroidissement. C'est très amusant.

Il ne s'en était pas aperçu. Il se demanda, en regagnant la chambre, ce que découvrirait Maud en lui. Il avait renoncé à faire du café. Plus tard. Il la désirait trop.

Elle frissonna quand il se glissa auprès d'elle. Elle venait de s'éveiller, étonnée qu'il se soit levé sans qu'elle s'en rende compte ; elle avait le sommeil si léger. Elle avait l'impression de ne jamais dormir. Comme si elle demeurait en état de veille durant la nuit. Une partie de son cerveau était toujours en alerte : le moindre bruit et elle sautait hors du lit, prête à se défendre contre toute intrusion. Léo avait dû apprendre à miauler avant de grimper sur elle pour se faire flatter. Et voilà qu'Alain Gagnon quittait sa couche et nourrissait le chat à son insu. Voilà qu'il revenait vers elle sans qu'elle sursaute.

— Je suis bien, murmura-t-elle.

Elle avait tellement envie de se reposer sur quelqu'un. Dans tous les sens du terme. Il lui offrait son épaule, lissait ses cheveux.

— Dors encore, ma belle.

Ma belle. Il l'appelait souvent « ma belle » ou « ma jolie ». Les premières fois, elle avait failli se retourner pour voir à qui il s'adressait.

Elle avait encore sommeil, mais elle était trop excitée pour se rendormir. Contre ses cuisses, elle sentait le sexe dressé de son amant, brûlant, attentif au moindre de ses frémissements. Elle se retourna pour le caresser, aurait voulu le manger, le garder en elle pour toujours. Elle n'avait jamais pensé qu'elle éprouverait un appétit si grand pour un homme. Et si vite. Elle connaissait Alain Gagnon depuis des années. Il était entré dans sa vie avant les vacances. Et même plus tôt; simplement, elle avait mis beaucoup de temps à l'admettre. Maintenant qu'ils avaient fait l'amour, elle pensait à lui à tous moments, dans les circonstances et les endroits les plus incongrus. Le désir l'habitait en permanence et se manifestait soudainement, une petite crampe de plaisir, un long frisson, le souffle coupé, alors qu'elle était à l'épicerie pour acheter une poitrine de poulet. Elle souriait béatement, savait qu'elle avait l'air idiote et s'en moquait; elle se souvenait de toute nouvelle caresse avec un bonheur insolite. Contentement et insatisfaction. Elle était comblée, mais ne songeait qu'à retrouver cet état d'harmonie inégalée. Elle rageait d'avoir déjà pris ses vacances; ne devraient-ils pas passer un mois au lit pour assouvir le feu qui les dévastait? Un mois qui suffirait à peine à les apaiser. Ils seraient juste un peu moins distraits quand ils retrouveraient le monde extérieur. Graham espérait que la passion qu'ils éprouvaient n'allait pas s'éteindre avant longtemps. Avant des années.

Elle sentait qu'elle avait rencontré l'homme qui lui convenait. Elle avait peur, bien sûr, mais cette peur était délicieusement perverse. Elle adorait que son cœur batte la chamade en entendant sa voix au téléphone, son pas dans un couloir, quand elle l'attendait au restaurant. Elle était fascinée par les bouleversements que cet amour engendrait, cette paix mâtinée d'angoisse, cette assurance teintée d'incrédulité, ce détachement du monde accompagnant une sensation de communion avec l'univers. Paradoxes, paradoxes, tout était simple et très compliqué. L'étrangeté de ses émotions la ravissait ; elle appréhendait le sentiment amoureux avec stupéfaction. Et intérêt. Elle observait sa passion avec une curiosité d'entomologiste.

Maud Graham savait qu'elle vivait un beau moment de son existence. Elle entendait bien en profiter. Elle n'allait pas le refuser, se punir et tout gâcher. Elle avait décidé d'être heureuse.

Alain Gagnon la força à relever la tête.

— Je veux te prendre…

Il allait la caresser quand elle l'arrêta. Elle le voulait en elle maintenant, là, tout de suite.

Elle jouit rapidement et il la suivit de peu.

Plus tard, alors qu'ils buvaient du jus de pomme, il lui dit qu'il regrettait de ne pas avoir atteint l'orgasme en même temps qu'elle.

— Ce n'est pas grave.

— Je le sais bien, mais j'ai hâte qu'on se connaisse mieux.

— Je n'ose pas imaginer ce que ce sera, répondit-elle.

Ils regardèrent la vaisselle qui traînait dans l'évier et secouèrent la tête simultanément. Non, ils iraient prendre leur déjeuner dans un café. Les assiettes sales ne gâcheraient pas le début de leur journée.

Ils allaient sortir quand le téléphone sonna.

— Oh non ! Je ne suis pas de service aujourd'hui.

Elle se rua pourtant sur l'appareil, sourit en reconnaissant son interlocuteur.

— Bobby ? Ça va ? Non, tu ne me déranges pas.

Ils échangèrent quelques mots et Maud Graham se tourna vers son amant :

— Bobby voudrait me voir. Il peut nous rejoindre chez Temporel, non ?

— On devrait plutôt passer chez lui après avoir mangé. Si jamais c'est plein de monde chez Temporel, on ira ailleurs, au Krieghoff ou au Lapin sauté, et ce sera plus compliqué pour se retrouver. N'oublie pas que c'est dimanche, les gens brunchent et il y a beaucoup de touristes.

Il n'acceptait pas qu'on lui « vole » cette matinée dominicale. Elle le comprit et offrit à Robert Fortier de le retrouver en sortant du restaurant. Elle nota son adresse et décocha un petit sourire à son amoureux en reposant le téléphone.

— Je ne suis pas certaine que ça lui fasse plaisir que tu m'accompagnes.

— Il devra s'y habituer.

— Moi aussi.

Il fronça les sourcils. Elle s'approcha de lui, l'embrassa dans le cou :

— C'est très étrange d'avoir un chum. Quelqu'un avec qui je peux faire tout et n'importe quoi.

— Que veux-tu dire ?

— Je ne sais pas, moi… des projets. Des activités, des sorties.

Alain Gagnon sourit : des activités ! Quelle pudeur, quelle naïveté. Graham le déconcertait et il adorait cela. Elle était désabusée et même usée, tout en conservant un émerveillement de petite fille. Elle faisait un vœu si une coccinelle se posait sur elle et ne pouvait s'empêcher de lancer des cailloux dans une rivière et d'effeuiller les marguerites.

— Si j'ai bien compris, le projet immédiat, c'est d'aller voir ton magicien.

— Ce n'est pas *mon* magicien. Vous êtes énervants avec ça !

— Nous ?

— Grégoire aussi m'agace avec Bobby.

Le médecin hésita avant de suggérer à Graham d'appeler son jeune ami.

— Demande-lui de venir déjeuner avec nous.

— Je ne peux pas joindre Grégoire si facilement. C'est lui qui appelle. C'est curieux que tu veuilles bien de lui, mais pas de Bobby. Qu'est-ce que tu n'aimes pas chez lui ?

Alain Gagnon protesta : il appréciait le magicien, mais il confessait qu'il voulait manger seul avec Graham. Toutefois, en pensant à Grégoire, il s'était dit que ça lui ferait peut-être plaisir de les rejoindre. Il ne voulait pas qu'il se sente mis de côté. C'était différent avec Fortier, ce n'était ni un enfant ni un ami de Graham. Il pouvait comprendre qu'elle préfère être encore un peu seule avec son amant.

— Mon amant, murmura-t-elle. Pourquoi ne dis-tu jamais mon « chum » ?

— Je suis un grand romantique. J'aime ce mot parce qu'il contient le mot « amour ». Chum ? C'est drôle, mais ce n'est pas suggestif, ni prometteur. C'est trop près de la camaraderie. Je veux bien être aussi ton complice, mais je tiens à ce que tu penses à moi comme à un amoureux, comme à un homme qui te désire, qui rêve de toi, de ta douceur.

Graham s'étonnait qu'il lui parle si souvent de sa douceur. Au poste du parc Victoria, elle avait la réputation d'être cassante, sèche et même désagréable. Les journalistes de Québec pouvaient témoigner de son caractère. Elle n'avait pas beaucoup d'amis et elle était persuadée que cette rareté était imputable à son tempérament bourru.

— Un ours, disait sa mère. Tu ne trouveras jamais de mari.

— Je n'en veux pas, répondait-elle à quinze ans.

Elle mentait. Les paroles de sa mère l'angoissaient ; celle-ci ne voyait-elle pas son embarras, son désarroi ? Maud Graham restait dans sa chambre à lire des romans au lieu de sortir avec des amis ; le monde l'intimidait. Seule Léa Boyer avait deviné qu'elle jappait mais ne mordait jamais. Elle n'avait pas ricané ni protesté quand Maud avait annoncé son désir d'entrer dans la police. Tandis que sa mère avait répété qu'elle ne se marierait jamais, que son père s'était inquiété de sa sécurité, que sa sœur avait lancé que ce n'était sûrement pas dans un poste de police qu'elle développerait sa féminité.

Léa, heureusement, l'avait épaulée dans cette entreprise. Elle lui avait montré à s'habiller, à se maquiller, à se parfumer, à apprécier les beaux tissus, les matières nobles, à manger des pâtisseries avec distinction.

— Pourquoi souris-tu ? demanda Gagnon.

— Je pensais à Léa. Notre amitié est si forte. C'est peut-être la personne que j'aime le plus au monde.

— Moi, je ne saurais choisir entre mes amis. Je n'ai pas de meilleur ami.

— C'est parce que tu as plusieurs meilleurs amis. Moi, je n'ai que Léa, Grégoire et Rouaix. Ça règle le cas.

Alain Gagnon mesurait sa chance quand Graham parlait ainsi ; il avait de bons, de fidèles amis. Des hommes, des femmes très différents représentant toutes les époques de sa vie. L'enfance, la maladie, les études, les voyages, la carrière, ses amours, les premières et les dernières. Il avait hâte de présenter Johanne à Maud ; l'amour de jeunesse devenue la grande confidente. Il la voyait chaque semaine, l'appelait fréquemment. Il regrettait que Graham n'ait conservé aucun lien avec ses amants précédents. Il n'était pas jaloux. Il aurait aimé rencontrer Yves pour mieux connaître Graham.

— On y va ? J'ai faim ! Je dois reprendre des forces.

— Dis tout de suite que je t'épuise, rétorqua-t-elle.

Il y avait une note de fierté dans sa voix. Une note très perceptible qui amusa Alain Gagnon.

Ils montèrent à l'étage de chez Temporel et commandèrent chacun un cappuccino et deux croissants avant de lire les journaux, goûtant la quiétude qui les enveloppait. Ils étaient étonnés de la qualité des silences qu'ils partageaient. De cette entente si rapidement établie. De temps à autre, ils relevaient la tête et se regardaient, souriaient avant de replonger dans la lecture du journal.

— Il faudrait qu'on aille souper au Marie-Clarisse, dit Gagnon.

— Tu ne penses qu'à manger, répondit-elle.

— Non, j'aime beaucoup mieux faire l'amour avec toi.

Elle tourna la tête. Des gens l'avaient-ils entendu ? Il rit en lui prenant la main, l'effleura de ses lèvres.

— Je regrette que le baisemain soit passé de mode. C'était charmant.

— Oui. L'ennui, c'est qu'on baisait les mains de femmes qui étaient enfermées chez elles entre la cuisine et le salon, entre la broderie et l'argenterie. Et qui étouffaient dans des corsets. Quand j'étais jeune, je me demandais pourquoi les femmes s'évanouissaient sans cesse dans les romans que je lisais. J'ai compris tout à coup : elles ne pouvaient pas respirer ! Ce n'étaient pas de faibles créatures, émotives ou hystériques comme on voulait le faire croire…

Elle s'étira, replia son journal.

— On paye ? J'ai dit à Bobby qu'on passerait vers treize heures trente.

Ils se disputèrent l'addition, tirèrent à pile ou face : Graham gagna. Dix minutes plus tard, ils sonnaient chez Robert Fortier. Une odeur de caramel flottait dans son appartement.

— J'ai préparé du café.

— Ça sent le sucre, avança Alain Gagnon.

— Mes confitures. J'ai acheté les dernières fraises au marché. Il faut en profiter. L'hiver viendra assez vite.

— Tu as donc l'intention de rester ici? demanda Graham.

— Pourquoi pas? J'aime beaucoup Québec.

Ayant perçu le chauvinisme de la détective, il poursuivit en vantant les beautés de la ville.

— J'en ai assez des tournées, mentit-il. Je prendrai des contrats à l'extérieur, mais de courte durée de façon à revenir régulièrement ici. Je n'ai plus l'âge d'aller courir en Australie.

— Je suis déjà allé à Sydney, fit Gagnon.

— Ah oui? C'est une ville étonnante. As-tu visité le parc... voyons, je ne me souviens pas du nom. Les kangourous m'impressionnaient tellement. Je me suis même fait photographier à côté de l'un d'eux. J'avais l'air d'un touriste, mais tant pis.

Le médecin avoua qu'il avait été lui aussi subjugué par ces marsupiaux.

Ils s'étaient installés dans le salon. Bobby leur avait désigné le canapé:

— Assoyez-vous là, c'est le seul meuble confortable. Les fauteuils sont trop mous.

Maud Graham obéissait, surprise que le magicien manifeste tant de prévenance à l'égard d'Alain Gagnon. Elle s'était imaginé qu'il montrerait une certaine froideur. Mais Robert Fortier était charmant avec son amoureux. Ils échangeaient leurs souvenirs de voyages avec une aisance non feinte.

— J'ai un album de photos d'Australie. Je vais essayer de le retrouver.

Il se levait déjà, soucieux de plaire à Alain Gagnon.

Si Robert Fortier n'était pas jaloux, c'était donc qu'il n'était pas amoureux d'elle ? Elle aurait fait fausse route ? Pourquoi lui témoignait-il alors autant d'amitié ?

— Auparavant, je veux vous présenter la maquette de l'affiche, annonça le magicien en se levant. Fermez les yeux.

Il revint du fond de la pièce avec le portfolio qui protégeait la maquette. Les lettres absinthe et fuchsia se détachaient très joliment sur le fond bleu canard.

— Je sais que ces couleurs sont un peu étranges, mais on voulait qu'elles attirent l'attention. Peux-tu vérifier si je n'ai oublié aucun détail ? L'heure, le jour, le prix… il me semble que tout est là. Ce sera une belle fête, j'en suis sûr !

Graham s'extasiait, se félicitait d'avoir confié la réalisation de l'affiche au magicien :

— Décidément, tu as tous les dons !

— Il y a longtemps que tu es prestidigitateur? demanda Alain Gagnon.

— Des années! Bon, je vais chercher l'album.

Tandis que Robert Fortier s'éloignait vers la chambre, les amants s'interrogeaient: auraient-ils droit à une interminable séance de photos? Ils frémirent en le voyant revenir avec quatre albums; le magicien ne savait pas dans lequel il avait conservé ses souvenirs d'Australie.

Il ouvrit un premier album, le mit aussitôt de côté, puis un deuxième, un troisième.

— Évidemment, le dernier sera le bon! Ah, voilà!

Il prêta l'album à ses invités. Ceux-ci se penchèrent pour mieux reconnaître Robert Fortier posant près d'un kangourou. Puis, machinalement, ils tournèrent les pages suivantes. Gagnon reconnut des rues de Sydney. Ils feuilletèrent tout l'album. Les photos étaient d'une grande qualité.

— Tu es vraiment doué, répéta la détective. Et tu travailles surtout en noir et blanc, ce que je préfère. Je veux tout voir.

— Mais non… Je ne les ai pas apportés pour…

— Passe-les-moi.

Le magicien lui tendit les autres albums. Tournées en Europe, en Asie, croisières. Paysages et portraits. Des hommes, des enfants, des vieillards. Robert Fortier avait pris soin d'intercaler des photos d'adultes parmi les images de ses proies.

— Tu t'intéresses beaucoup aux gens, nota Alain Gagnon.

— Ils constituent le vrai visage d'un pays.

Quelle vérité tentait-il d'apprendre sur lui-même ? faillit demander Graham. Il y avait des dizaines de photos de Robert Fortier, comme s'il devait se prouver sa propre existence. Il était déguisé sur chacune des images. Il avait emprunté les pagnes, les burnous, les djellabas ou les sarongs des autochtones.

— Il y a seulement l'uniforme du policier que je n'ai pas revêtu, dit Robert Fortier en riant. J'aime bien me costumer, changer de personnalité.

Le dernier album regroupait des photos de son enfance.

— Est-ce que tu en as de Maurice Tanguay ? demanda Graham en parcourant l'album.

— Je ne crois pas. Au chalet, on ne prenait pas souvent de photos. Mais cherche, il y en a peut-être. Ça fait une éternité que je n'ai pas regardé ces albums. À vrai dire, je ne les consulte jamais, ça me fout le cafard. Il me semble que ça me vieillit.

Graham remarqua qu'il manquait des photos dans les dernières pages de l'album et allait questionner Fortier quand il la devança :

— Elles étaient vraiment ratées ; ça me déprimait de les voir chaque fois que j'ouvrais l'album. Elles avaient été prises au flash, à la fin d'une soirée où j'étais bourré. J'avais une tête à faire peur… La coquetterie me perdra-t-elle?

Graham sourit en notant que Bobby venait tout juste de dire qu'il ne regardait jamais ses souvenirs.

Elle referma les albums lentement. Les photos l'avaient peu éclairée sur la personnalité du magicien. Il lui semblait toujours secret.

— On pensera à toi si on a besoin d'un père Noël. Tu dois bien avoir un costume.

Le magicien protesta avec véhémence en souriant:

— Holà! Vous abusez, miss Graham! Je n'ai pas de patience avec les enfants.

— Tu fais pourtant des spectacles pour eux.

— Oui, mais ça ne dure jamais plus d'une heure et ils sont en groupe, encadrés par les parents ou les professeurs. Jouer les pères Noël est au-dessus de mes forces. Mais mon costume irait très bien à Alain.

Il fit un clin d'œil au légiste, qui le menaça du poing:

— Je te revaudrai ça, Robert!

— Allons, tu dois avoir de la patience. Il faut être très calme et méticuleux pour faire ton boulot. Je… j'aimerais savoir comment on réagit quand on assiste à une autopsie pour la première fois.

— Ça t'intéresse?

— Oui, non, j'ai peur des morts. Je me demande juste ce qu'on ressent.

— C'est différent pour chacun de nous.

Le médecin expliqua qu'il avait eu l'impression de passer de l'autre côté du miroir. Il avait atteint quelque chose de sacré.

— J'éprouvais une sensation de puissance. Et de gêne. Comme si je profanais le corps et l'équilibre du monde. Je songeais que les gens seraient différents s'ils devaient tous assister à une autopsie. Je savais qu'ils en seraient métamorphosés comme je l'étais. Je me demandais pourquoi j'avais un tel privilège. Mes études ne justifiaient pas cette intrusion dans cette espèce d'au-delà, de no man's land. C'est peut-être le mot juste. Il n'y avait plus d'humain. Je comprenais intimement que nous n'étions rien. De la chair, puis de la poussière. Mais en même temps, je trouvais du réconfort dans cette constatation, un élément de justice. Les hommes étaient tous semblables dans la mort ; cliché, oui, mais j'appartenais à cette cohorte de vivants et de défunts. Tout en étant un maillon de cette chaîne qui dure depuis des millénaires, j'avais la possibilité d'y réfléchir davantage, d'une manière très précise. Je touchais à l'essence de l'existence. C'était très étrange. J'étais fasciné à l'idée d'accéder à la mort, de l'expliquer avec des instruments, de la peser, de la mesurer, de la disséquer.

Graham écoutait son amant avec émotion. Il disait ce qu'elle avait ressenti sans avoir jamais pu l'exprimer. Il était son écho. Elle se demanda comment elle avait pu vivre sans lui si longtemps.

— Et toi, Maud, c'était la même chose?

Elle hocha la tête gravement.

— Mais quand tu te trouves devant un cadavre, est-ce que ça te bouleverse encore?

— Ça dépend.

Elle commençait à se dire que Bobby appréciait sa compagnie parce que son métier l'intriguait. Il n'avait pas osé poser de questions auparavant, mais dans la quiétude de ce dimanche après-midi, il se permettait enfin de l'interroger. Ce n'était pas la première personne à qui elle faisait cet effet-là. Les crimes captivaient les gens. Et Maurice lui avait probablement appris qu'il était soupçonné d'un meurtre. Elle répondit de bonne grâce à ses questions, en espérant qu'elles la renseigneraient sur Robert Fortier.

— Toi qui enquêtes depuis des années, penses-tu que le meurtre parfait existe?

— Oui. Il faut que la victime n'ait absolument aucun lien avec son assassin. Un crime gratuit.

— Si ça ressemble à un accident?

— On trouvera des traces, dit Alain Gagnon. Nous avons des moyens de plus en plus sophistiqués. Les tests d'ADN ne sont qu'un exemple parmi d'autres.

— Pourtant, il y a des meurtres non élucidés.

— Oui. Et comme on parle plus de ceux-ci dans les journaux, la population croit que nous sommes des incapables. C'est faux. Les crimes passionnels sont généralement faciles à résoudre. Ils sont tristement banals : jalousie, possessivité, colère, meurtre.

— Si on ne trouve personne dans l'entourage de la victime qui ait eu une raison de la tuer ? Admettons que la victime soit pauvre et fidèle, et mène une vie très sage. Personne n'a intérêt à la supprimer : il n'y a pas d'héritage, ni de mari jaloux, ni de combine véreuse. Alors ? Où cherchez-vous ?

— Ça se gâte. On peut être victime du hasard. Se trouver au mauvais endroit, au mauvais moment. Rencontrer un être violent qui avait soif de sang. Le meurtre gratuit, « pour le plaisir ». La victime peut aussi avoir été témoin d'une scène qui ne la concernait pas du tout. On se débarrasse d'elle…

— Ce type d'agression doit vous causer bien des problèmes, fit Robert Fortier.

On frappa trois petits coups à la porte. Le magicien sursauta. Sandra ?

— Je n'attends personne, dit-il en allant répondre.

Graham et Gagnon entendirent une petite voix, puis la porte qui se refermait. Leur hôte revint aussitôt vers eux en souriant.

— J'ai une petite voisine qui me visite un peu trop souvent. J'ai eu le malheur de lui montrer un tour de magie. Elle en redemande. Elle veut même emmener ses copines ! Elle est bien gentille, mais je ne veux pas être envahi.

— Quel âge a-t-elle ?

— Sept ou huit ans ? J'ai toujours de la difficulté à dire l'âge d'un enfant.

— L'âge du petit Romain Dubuc, murmura Graham.

Elle remarqua que le magicien détournait le regard. Il devait être partagé entre l'envie de parler de Maurice Tanguay et sa peur de le trahir.

— C'est un crime atroce, ajouta Alain Gagnon qui devinait où Graham voulait en venir.

— En savez-vous plus sur ce qui s'est passé ?

— Tu as sûrement appris qu'on avait un suspect, avança Graham. Mais on manque de preuves.

— Quel genre de preuves ?

— De toutes sortes. On accepterait tout et n'importe quoi. On ne peut pas laisser un maniaque en liberté. Je ne veux pas d'autres Romain Dubuc. Il faut agir. Mais comment ?

— Tu aimerais que je parle de Maurice Tanguay, c'est ça ?

Graham retint son souffle.

— Il m'a dit que vous le soupçonniez. C'est… ça ne peut pas être lui. Tu m'as mené en bateau avec ton histoire de fugueuse.

— Non. On recherche cette fille. Et on soupçonne aussi ton ami.

— Il n'est pas dangereux. Il a toujours été un peu bizarre, mais je ne l'ai jamais vu commettre des gestes violents. Pourquoi commencerait-il maintenant ?

— Ce meurtre est peut-être un accident.

— Si c'est un accident, ce n'est pas un meurtre.

Alain Gagnon relaya Graham :

— Nous voulons dire qu'il n'y a pas eu préméditation. On a voulu abuser de l'enfant, il s'est débattu. Son agresseur l'a étouffé sans l'avoir voulu ni préparé.

— Vous croyez que Maurice est un…

— Un pédophile ? Peut-être. On ne le connaît pas. Les gens qu'on interroge le décrivent comme un homme sérieux et attachant, mais ça ne veut absolument rien dire.

— Je ne peux tout de même pas lui demander s'il l'est…

— Je sais. Mais tu as peut-être certains souvenirs qui étaieraient cette hypothèse. Non ?

— Je peux essayer d'y penser, promit Robert Fortier d'un ton qui manquait de conviction. Il me semble pourtant qu'il s'entend bien avec Clara. Bien sûr, elle a l'air angoissée… Qui ne le serait pas à sa place ?

— Je te répète que tu es la seule personne à Québec qui le connaisse depuis son enfance. C'est précieux.

Maud Graham remercia le magicien avant de prendre les tasses à café pour les rapporter à la cuisine.

— Laisse, je vais le faire.

L'illusionniste raccompagna ses invités.

Dès qu'ils se furent éloignés, Graham et Alain Gagnon échangèrent leurs impressions.

— Fortier est très embêté, ma belle. Trahir son ami…

— Ce n'est pas un ami intime. Il ne l'avait pas vu depuis des années.

— Mais il semble très proche de lui aujourd'hui. Penses-tu qu'il soit gay ?

— Non. Je ne l'ai jamais vu regarder un homme avec…

— Concupiscence ?

— Oui. Il n'y avait pas tellement de photos d'hommes dans ses albums. C'est curieux ; au lieu de me dévoiler sa personnalité, ces images l'ont embrouillée. Bobby me paraît plus complexe que je ne l'avais imaginé. Il nous ouvre ses albums et j'ai l'impression de me trouver devant un casse-tête.

— Auquel il manque des pièces. As-tu remarqué qu'il n'y a aucune photo de Robert à l'adolescence ? Il n'a pas plus de neuf ans sur les dernières images que nous avons vues. On saute directement à l'âge adulte, aux bons moments de sa carrière.

— Aurait-il honte de lui à l'adolescence ?

— Il n'a pas eu de boutons, en tout cas. Il a une trop belle peau.

Graham ignorait la hantise de son amoureux concernant l'acné.

— Cela dit, je n'ai pas beaucoup de photos de moi à cet âge-là. J'étais trop occupé avec mes amis. Je fuyais les fêtes de famille et, entre gars, on ne se photographiait pas beaucoup. On aurait passé pour des tapettes. On se traitait de fifs pour un rien, dans ce temps-là. Je le regrette.

— Pourquoi ?

— Parce que j'ai compris plus tard que Michel Bastien était gay. Il faisait semblant de rêver des filles et riait des plaisanteries sur les gays, mais il devait être si malheureux. On est bête quand on est jeune.

— Quand on est vieux aussi.

— En tout cas, l'affiche de votre soirée est superbe ! Les gens vont la remarquer. Qui s'occupe de placarder la ville ?

— Un peu tout le monde. Rouaix veut persuader son fils et ses copains de nous aider. Moi, je ne compte pas trop sur Grégoire pour ça. Je ne peux pas l'imaginer en train de jaser avec Martin ; ils vivent sur des planètes différentes.

Alain Gagnon serra Graham contre lui ; il y avait toujours de la mélancolie dans sa voix quand elle parlait de son protégé. Il aurait tant voulu améliorer cette situation. Mais Grégoire n'était pas du genre à accepter des conseils sur sa manière de vivre.

Et lui-même n'était pas du genre à en donner. Qu'aurait-il dit au prostitué qu'il ne sache déjà ?

— Grégoire est intelligent, ma belle, il se tirera d'affaire.

— J'espère.

— Beaucoup de prostitués changent et deviennent travailleurs de rue.

— Pas Grégoire. J'ai peur qu'il cesse de se prostituer pour faire les pires conneries…

— Il n'en est pas là ! Tu as dit qu'il ne vendait plus de drogue.

Elle se blottit contre lui et ils marchèrent en silence jusqu'à la voiture du médecin. Il lui proposa une visite au Musée du Québec.

— Je n'ai pas trop le goût d'aller sur les Plaines. Je ne pourrai m'empêcher de penser à Romain.

— Mais non, on ira seulement au musée et on repartira.

— Il y a une exposition qui t'intéresse ?

— Non.

— J'aime mieux le Musée de la civilisation, confia-t-elle.

Comme il semblait tenir à cette visite, elle se laissa entraîner, curieuse des raisons qui suscitaient cette envie particulière. Il connaissait bien les lieux et se dirigeait avec aisance. Il s'arrêtait devant un tableau, le commentait, la poussait à le critiquer. Il penchait la tête sur le côté gauche, puis sur le côté droit, pour voir tous les angles des toiles.

— Je préfère ce musée entre tous, dit enfin Alain Gagnon. Je me souviendrai toujours de ma première visite. J'étais très jeune. La dimension des pièces m'impressionnait; je pensais qu'on était invités chez quelqu'un. J'avais peur que ce soit un géant qui habite cette immense maison. Puis j'ai tout oublié quand j'ai aperçu le sarcophage de Toutankhamon. Je n'avais jamais rien vu d'aussi beau, d'aussi grandiose. J'ai caressé le sarcophage malgré l'interdiction. J'étais hypnotisé par la brillance de l'or et par le regard maquillé du jeune défunt. Et par les drôles de baguettes qu'il tenait croisées sur son cœur. Maman m'avait expliqué les rites de l'Égypte ancienne, mais la somptuosité du sarcophage me coupait le souffle. Et pourtant, je n'avais encore rien vu... Quand on m'a parlé de la momification, j'ai ressenti une grande excitation. Le moment était grave et le silence s'imposait. J'étais en train de décider de mon avenir.

— Tu veux dire que tu as pensé à ce moment à...

— Oui. J'ai aussitôt eu envie de faire parler les morts. Mais je pense que j'ai eu peur de manquer de cadavres; c'est pourquoi j'ai choisi la médecine légale plutôt que l'archéologie. Après avoir longtemps hésité.

Regardant tendrement son amant, Maud Graham devinait le gamin fasciné par les merveilles millénaires. Il avait commencé à plisser les yeux ce jour-là. Il plissait les yeux quand il s'interrogeait sur un phénomène scientifique. Il devait s'être demandé comment on avait pu conserver un corps durant des siècles et qui, surtout, avait le droit de le manipuler.

— J'aimerais tellement aller en Égypte.

Elle acquiesça, elle qui n'avait jamais songé à visiter ce pays. Elle rêvait de l'Irlande de ses ancêtres, des îles grecques, de la Corse et, ce qu'elle n'avouerait jamais, de Venise et de ses excursions romantiques en gondole. Elle constata avec une pointe d'inquiétude qu'elle était attirée par les îles: devait-elle y voir une manifestation de son tempérament solitaire? Recherchait-elle instinctivement l'isolement?

Le soleil qui les aveugla à la sortie du musée rappela à Graham les flashes des photographes lors des conférences de presse. Ou sur les lieux d'un crime. Elle regarda une grappe de coureurs qui s'entraînaient pour le marathon de Montréal et se demanda si celui qui avait découvert le corps de Romain Dubuc était parmi eux. Non, probablement qu'il n'avait plus envie de retourner sur les Plaines quand il venait à Québec.

— C'est bien le seul pays où Robert Fortier n'est pas allé, dit Alain Gagnon.

— Quoi ?

— L'Égypte. On n'a vu aucune photo de ce pays. Il est vraiment doué. Surtout pour les portraits.

— Oui, si Grégoire l'aimait, je lui demanderais de le prendre en photo.

— Pourquoi le déteste-t-il ? demanda Alain Gagnon.

— Il ne le truste pas. Ce sont ses propres mots… sa seule explication. Plutôt mince.

— Oui et non. Grégoire a de l'intuition.

— Précise.

— Les photos m'ont troublé. Pourquoi se déguise-t-il ?

Il y eut un silence puis le médecin fit une suggestion :

— C'est peut-être un travesti ? Il n'a pas de petite amie, ni de copains. On n'en a vu sur aucune photo. Mais il y a un paquet de photos de lui. Manifestement, il aime poser. Il aime s'habiller pour l'occasion, et il aime multiplier les occasions.

— Ça ne colle pas. Pas de maquillage, pas de parfum. Il est discret. Il n'a pas l'air de m'envier ma féminité.

— Ça doit être ça, un artiste, conclut Alain Gagnon.

Les comédiens, les chanteurs, les peintres et les musiciens appartenaient à un monde dont il ignorait les codes, dont il se sentait exclu. Il leur prêtait une sensibilité spécifique, des goûts et des habitudes caractéristiques. Il les admirait, les jalousait un peu; leur univers était si romanesque.

— Je dois aller au bureau, dit Graham. Je veux revoir la liste des pédophiles. Je vais finir par la savoir par cœur, mais je voudrais tellement trouver… Même si je n'y compte pas trop.

— Ne sois pas défaitiste. La vie est pleine d'imprévus.

⁂

Robert Fortier pensait exactement la même chose; la visite de Maud Graham l'avait surpris. Il n'avait pu refuser de la recevoir, mais il avait craint qu'elle ne perçoive un détail qui le trahisse ou que Sandra n'insiste pour entrer. Il espérait avoir réussi à dissimuler sa passion pour l'enfant.

Car c'était une passion. Tandis que la détective et le médecin regardaient les albums de photos, Robert Fortier songeait à celles qu'il ferait bientôt avec Sandra. Il s'habillerait en sultan et la travestirait en danseuse du ventre. Il adorait son nombril, si petit, si bien ourlé. Il se félicitait d'avoir eu une mère couturière; à force de la regarder travailler, il avait appris à se débrouiller avec un bout de tissu. Il avait du talent. Pour cela aussi. Si Sandra était gentille avec lui, il lui offrirait des costumes de princesse, de reine, de tsarine! Elle régnerait sur lui, sur leur monde secret.

Pourquoi ne l'avait-il pas rencontrée avant Romain Dubuc? Il n'aurait jamais regardé ce garçon s'il avait connu Sandra!

Robert Fortier brisa une tasse à café en la déposant trop brusquement dans l'évier. Il détestait penser à Romain Dubuc. Il le fallait bien pourtant; Maurice Tanguay finirait peut-être par se remémorer l'accident. Un accident qui n'aurait pas eu lieu si la société était plus compréhensive, plus ouverte, plus moderne. Si Romain avait su se détendre et apprécier leur intimité. S'il n'avait pas paniqué devant tant de mystère, ils ne seraient jamais allés sur les Plaines. Il n'aurait pas eu à étouffer ses cris. Voilà ce qu'une société répressive provoquait: de malheureux accidents qui pourraient être évités si des actes d'amour étaient vécus librement.

Robert Fortier rinça les deux tasses qui restaient, les essuya en guettant la maison voisine. Sandra était allée manger chez une tante. « Pour lui montrer le bébé. Il n'est même pas beau! Il bave tout le temps. » Il s'était bien gardé de lui rappeler qu'elle aussi avait été un poupon. Peut-être viendrait-elle lui raconter son après-midi à son retour.

S'il lui cousait une petite jupe? Elle aurait sûrement envie de l'essayer. Il lui dirait que c'était une surprise pour son anniversaire, qu'avec un tel costume elle serait la star de cette journée. Elle garderait le secret pour avoir le plaisir d'épater toutes ses copines. Et ses parents. Elle y verrait un moyen d'attirer enfin leur attention…

Oui, une belle jupe verte. Avec un jupon en tulle pour faire bouffant. Elle adorait le vert. Couleur d'espérance… Ce serait vraiment joli pour les photos. Est-ce qu'il réussirait à rendre le grain de sa peau, cette iridescence qui le chavirait?

Heureusement, il avait eu la présence d'esprit de cacher les photos où il portait sa cape; Graham n'avait jamais mentionné le vêtement, mais il savait bien qu'elle ne pouvait lui parler de l'enquête librement. Elle en avait déjà beaucoup dit au sujet de Maurice. Peut-être la cape ne serait-elle jamais retrouvée. Il ne pouvait cependant pas courir le risque, éveiller les soupçons de Graham en lui montrant des photos compromettantes. Il devait les brûler. Maintenant.

Et penser sérieusement à ce qu'il ferait de Maurice. Alain Gagnon avait dit qu'un meurtre laisse toujours des traces. Mais si c'était un véritable accident? Que pourrait-on découvrir?

Robert Fortier se versa un grand verre de vodka. Il frémissait en pensant à l'assassinat de Maurice Tanguay. Il n'était pas un criminel ; énumérer mentalement les diverses méthodes pour se débarrasser d'un homme l'effarait. Il n'avait cependant pas le choix.

Ni arme à feu ni arme blanche. Un bel accident.

Pourrait-il le jeter du haut de la chute Montmorency ? S'ils y allaient en fin de journée quand les touristes rentrent à Québec ou se rendent à l'île d'Orléans pour manger ? Il ferait semblant de perdre l'équilibre. Maurice viendrait lui porter secours. Robert s'agripperait à lui et le ferait basculer dans le vide. Les témoins éventuels parleraient tous d'un accident.

Les témoins éventuels ? Il fallait des témoins. Ce serait bien plus crédible. Des Américains et des Français horrifiés par la scène qui se serait déroulée sous leurs yeux raconteraient leur version aux enquêteurs. Une ou deux personnes diraient sûrement qu'un des hommes semblait vouloir se donner la mort et que son ami tentait de l'en empêcher. On croirait volontiers au suicide de Maurice Tanguay, amnésique et accusé d'un meurtre.

CHAPITRE 11

Maud Graham s'était brûlée en buvant son café. Elle regardait avec un dégoût teinté de colère les notes concernant plusieurs aspects de l'enquête qui s'amoncelaient sur son bureau. Toute cette paperasse était stérile : aucun indice, aucune piste.

L'entourage de Romain Dubuc ? Rien à signaler.

La liste des pédophiles fichés ? Inutile.

L'alibi de Christian Forgues ? Excellent.

L'amnésie de Maurice Tanguay ? Crédible. Indéniable, selon les médecins.

Alors ? Elle repoussa les documents concernant le meurtre des Plaines et s'empara du dossier sur les vols avec violence qui ressembleraient bientôt à une épidémie si on n'en arrêtait pas les auteurs. Un homme et une femme commettaient leurs forfaits à Charlesbourg : onze victimes en deux semaines ! Ils terrorisaient les personnes âgées et les forçaient à leur remettre leurs économies, leurs bijoux, puis ils s'enfuyaient en voiture. Jamais la même. Les descriptions ne collaient pas non plus : les victimes dépeignaient une jeune femme blonde, rousse ou noire et un homme avec ou sans moustache. On s'accordait pour les trouver grands. Mais une personne molestée et effrayée garde de son agresseur une impression de domination ; elle revoit plus volontiers un colosse qu'une lavette.

Il faudrait arrêter Bonnie and Clyde avant qu'ils ne tuent. Un accident est si vite arrivé. Graham rédigea quelques notes, passa deux coups de fil avant de repenser à l'affaire Dubuc. Elle éprouvait un agaçant sentiment de proximité ; comme si la solution était là, sous ses yeux, et qu'elle ne la voyait pas. Elle relut tous les documents, lentement, en espérant remarquer « le » détail qui éclairerait tout, en se demandant comment elle pourrait précipiter les événements, obliger le criminel à sortir de sa cachette.

Elle sentit le besoin de parler à Maurice Tanguay. Elle croyait de moins en moins à sa culpabilité et elle était fascinée par son amnésie. Elle avait une bonne raison de l'appeler : lui apprendre qu'un témoin l'avait aperçu près du traversier le matin du meurtre.

— Vraiment ? répondit Maurice. Et ça change quelque chose ?

— Si une personne vous a vu à ce moment-là, on en trouvera peut-être d'autres qui pourront témoigner pour les heures précédentes. Les heures entourant le crime. Quelqu'un est immanquablement passé sur les Plaines.

— Je ne vous comprends pas. Vous parlez comme si vous étiez mon avocat.

— Je recherche la vérité. Pas un coupable à la place d'un autre.

— Votre témoin a raconté que j'étais blessé ? Je me souviens que le soleil me faisait mal aux yeux et à la tête. J'avais l'impression d'avoir le cerveau dans du coton et de percevoir chaque chose avec une lenteur exaspérante. Mais en même temps, les sons me paraissaient amplifiés. La sirène du traversier me perçait les tympans. Je ne suis pas resté longtemps sur ce banc, je crois.

— Maurice, je ne vous ai pas parlé du banc.

— Vous voulez dire que… c'est moi qui m'en suis souvenu ?

— Vous commencez à retrouver la mémoire des événements des Plaines.

Graham l'entendit crier « Clara », puis il reprit la conversation avec l'enquêtrice :

— Je pense que vous me parlez d'un jeune, qui portait une veste de cuir. Un beau garçon avec des cheveux noirs.

— Gagné. Il y a autre chose qui vous revient ?

— Ça arrive toujours par bribes. La scène n'apparaît jamais dans sa totalité. Je vois une couleur ou je respire une odeur qui déclenche le flash d'un souvenir.

— Une odeur ?

— Ce sont les odeurs qui sont le plus profondément ancrées dans ma mémoire. Peut-être parce que je suis horticulteur et que je suis sensible au parfum...

— Non, j'ai lu que les odeurs persistent souvent dans les cas d'amnésie. C'est ce qui s'efface le moins... Ça doit être réconfortant, non ?

La voix très douce de Graham lui rappelait le lilas japonais. Il le lui dit.

— Il y avait du lilas japonais dans le jardin de mes voisins quand j'étais petite. Je le préfère au lilas français. Vous avez une fleur favorite ?

— Non. Je n'aime pas choisir.

— Vous m'appelez dès que vous avez d'autres flashes ?

Maurice Tanguay le lui promit avant d'ajouter que la détective était décidément étrange.

— Vous n'êtes pas le premier à me le dire.

Graham écouta le déclic du téléphone, hésita, tentée d'appeler Alain Gagnon pour savoir comment il avait occupé sa soirée. Elle y renonça, se sentant coupable de penser à lui au bureau. Elle s'obligea à téléphoner à un avocat qu'elle aurait dû rencontrer avant de partir pour Paris. Un homme s'était égaré en forêt au début de mai et s'était noyé en voulant traverser un lac. Sa famille entendait poursuivre le propriétaire du chalet où s'était déroulé le drame. L'avocat contestait les résultats de l'enquête, pourtant très clairs : la victime avait emprunté un sentier interdit à la population. Elle avait également tenté de traverser le lac malgré une pancarte de mise en garde.

Graham laissa un message au cabinet de l'avocat en se rappelant les paroles de Papineau qui avait enquêté avec elle :

— Il y a des gens stupides ! C'est écrit « interdit » et ils y vont quand même.

— Alors que les gens prudents se trouvent sans le vouloir au mauvais endroit, au mauvais moment. C'est injuste. Ce sont les écervelés qui devraient être punis. S'ils aiment courir après les problèmes…

— Les gens sont inconscients.

Oui, les gens étaient souvent téméraires. Si Graham comprenait ces gestes chez un adolescent, elle s'interrogeait quand il s'agissait d'un adulte : comment pouvait-on s'exposer si sottement ? Elle en avait parlé à Grégoire, qui s'était moqué de sa leçon de prudence :

— Tu trouves le monde niaiseux d'aller dans des coins dangereux malgré les conseils de prudence. Mais toi-même, tu fais aussi pire.

— C'est mon métier, avait-elle rétorqué. C'est normal que…

— Je parle pas de ta job. Je te parle de la cigarette : tu sais que c'est mauvais, pis tu fumes. Moi aussi, je fume, mais ça fait partie de tous les dangers qui t'inquiètent quand tu penses à moi. Je suis logique. Pas toi. Moi, ça me dérange pas de mourir plus tôt.

Maud Graham avait cessé de fumer peu de temps après cette conversation, mais Grégoire ignorait qu'il était à l'origine de sa décision. Pourtant, il l'inspirait fréquemment. Alors qu'elle se désolait de ce que Romain Dubuc ait suivi si facilement son bourreau, il lui avait dit que les adultes étaient plus doués pour interdire que pour fournir des solutions.

— Ils disent à leurs enfants de parler à personne. O.K. Mais si une personne te parle, qu'est-ce que tu fais ?

— Tu veux dire que les parents ont un comportement passif, alors qu'ils devraient prendre les devants ?

— Certain ! Graham, quand je marche dans la rue, j'ai des yeux tout le tour de la tête. Je me suis déjà fait planter, mais ça aurait pu m'arriver bien plus souvent. Je regarde toujours ce qui pourrait me servir d'arme si on me saute dessus. La chasse aux tapettes est ouverte à longueur d'année, je suis mieux d'y penser. Je tchèque les entrées des maisons, dans quel sens s'ouvre une porte, si je peux m'en servir pour la balancer à la gueule de quelqu'un. S'il y a des poubelles à tirer en pleine face. Ce genre d'affaires-là. C'est pareil pour les enfants: on devrait leur montrer à se défendre au lieu de leur faire peur. Quand t'as peur, tu bouges pas pis tu manges une volée. Quand t'as déjà réfléchi par toi-même, t'as des chances de t'en sortir.

Maud Graham avait pu vérifier, la semaine suivante, à quel point son jeune ami avait raison. Dans un magazine féminin, on expliquait aux lectrices comment protéger leurs enfants des agresseurs. On suggérait d'inciter l'enfant à chercher sa propre solution dans une telle situation, puis de lui donner des conseils précis et de décider d'un code. Graham regrettait que Mme Dubuc n'ait pas eu cette entente avec Romain. « Si un adulte te dit que je suis malade et que je l'ai envoyé te chercher, même si c'est quelqu'un que tu connais bien et que tu aimes, tu ne dois pas partir avec lui, à moins qu'il ne te donne notre mot de passe. C'est la seule chose qui te prouvera que je veux que tu suives cette personne. »

La détective ignorait si le meurtrier de Romain avait utilisé la flatterie, la promesse ou le conseil, mais l'enfant avait été piégé. Le sociologue qui avait vu Romain suivre son agresseur était formel: l'enfant n'agissait pas sous la contrainte.

C'est pourquoi Rouaix s'obstinait à penser qu'il s'agissait d'un proche. Pure logique. Mais les interrogatoires avec la famille, les amis et les voisins n'avaient encore rien donné. Bien sûr, l'hypothèse la plus simple et la plus désespérante était que le criminel avait quitté Québec après son forfait. C'étaient les vacances d'été : remarquait-on autant l'absence d'une personne parmi les nombreux départs pour le chalet ou pour l'Europe ?

Maud Graham éteignit l'ordinateur ; il ne lui avait fourni aucune donnée supplémentaire au sujet des pédophiles de la région. Elle avait déjà consulté les listes venant de Montréal, de Sherbrooke et d'Ottawa. Des enquêteurs vérifiaient leurs allées et venues. Trouveraient-ils une piste ?

⁂

Maurice Tanguay avait réfléchi aux paroles de Clara : il devait éclaircir la question de ses rapports avec Robert Fortier. Il était très embarrassé d'avoir à discuter de sentiments amoureux, mais il ne pouvait laisser la situation se dégrader. Il avait protesté quand Clara lui avait fait part de ses craintes :

— Voyons, Bobby sait bien qu'on est ensemble !

— Ça n'a pas l'air de le décourager. Sois lucide : il te fait la cour. Tous ces cadeaux…

Clara avait peut-être raison. Maurice s'essuya le front et se dirigea vers une cabine téléphonique où il composa le numéro du magicien. En appuyant sur les touches, il sourit, malgré le fait que cet appel ne le réjouissait guère : il se souvenait maintenant de plusieurs numéros de téléphone. L'appel de Graham, juste avant qu'il ne quitte la rue Saint-Paul, l'avait curieusement apaisé, même si Clara se demandait si la détective ne se montrait pas aussi aimable pour mieux le piéger.

Il laissa un message à Robert Fortier l'informant qu'il aimerait le voir durant la journée. Pourquoi ne sortiraient-ils pas de Québec ? Il avait pris une journée de congé. Il ne put résister à l'envie de lui apprendre qu'il y avait un témoin de son réveil le jour du meurtre.

Robert Fortier n'était pas absent. Il filtrait ses appels grâce au répondeur. Un témoin de son réveil ? Qui ? Qu'avait-il raconté à Maurice Tanguay ? Ce dernier avait une voix bien joyeuse pour un homme qui éprouvait autant de problèmes.

Il n'avait tout de même pas découvert la vérité : Maud Graham l'aurait appelé. Non. Elle serait venue l'arrêter.

Alors, que savait-il ?

Robert Fortier devait apprendre le nom du témoin, sa version. Avant de régler le sort de l'horticulteur. Il ne pouvait plus reculer : Maurice parlerait bientôt et le perdrait.

Il lui laissa à son tour un message chez lui. Il acceptait son invitation à quitter la ville. Pourquoi n'iraient-ils pas à la chute Montmorency ?

Fortier tremblait en posant le récepteur : comment pouvait-il décider si brutalement de tuer un homme ? Et y parvenir ? Il était en train de devenir fou. Voilà. La mort du gamin l'avait aspiré dans un tourbillon de démence. Un typhon plutôt. Il ne pouvait l'arrêter qu'en éliminant Maurice. Ensuite, il s'éloignerait de Québec pour oublier cette période d'aberration, de délire. Mais il perdrait Sandra… Comment s'y résoudre ?

Il devait se ressaisir. Il n'avait pas le choix : c'était lui et Sandra ou bien Maurice. Ce dernier n'avait qu'à ne pas se promener sur les Plaines. Robert Fortier but une rasade de vodka. La chaleur de l'alcool l'engourdit légèrement. Il se resservit en songeant qu'il fallait que cette lamentable histoire se termine avant qu'il devienne alcoolique. Il n'avait jamais tant bu de toute sa vie.

Quoique, à Phnom Penh, il picolait pas mal. Entre les bordels et la plage, il avalait plus d'un dry martini. Il se souvint de son premier voyage ; il avait payé très cher pour sa première vierge.

Sandra, elle, ne lui coûterait rien. Il n'aurait même pas besoin de prendre un billet d'avion : plaisir assuré sans décalage horaire !

Penser à la fillette le ragaillardit ; il ne pourrait en jouir si Maurice Tanguay se souvenait de la nuit sur les Plaines. Elle serait sa récompense quand il reviendrait de son excursion avec l'horticulteur.

Il se fiait à son habileté, à sa rapidité pour faire basculer Maurice dans le vide et que l'on croie à un accident. Voilà plus de dix ans qu'il faisait voir ce qu'il voulait aux spectateurs, il devrait bien y parvenir une fois de plus !

Maurice le rappela vers treize heures. Vingt minutes plus tard, Robert Fortier empruntait l'autoroute Dufferin. Il gardait les mains sur le volant pour contrôler les tremblements et s'en félicita quand Maurice lui dit que les moments qui succédaient à l'accident continuaient à se préciser :

— C'est incroyable : le type m'a reconnu chez Temporel et m'a demandé si j'allais mieux depuis la dernière fois !

— Tu le connaissais bien ?

— Non. Et j'ai bien peur d'avoir déjà oublié son nom. C'est frustrant. Je le savais, il y a une heure ! Mais on s'est parlé seulement cinq minutes.

— Il se rappelait le jour où c'est arrivé ? insistait Fortier.

— Moi aussi, j'ai trouvé ça étrange. Mais il m'a appris que c'était son anniversaire.

Maurice Tanguay était un peu honteux de mentir, mais il avait l'impression qu'il n'avait pas le droit de répéter ce que Graham lui avait confié.

— Tant pis pour le témoin, reprit-il. L'important, c'est l'image très nette que j'ai eue : je me revoyais, assis sur un banc en face du traversier. C'est encourageant !

La circulation était lente, car un accident de la route obstruait une voie, mais ils parvinrent enfin à la chute Montmorency. Le manque de pluie l'anémiait ; cependant, les rochers qu'elle fouettait rendaient toujours son grondement assourdissant. Les deux hommes contemplaient la masse d'eau écumante.

— J'ai soif, fit Robert Fortier. Toute cette mousse blanche me donne envie d'une bière. On devrait monter. Il doit y avoir un bar au manoir. Puis, on pourrait aller voir la chute d'en haut.

Maurice approuva avec entrain ; il était prêt à tout pour mieux disposer le magicien à l'entendre.

— Je ne sais pas si le manoir a tellement changé depuis l'époque du duc de Kent.

— Il vaut mieux lui conserver son cachet historique, c'est plus payant.

Ils atteignaient le manoir quand Robert Fortier s'avisa qu'il n'y avait qu'un car de touristes. Comment expliquer une telle désaffection ? Il héla le conducteur de l'autobus qui s'apprêtait à démarrer.

— Que se passe-t-il ? D'habitude, il y a...

— La chute est fermée au public.

— Pourquoi ?

— Je ne sais pas. Un problème d'éclairage. Je pense qu'un câble est brisé. C'est dangereux. En tout cas, on est venus ici pour rien. Qu'est-ce que je vais faire avec mes touristes ?

« Et moi ? » pensa Robert Fortier.

— Ce n'est pas grave, dit Maurice Tanguay. On reviendra une autre fois. Si on allait à la rivière Jacques-Cartier ? On pourrait se rafraîchir. Je n'y suis pas encore allé cet été.

— La Jacques-Cartier ?

— Je suppose qu'elle ne sera pas aussi grosse qu'au printemps, mais cette rivière est tellement belle !

Pourquoi pas ?

— J'ai une petite soif. Et j'ai faim. On mange une bouchée avant d'entrer dans le parc, O.K. ?

Robert Fortier voulait que l'estomac de Maurice révèle un dîner trop copieux quand on ferait son autopsie : on expliquerait la noyade par un repas mal digéré. L'accident n'en serait que plus vraisemblable. Ils s'arrêtèrent à un McDonald's où Maurice commanda un Big Mac, des McCroquettes et une poutine.

— C'est bizarre. J'ai plus d'appétit depuis que j'ai perdu la mémoire.

— Ah oui ? Lorsque tu retrouveras la mémoire, ça se stabilisera.

— Peut-être. Quand j'aurai comblé tous les vides. Ce n'est pas demain la veille.

— Tu disais pourtant que plusieurs points s'étaient éclaircis ces derniers jours.

— Oui, mais pas des points très importants.

— Ça viendra. Prends-tu un dessert?

Maurice refusa. Ils regagnèrent la voiture du magicien, qui mit une cassette des Rolling Stones pour éviter d'avoir à converser avec sa victime. Il devait se concentrer sur la marche à suivre; il n'aurait pas deux fois cette chance. Il fallait d'abord convaincre Maurice de se baigner.

C'est lui-même qui le proposa. Robert Fortier, qui y vit un signe favorable, chercha un endroit sûr avec enthousiasme. Ils choisirent un bras de la rivière où le courant ralentissait. Ils croisèrent deux femmes et un adolescent qui finissaient de ramasser les reliefs d'un pique-nique. Ils se déshabillèrent après leur départ. Le prestidigitateur s'exécuta en un clin d'œil et attendit que Maurice l'imite. Celui-ci était embarrassé; il n'aurait pas dû proposer cette baignade. Il n'avait pas réfléchi au fait qu'il devrait se dévêtir devant un homme amoureux. Il s'activa; il était ridicule. Robert Fortier n'allait tout de même pas lui faire des avances. Et Clara pouvait fort bien se tromper. Pourquoi plairait-il tant au magicien?

— Qu'est-ce qui t'amuse? parvint à dire le magicien alors qu'il mettait un pied dans l'eau.

— Rien. Tout. C'est une belle journée.

Maurice respirait à pleins poumons, constatait avec bonheur que la sécheresse n'avait pas terrassé tous les parfums sylvestres. Bien au contraire, la densité de l'air les figeait d'une manière étonnante. Les essences des arbres exhalaient des odeurs piquantes, amères, poivrées très différentes des plantes dont il s'occupait dans son travail. Clara l'aurait traité de macho s'il lui avait dit que les arbres avaient des odeurs viriles, de sève et de musc, alors que les fleurs libéraient des effluves féminins, sucrés, capiteux. Il désirait secrètement se réincarner en peuplier ou en hêtre et il espérait que sa compagne ressusciterait en azalée ou en anémone. Il avait toujours pensé que son sexe ressemblait à ces fleurs. Ou à un pavot, froissé, secret, fragile. Il n'aimait aucune légende autant que celle de Philémon et Baucis ; s'ils devaient revivre un jour, il souhaitait que les dieux pensent à les métamorphoser, Clara et lui, en végétaux.

Les arbres ne perdent jamais la mémoire.

Maurice regretta que l'été soit trop avancé pour cueillir du gingembre. Quant aux faux mousserons, il en faisait son deuil ; l'orage de la nuit précédente n'avait pas suffi à humidifier la terre, les roches ou les troncs pourris.

Il s'avança dans l'eau bouillonnante. Robert Fortier l'avait précédé. Il criait que c'était froid et il avait raison. Et le soleil tapait dur.

— Il n'y a qu'une manière, dit Robert Fortier. Je plonge.

Il se jeta la tête la première dans l'eau glacée. Quand il en émergea, c'était pour appeler Maurice à son secours:

— J'ai une crampe!

Maurice plongea à son tour, s'approcha du magicien. Celui-ci semblait affolé, il tentait de hurler entre deux hoquets, mais n'y parvenait pas. Maurice ne sentait plus le froid, ni les mouvements de l'onde: rien qu'une formidable énergie qui devait lui permettre de sauver son ami. Il l'attrapa par le bras gauche, l'attira à lui pour l'aider à remonter, mais Robert Fortier se débattit comme s'il ne comprenait pas qu'on lui portait secours. Il bougeait sans arrêt, plongeait et replongeait en tirant son compagnon. Il avait agrippé Maurice par les cheveux et l'entraînait au fond de la rivière, le secouait de toutes ses forces pour l'épuiser. Fortier n'aurait jamais pensé que sa victime était si robuste; le corps mince dissimulait des muscles d'acier. L'effet de surprise se dissipait, même s'il croyait lire de l'incrédulité dans le regard de sa proie.

Robert Fortier avait repéré une grosse roche au fond de l'eau sur laquelle il entendait fracasser le crâne de Maurice Tanguay. Jamais deux sans trois, pensa-t-il en enfonçant l'homme de nouveau. Puis il sentit une douleur intense dans la cuisse, qui se propagea jusqu'à l'aine.

Une crampe. Une vraie. Il lâcha Maurice. Celui-ci lui donna aussitôt un coup de poing en plein visage. Le magicien crut entendre un bruit sourd, mais il perdit connaissance.

Quelques secondes plus tard, il ouvrait les yeux.

— Excuse-moi, dit Maurice. Je ne voulais pas te blesser, mais je n'avais pas le choix. Tu m'aurais entraîné avec toi. Tu me regardais comme si j'étais un ennemi.

— Je… j'ai paniqué.

Il avait un goût salé dans la bouche ; le sang qui coulait de sa lèvre fendue ne masquait pas l'amertume de l'échec.

Qu'allait-il devenir ?

— On ferait mieux de rentrer maintenant, suggéra Maurice Tanguay. Je vais conduire. Attends, je t'apporte tes vêtements.

En tendant son tee-shirt à Robert Fortier, Maurice remarqua un tatouage sur son épaule gauche.

— Qu'est-ce que c'est ?

— Une connerie d'adolescent, fit le magicien en se hâtant de mettre son tee-shirt.

— On dirait une fleur.

— C'est censé être une figure du tarot. Mais elle est plutôt ratée. Ça ressemble plus à une tulipe.

Au retour, Maurice renonça à parler à Robert Fortier du vrai motif de cette sortie : le pauvre était suffisamment secoué sans qu'il l'ennuie avec les doutes de Clara.

Le soleil illuminait la vallée de la Jacques-Cartier et Maurice regretta de ne pouvoir s'arrêter pour admirer les clairs-obscurs si contrastés des feuillages. Il aimait tant s'allonger dans un champ, regarder les branches des arbres se détacher dans l'azur. Il voyait des formes, leur inventait des histoires comme d'autres le font en examinant les nuages. Les tiges évoquaient les ramifications d'une ville, les vaisseaux sanguins d'un cœur vaillant, une fabuleuse toile d'araignée, des cours d'eau ou des asters. Tout petit déjà, il s'abandonnait à cette rêverie.

Maurice Tanguay cligna des yeux ; une bouffée de chaleur le submergea. Les Plaines lui apparaissaient, il s'étirait sous une lumière trop crue en se demandant pourquoi il avait si mal à la tête.

Il aurait bien décrit ce souvenir à Robert Fortier, mais il avait peur qu'il ne s'estompe aussitôt. Il espéra le retenir, l'imprimer dans sa mémoire. Plus tard, il tenterait de faire resurgir les émotions qui l'habitaient à son réveil ; s'il avait tué un enfant, il devait penser à autre chose qu'à sa migraine.

Il ne sortit de cette torpeur volontaire qu'au moment où le magicien lui adressa la parole.

— Je suis désolé d'avoir gâché la journée. Tu es mon ami. Mon meilleur ami…

— Arrête, c'est un accident. Oublie ça.

— Je sais, mais…

Robert Fortier adressa un sourire penaud à son compagnon. Oublier ? Comment pourrait-il y parvenir ? Jettatura ! Le mot s'imposait ; il était victime d'un mauvais sort depuis qu'il avait touché Romain Dubuc. Et dire que cet enfant de malheur ne l'avait même pas satisfait ! Il avait hâte que Sandra le lui fasse oublier.

CHAPITRE 12

Maud Graham changeait de vêtements pour la troisième fois quand Léa lui téléphona :

— Alors ?

— Je suis grosse dans tout.

— Tu n'es pas grosse, tu es ronde.

— C'est pareil. J'ai l'air d'un boudin blanc. Il ne manque que les pommes.

— Je suis certaine que ton petit médecin les croquerait avec plaisir.

— Arrête ! Penses-tu que je devrais mettre ma robe ou mon pantalon noir ?

— Ce n'est pas une sortie mondaine, tu vas chez Rouaix. Vous allez travailler après le souper. Même si Alain t'accompagne.

Des hurlements couvrirent les dernières paroles de Léa Boyer.

— Je te laisse. Mon fils a l'intention de tuer ta filleule.

Maud Graham essaya la robe émeraude, l'enleva, la remit, tourna sur elle-même devant le miroir de sa chambre. Léo miaula.

— Tu aimes ça ? En tout cas, j'aurai moins chaud avec la robe. Tant pis si je ressemble à une épinette.

Elle sursauta quand Alain Gagnon sonna à sa porte, même si elle le guettait par la fenêtre. Elle lui ouvrit lentement, comme si elle voulait lui laisser le temps de réfléchir et de repartir s'il n'avait plus envie de la voir. Il souriait comme s'il venait d'assister à la naissance de Vénus. Elle rougit.

— J'aime tellement ça.

— Quoi ?

— Quand tu rougis.

Elle lui tira la langue tout en verrouillant la porte derrière elle.

Ils s'engouffrèrent dans la voiture en s'avouant qu'ils étaient embarrassés d'aller souper chez les Rouaix.

— On dirait que nous officialisons notre…

— Notre liaison ? demanda Gagnon.

— Encore tes mots d'autrefois…

— Notre quoi, alors ?

— Tu sais ce que je veux dire.

— Heureusement que tu es plus précise dans tes rapports. Vous devriez recevoir les résultats des tests d'ADN demain ou après-demain au plus tard.

— Il serait temps!

Ils glissaient d'un sujet à l'autre avec une aisance qui stupéfiait Maud Graham. Ils parlaient de leurs émotions quand une réflexion concernant une autopsie ou une arrestation changeait le cours de la conversation. Graham comparait leurs entretiens à une rivière malicieuse, contente d'étonner avec ses courbes imprévues, une rivière qui serpentait avec harmonie. Tout était facile avec Alain. Tout était fluide. Elle n'imaginait pas comment cet homme pouvait vivre des affrontements et se demandait pourquoi il avait choisi une femme qui les incarnait. Ou qui, tout au moins, les attirait comme des aimants.

— Quelle jolie robe, Maud! s'exclama Nicole Rouaix. Tu as l'air en pleine forme!

— Ça va, fit la détective en évitant de regarder Alain Gagnon qui tendait une bouteille de sancerre à leur hôte.

— Ce sera parfait avec le poisson.

La chair incarnat du saumon laissait présager sa finesse et Maud Graham se resservit deux fois de gravad lax. On porta un toast à la cuisinière. Rouaix précisa que c'était lui qui avait cuit le poulet en crapaudine, même si c'était son épouse qui l'avait préparé.

Ils terminaient une bouteille de Mercurey quand Graham reparla de la France.

— Tu me donnes le goût d'y aller, dit Nicole. Quand y retourne-t-on ?

Elle posait sa main sur celle de son mari avec une douce assurance, comme une tourterelle qui regagne son nid.

— L'année prochaine.

— J'espère que votre retour sera plus gai que le mien, soupira Graham.

— Pauvre enfant, murmura Nicole.

— Pauvres parents, dit Maud Graham. Je voudrais tant trouver le coupable.

— Tu ne crois pas que ce soit ce jardinier ?

— Non, Nicole, répondit Graham.

— Mais qui ?

— Voilà le problème. Le type continuera jusqu'à ce qu'on le coince. J'étouffe quand j'y pense !

— Mais Maurice Tanguay était sur les lieux du crime.

— Il ne se souvient de rien, grogna Rouaix. On l'a questionné dix fois. Il sait que c'est dans son intérêt de parler, mais il ne le peut pas. Les médecins sont certains qu'il ne nous joue pas la comédie.

— De toute manière, fit Graham, ce n'est pas une comédie, c'est une tragédie.

Le silence les enveloppa ; ils n'osaient dévoiler leurs pensées.

Graham sortit des listes de son fourre-tout.

— Les noms d'autres victimes dans la province.

— Qu'est-ce qui nous dit que ce n'est pas un touriste de New York ou du Manitoba ?

— Qui ferait du tourisme sexuel au Québec comme on en fait en Thaïlande ?

— On pense toujours à l'Asie quand on parle de prostitution enfantine, mais un petit Québécois peut aussi paraître « exotique ». Graham ? Tu nous écoutes ?

Elle n'osait formuler les doutes qui l'assaillaient. L'Asie ? La Thaïlande ? Bangkok ? Bobby ? Il était arrivé récemment à Québec. Il avait voyagé sans cesse.

— J'ai un coup de fil à donner.

Elle s'éloigna vers le salon en cherchant un prétexte à fournir à Robert Fortier. Elle pesta en entendant le déclic du répondeur. Où était le magicien ? Son absence la troublait.

Elle devait en parler maintenant à Rouaix.

⁂

Le silence inquiéta Céline Perron. Sandra était anormalement calme ; elle ne l'avait pas entendue depuis longtemps. À moins que les cris du bébé ne l'aient distraite ? Gabriel souffrait de coliques et elle peinait à l'endormir. Elle déposa le bébé dans son berceau et poussa la porte arrière.

La cour était vide.

Mme Perron déglutit, fit le tour de la maison en courant : Sandra était invisible. Sa mère l'appela.

Personne ne lui répondit. Elle revint dans la cour, vérifia la porte grillagée qui devait empêcher les enfants d'accéder à la rue. Elle était ouverte.

Mme Perron était pourtant certaine de l'avoir bien fermée. Elle hurla avant de se ruer sur le téléphone pour prévenir son mari. Puis elle frappa à la porte de ses voisins pour leur demander de l'aide. Ils se mirent aussitôt à arpenter les rues dans l'espoir de retrouver la petite fille. Deux hommes se rendirent au centre commercial et pénétrèrent dans toutes les boutiques. En vain.

Des patrouilleurs se présentèrent au domicile des Perron dix minutes plus tard. Céline Perron leur répéta vingt fois qu'elle n'avait laissé sa fille que le temps d'endormir Gabriel.

— Elle était là. Elle avait sali sa robe rouge en se roulant dans le bac à sable avec Chocolat.

— Chocolat ?

— C'est son caniche. On le lui a donné à la naissance du bébé. Je ne sais pas si c'était une bonne idée. Sandra avait l'air tellement déçue de ne pas pouvoir jouer avec Gabriel ; elle s'était imaginé qu'il serait sa poupée.

— Ses amies ?

— J'ai téléphoné à tout le monde. Personne ne l'a vue. C'est impossible ! Une petite fille ne disparaît pas comme ça !

Les policiers s'activaient, demandaient des photographies de l'enfant, envoyaient des messages radio. Ils savaient pertinemment que les premières minutes, les premières heures sont encore porteuses d'espoir.

Mais ils pensaient tous à l'assassin de Romain Dubuc.

Un patrouilleur appela Maud Graham pour la prévenir de cette disparition et l'informer qu'on envoyait des hommes chez Maurice Tanguay. Si c'était lui…

Rouaix se dirigea vers la demeure des Perron, tandis que Graham allait chez Maurice Tanguay. Elle pria Alain Gagnon de se rendre chez Robert Fortier.

— Quand j'ai téléphoné, il était absent. Mais s'il est de retour, retiens-le jusqu'à mon arrivée.

Maurice Tanguay recevait des amis. Ils furent tous effarés par l'intrusion de Graham. Celle-ci pria Tanguay de la suivre. Elle ne pouvait lui permettre de rester chez lui, même s'il n'y avait aucune trace de la présence d'une enfant dans l'appartement.

— Étiez-vous avec Maurice toute la journée ? demanda Graham à Clara.

— Oui.

— Nous aussi, dirent Murielle et Francis.

— Bon, venez tous avec moi. Votre témoignage sera utile à Maurice.

À la centrale de police, Graham confia Clara, Murielle et Francis à un enquêteur et s'isola avec Maurice Tanguay. Il lui raconta sa journée.

— J'ai fait les courses avec Clara et Murielle. On a mangé une crème glacée au coin de Cartier. Puis on est allés sur les Plaines avec Francis pour essayer son nouveau boomerang. J'ai failli être décapité ! On est passés à la Société des alcools et à la pâtisserie, puis on a commencé à préparer les brochettes. Regardez, tout est écrit dans mon carnet. Vous n'avez pas le droit de m'arrêter.

Graham l'informa de la disparition de Sandra.

— Je ne la connais même pas !

— Je vous crois. Mais vous êtes le seul suspect dans l'affaire Dubuc. Si la presse s'empare de cette nouvelle, les gens vont vouloir un coupable à tout prix. Votre nom finira par sortir. Ils viendront chez vous. Vous êtes plus en sûreté au poste de police, croyez-moi.

— Mais je n'ai rien fait !

— On ne vous gardera pas longtemps. On n'en a pas le droit. Le temps de vérifier votre emploi du temps. Vous feriez mieux de m'écouter et de rester au poste. J'ai déjà appelé votre avocat pour être certaine que tous vos droits seront respectés. Votre témoignage et celui de Clara ne posent pas de problème ; vous n'étiez pas seuls tous les deux. Clara ne peut pas mentir pour vous protéger.

Maurice Tanguay eut un long frisson. Ils avaient failli partir en excursion à Montmagny, mais leur voiture émettait des bruits bizarres qui les avaient convaincus de rester à Québec. Ils avaient ensuite invité Murielle et Francis à manger. Clara avait suggéré de convier également Robert Fortier, mais un message sur le répondeur de ce dernier indiquait qu'il s'absentait pour la journée. Maurice avait alors raconté à ses amis l'incident de la rivière Jacques-Cartier.

— Bobby a vraiment paniqué. Je pensais qu'il allait m'entraîner avec lui. J'ai eu peur.

— Pourtant il sait nager, avait protesté Clara. Il a fait du surf en Australie et à Hawaii.

— C'est bête, une crampe. Je me demande où il est parti.

Ils avaient décidé du menu : gaspacho et brochettes indonésiennes à l'agneau avec la salade de concombres qu'adorait Murielle et des poires au vin rouge.

— Depuis combien de temps la fillette a-t-elle disparu ? demanda Maurice Tanguay à Maud Graham.

— On ne sait pas exactement. Juste après le souper. Je dois aller chez elle maintenant. Forget va s'occuper de vous. Ne vous tracassez pas. J'agis pour votre bien. Votre alibi est bon…

Maud Graham eut un choc en prenant connaissance de l'adresse des Perron : Robert Fortier était leur voisin.

Sandra ? Ne serait-ce pas la petite fille qui était venue frapper à sa porte dimanche dernier ?

Graham appuya sur l'accélérateur.

Rouaix lui rapporta les propos de Mme Perron. Celle-ci se rappelait très nettement qu'elle avait regardé Sandra s'amuser avec Chocolat à dix-huit heures quarante. Puis Gabriel s'était mis à hurler comme si on l'écorchait vif. La puissance des poumons d'un bébé est ahurissante ! Quand elle s'était mise à crier « Sandra », Céline Perron avait pensé que le bébé ferait mieux qu'elle s'il était capable de parler. Pourquoi une telle idiotie lui avait-elle traversé l'esprit ?

Graham tentait de voir si Robert Fortier ne faisait pas partie du groupe de curieux qui piétinaient la pelouse des Perron. Il n'y avait pas de lumière chez lui. Il devait être sorti.

Le crépuscule alarmait les policiers ; les recherches seraient moins aisées la nuit. Et l'enfant — si elle n'avait pas été enlevée ou tuée — risquait davantage de se blesser dans l'obscurité. Toutefois, tenait à préciser Graham, le fait que le chien de Sandra n'était pas revenu plaidait en faveur d'une fugue.

— Si on avait voulu emmener votre enfant, on ne se serait pas embarrassé d'un animal.

— Mais je n'ai pas disputé Sandra de la journée! protesta la mère. Elle n'a pas de raison d'être partie.

— On l'a beaucoup gâtée depuis la naissance de son petit frère, ajouta M. Perron. Pour qu'elle ne se sente pas mise de côté.

— Est-elle sociable?

Mme Perron éclata en sanglots; sa fille parlait à tout le monde. On en riait en disant qu'elle deviendrait politicienne plus tard.

Les phares d'une automobile détournèrent leur attention.

— Ah, c'est seulement notre voisin.

Le magicien ouvrit sa portière avant même que le véhicule soit immobilisé. Il courut vers les Perron, puis reconnut Graham.

— Que se passe-t-il?

— Sandra a disparu.

— Quoi?

Sandra! Sa Sandra?

— Quand?

— Depuis deux heures.

Robert Fortier ne parvenait pas à comprendre ce qu'on lui disait. Sandra! Son petit lutin! Envolée? C'était inconcevable!

— Il faut bien qu'elle soit quelque part!

— C'est ce que je dis, approuva Céline Perron. Elle n'a pas pu disparaître comme ça. C'est juste une petite fille.

— Vous avez appelé tous ses amis?

— Elle n'en a pas beaucoup. Nous venons d'arriver dans le quartier.

— Vous avez télépho…

M. Perron fit signe qu'il avait pensé à rejoindre les anciens voisins. Leur fille n'était pas retournée dans le quartier qu'ils habitaient auparavant.

— Elle a peur du noir, gémit Mme Perron.

Robert Fortier s'était assis sur le bord du trottoir. Il regardait fixement la bicyclette de Sandra. Alain Gagnon se pencha vers lui:

— Tu la connais bien?

— Je… Elle n'a pas le…

Le droit. Il allait dire qu'elle n'avait pas le droit de lui échapper.

— … le sens de l'orientation, compléta-t-il. Elle s'est perdue.

— Espérons-le. Mais son chien aurait dû l'aider à revenir. Elle aurait pu demander à un passant, s'arrêter à une maison.

— Elle ne connaît personne dans le coin, enchaîna Fortier. Et son chien est un toutou qui ne sait qu'aboyer. C'est bizarre, car les caniches ne sont pas sots habituellement. Sandra ne l'aime pas beaucoup. Elle préférait nettement Caramel, son vieux chien qui est mort il y a trois mois. Elle a même enterré son collier dans une cachette secrète, avec ses jouets préférés.

Robert Fortier tressaillit.

— Si elle y était allée ?

Alain Gagnon se précipita vers Maud Graham :

— Bobby tient peut-être une piste.

Tout s'enchaîna très vite à partir de cet instant. Les Perron connaissaient la fameuse cachette, située dans leur ancien quartier.

— Mais c'est à dix minutes en autobus.

— Elle a pu marcher jusque-là. Si elle sait le chemin.

— On a fait le trajet cent fois ensemble, reconnut Céline Perron.

Les visages tendus des policiers s'éclairaient imperceptiblement alors qu'ils faisaient claquer les portières de leurs voitures et s'élançaient vers la rue des Franciscains. Graham retenait son souffle en conduisant ; M. Perron n'osait rompre le silence. Il fallait que Sandra soit tapie dans le petit parc. Il le fallait, sinon Céline deviendrait folle. De même que lui. Et Gabriel paierait pour ce gâchis. Quelle faute avait-il commise pour que Sandra quitte la maison ? Il lui semblait être à l'écoute de sa fille. Il n'était pas parfait, mais y avait-il des pères parfaits ? Le sien avait été bien plus sévère, et il ne lui en voulait plus aujourd'hui. Que lui reprochait Sandra ?

Rouaix était resté devant la maison avec Mme Perron. Ils se taisaient aussi. Qu'auraient-ils pu dire ? La mère de Sandra était si blême qu'Alain

Gagnon lui suggéra de s'asseoir, de se pencher et de garder la tête entre les jambes.

— Oh non ! Je ferais mieux d'être sans connaissance si… ils ne la retrouvent pas.

Les pleurs de Gabriel attirèrent pourtant son attention.

— J'y vais. Il ne peut pas savoir que sa sœur est partie, hein ?

— Non, je ne crois pas, la rassura Alain Gagnon, qui la regarda entrer à l'intérieur tandis que Robert Fortier répétait qu'on retrouverait Sandra.

Oui, sûrement, pensèrent Rouaix et Gagnon. Mais dans quel état ?

Le chant des cigales emplissait l'air, strident, sadique, jouant avec les nerfs des trois hommes. Il leur semblait que ce son métallique enflait avec l'attente, couvrait les bruits de la rue, les murmures des voisins qui restaient sur le pas de leur porte pour connaître la suite des événements.

Quand la radio grésilla, le bourdonnement se fragmenta, fondit dans la nuit étoilée. Rouaix entendait son cœur battre en même temps que la voix de Graham qui répétait d'un ton incrédule que la petite était avec elle.

Les hommes hurlèrent de joie. Tandis que Rouaix avertissait les patrouilleurs qui cherchaient encore Sandra, Alain Gagnon allait retrouver Céline Perron.

Robert Fortier, lui, annonçait la bonne nouvelle aux voisins et aux curieux. Un homme invita des gens à venir boire une bière chez lui pour fêter ça, même s'il ne connaissait pas Sandra.

— Pour une fois qu'on nous apprend quelque chose de gai, ça vaut la peine de trinquer !

On demanda des détails à Robert Fortier, qui feignit la modestie en répétant qu'il était facile de deviner qu'une enfant retournerait vers sa cachette préférée. On le félicita et Jocelyn Laporte insista pour qu'il vienne prendre un verre chez lui. Le magicien promit de passer dès qu'il aurait revu Sandra.

— J'ai trahi son secret, je dois m'excuser, expliqua-t-il.

Il voulait surtout s'assurer qu'elle n'avait pas raconté dans quelles circonstances elle lui avait parlé de la cachette. Il n'avait pas réfléchi quand il avait révélé l'existence de ce repaire. Il était affolé par la disparition de Sandra ; il avait eu peur d'être accusé. Il ne pouvait justifier son emploi du temps au moment du départ de la fillette ; il revenait de Montréal par l'autoroute, mais il s'était arrêté en chemin. Il n'avait rencontré personne qui puisse corroborer ses affirmations. On trouverait facilement un témoin à Montréal pour dire à quelle heure il avait quitté la métropole, mais après ?

Sandra se vengerait-elle de sa traîtrise en racontant à son tour leurs secrets ?

Respirer lentement. Réfléchir. Sandra avait sûrement eu très peur. Elle devait être contente qu'on vienne la chercher. Elle lui pardonnerait. Comme elle aimait leurs jeux, elle n'en parlerait pas.

Et si Graham ou Rouaix se demandait comment il connaissait la cachette et quels étaient ses liens avec la petite ?

Non, il n'y avait pas de raison. Il l'avait sauvée. S'il avait voulu lui nuire, il l'aurait enlevée et n'aurait pas dévoilé la cachette aux policiers.

Sandra se jeta dans les bras de sa mère en sortant de la voiture. M. Perron remercia Robert Fortier en pleurant. Il lui tapotait l'épaule d'un geste mécanique et répétait qu'il lui devait tout. Le magicien souriait aux parents sans pouvoir s'empêcher de dévisager Sandra. Celle-ci riait maintenant, disait que Chocolat s'était battu avec un chat sauvage aussi gros qu'un loup.

Elle n'avait rien révélé.

Robert Fortier s'éloigna d'elle pour rejoindre Maud Graham et Gagnon qui s'entretenaient avec Rouaix. Celui-ci pointait l'index en direction d'une camionnette.

— On ne dit rien aux journalistes. Demande aux parents s'ils veulent la paix ou s'ils ont envie de parler. De toute façon, ils trouveront bien un voisin qui sera content d'avoir sa photo dans le journal.

— C'est toi qu'on va interviewer, dit Alain Gagnon en se tournant vers le magicien. C'était ton idée, la cachette de Sandra.

Robert Fortier blêmit : il n'était pas question qu'on le prenne en photo sans qu'il soit déguisé.

— Ils n'attendront pas que tu te costumes, promit Rouaix.

— Tant pis pour eux. Je vais faire un beau tour de magie : je vais disparaître !

En disant cela, il traversa la rue sans regarder, faillit être heurté par une voiture. Graham, interloquée, hésita, puis courut derrière lui. Elle parvint à le rattraper un peu plus loin. Quelques jours auparavant, elle lui aurait demandé pourquoi il craignait tant les photographes, mais son comportement la mystifiait depuis sa visite chez lui avec Alain Gagnon. Elle l'avait soupçonné d'être mêlé à l'affaire Dubuc et avait craint pour la vie de Sandra. Pourtant, c'était Robert Fortier qui avait permis qu'on retrouve la petite. Sandra était saine et sauve et manifestement contente de revoir le prestidigitateur. Alors ?

Suspect ? Pourquoi avait-elle eu cette idée ?

— Je ne pensais pas que tu détestais les journalistes autant que moi, Bobby, lança-t-elle. Tu es pourtant habitué à côtoyer les gens de la presse.

— Déguisé en magicien !

Robert Fortier expliqua qu'il ne voulait pas trahir l'identité du personnage qu'il avait créé.

— Personne ne doit connaître le vrai visage de M. Shantouli. Le secret qui entoure mon personnage le sert beaucoup, dispose les spectateurs au mystère. Et puis, de toute manière, je n'ai rien accompli d'héroïque, je n'ai fait que répéter ce que Sandra m'avait dit.

— Elle est très mignonne. Je suis vraiment soulagée qu'on l'ait retrouvée. Grâce à toi, ne t'en déplaise.

Le magicien fit une pause, puis murmura que c'était la semaine des émotions fortes.

— Que veux-tu dire ?

— J'ai failli me noyer avec Maurice Tanguay.

— Quoi ?

— Vous avez arrêté de le surveiller, je le sais. Il n'y avait personne quand il s'est…

— S'est quoi ?

— Je ne sais pas comment exprimer cela, dit Robert Fortier d'un ton embarrassé. Je crois qu'il a besoin de soins.

— De soins ? Il est suivi par un psychiatre.

— Ah ? J'espère qu'il est compétent. Je le trouve de plus en plus bizarre.

— Que s'est-il passé, Bobby ? insista-t-elle. Arrête de tourner autour du pot.

— Il a eu une crampe, mais quand je me suis approché de lui pour le secourir, il m'a presque assommé pour me noyer. Je suppose qu'il paniquait complètement. On avait parlé de son frère qui s'est noyé quand il était jeune; ça doit avoir remonté à la surface, si je peux faire un mauvais jeu de mots. Il était comme fou. On aurait dit qu'il voulait se venger sur moi de la mort de Martin. Enfin, on est mieux d'oublier tout ça. Ça s'est bien terminé.

Le magicien fit une autre pause, qu'il rompit en annonçant qu'il irait prendre un verre chez le voisin.

— Je vais attendre chez moi le départ des journalistes, mais je pense que je vais apprécier une bière. Je ne pourrais pas dormir maintenant. Je suppose que tu vas rentrer avec Alain? Il est très sympathique. Je comprends qu'il t'attire.

Ils se séparèrent devant la demeure de Jocelyn Laporte.

Tout en regardant Gagnon et Rouaix s'avancer vers elle, Graham fouillait dans son sac à la recherche de son calepin. Elle feuilleta le calepin, puis le referma.

— Le frère de Maurice Tanguay s'appelle Jacques. Pas Martin.

— Et alors? dit Rouaix.

— Ça m'étonne que Bobby se soit trompé de nom en me parlant du frère de Maurice Tanguay. Jacques est mort noyé; cet accident a dû causer tout un choc aux enfants qui le connaissaient. Dont Bobby. Moi, je me souviens encore que mon amie

Élise avait perdu sa chienne Praline. Imagine une noyade! Les parents doivent avoir répété cent fois l'histoire à leurs enfants pour les mettre en garde contre les dangers de la baignade sans surveillance.

— On dirait bien que Fortier est mêlé à tout, murmura le médecin légiste. Pur hasard. Tout ce qui touche à la photo est aussi étrange: rappelle-toi les images manquantes. Puis cette exclamation, tantôt.

— Et il s'arrange pour demeurer dans ton sillage, renchérit Rouaix. Il veut avoir un rôle dans l'enquête.

— Avant, je pensais que je lui plaisais, mais maintenant…

— Je le suivrai, dit Rouaix, dès qu'il ressortira de chez Jocelyn Laporte. Je vais demander à Papineau de me rejoindre.

— Je vais essayer de trouver quelque chose dans l'ordinateur. Je n'ai jamais vérifié l'identité de Fortier. Mais il m'avait montré des programmes de ses spectacles…

Qui était cet homme qu'elle avait engagé pour la soirée-bénéfice? Avec qui elle avait ri? À qui elle avait parlé de Maurice Tanguay?

Un calme étonnant régnait dans les bureaux du parc Victoria. Graham était toujours sidérée par la différence qu'il y avait entre le jour et la nuit. À huit heures, à la réunion quotidienne, la salle des délits contre la personne, celle des enquêtes spéciales aux curieux murs lilas ou celle des crimes contre la propriété ressembleraient à des ruches. Une activité étourdissante, un bruit incessant malmèneraient les nerfs des enquêteurs. Comment parvenaient-ils à se concentrer dans un tel brouhaha ? C'était un mystère qu'aucun détective ne parviendrait jamais à éclaircir.

À une heure, elle n'avait toujours rien trouvé dans les fichiers. Elle descendit au rez-de-chaussée, s'arrêta quelques minutes à la salle de garde des patrouilleurs pour bavarder avec un de ses collègues qui venait d'avoir un bébé — un beau garçon —, puis elle se résigna à rentrer chez elle. Elle était certaine, après ces heures de réflexion, que le magicien lui cachait quelque chose. La nuit, lourde d'odeurs exacerbées par l'humidité, était écœurante. Graham rêva de neige et d'air froid, d'un coup de vent qui balayerait les vapeurs noires et visqueuses exhalées par l'asphalte en plein midi.

Graham se demanda si Québec ressemblerait un jour à Mexico ou à Santiago, si la pollution noircirait les artères de la ville, l'étoufferait à petit feu.

⁂

Robert Fortier suffoquait, mais l'air ambiant n'y était pour rien. L'angoisse lui broyait les tripes.

Il avait donné le change chez Jocelyn Laporte et avait fait quelques tours de magie pour amuser ses voisins, puis il était rentré chez lui. Il était ressorti aussitôt. Une longue marche le détendrait et lui permettrait peut-être de dormir. Il s'était rendu dans le quartier Saint-Jean-Baptiste, était entré dans un bar, pour le quitter cinq minutes plus tard. Il se sentait mal où qu'il soit. Il avait l'impression que tout le monde le dévisageait, que son projet de quitter la ville avec Sandra était inscrit sur son front.

Il avait traversé la rue d'Aiguillon sans réfléchir, fuyant l'agitation de la rue Saint-Jean. Le va-et-vient des gens qui entraient dans les bars et les restaurants ou en sortaient l'étourdissait, accentuait son sentiment de solitude. Il enviait l'insouciance et la joie de vivre des touristes qui musardaient, libres de tout souci. Pourquoi Romain Dubuc avait-il tout gâché ?

Graham lui avait souri avec trop d'insistance quand ils s'étaient quittés en face de chez Laporte. Il avait eu tort de lui reparler de Maurice Tanguay à ce moment-là ; ça manquait de naturel. Il faut toujours disposer les gens à accepter un mensonge. Il le savait depuis toujours, c'était même son gagne-pain. Qu'est-ce qui l'avait poussé à commettre une pareille erreur ? Elle ressasserait leur conversation, la répéterait à Gagnon et Rouaix ou appellerait Maurice pour avoir sa version des faits.

Il avait maintenant détaché tous les boutons de sa chemise, mais l'étau se resserrait autour de sa gorge, de sa poitrine.

— Monsieur ? Vous allez bien ?

— Je… oui…

— Voulez-vous que j'appelle un taxi ?

Un jeune couple s'était arrêté devant lui alors qu'il s'appuyait à un lampadaire.

Il était incapable de parler. L'homme lui demanda s'il avait une douleur dans le bras. Et s'il faisait une crise cardiaque ?

Robert Fortier réussit à donner son adresse au chauffeur de taxi. Il eut du mal à déverrouiller sa porte tant il tremblait. Il se versa une double vodka en pénétrant dans la cuisine, se laissa tomber sur une chaise en gardant une main pressée sur son cœur. Au bout de quelques minutes, l'alcool fit son effet. Les serres de la harpie qui lui broyaient le cœur se relâchèrent et il put prendre une longue inspiration.

Il devait se calmer. Il attendrait d'être parfaitement détendu avant de penser à Maurice Tanguay. Comment parviendrait-il à le tuer ? Continuer à respirer, lentement. Lentement. Il se félicita de n'avoir jamais touché un paquet de cigarettes de sa vie.

⁂

En voyant Grégoire s'allumer une cigarette devant sa porte, Maud Graham pensa avec une pointe de fierté qu'elle n'avait aucune envie de fumer. Comme si la cigarette était un concentré de toute la pollution qui gâchait la nuit.

— T'en veux une ? lui proposa Grégoire en la voyant fixer le bout incandescent de sa Player's.

— Oh non ! Il fait trop chaud.

— Tu m'offres une bière ?

Il se tenait déjà devant le réfrigérateur. Il siffla quand elle l'ouvrit ; la bouffée de fraîcheur l'avait agréablement surpris.

— C'est pas aussi bon que l'air conditionné, mais c'est mieux que rien.

— Je vais quand même acheter un ventilateur.

— Cherche pas. Y'en a plus nulle part. Tous vendus.

— Ah oui ? fit-elle.

— C'est Pierre-Yves qui me l'a dit.

— Pierre-Yves ?

— Un… gars que j'ai rencontré. Il ressemble à François. Il a une cuisine superéquipée, mais pas d'air conditionné. Il travaille dans un grand restaurant. Il pourrait te donner des cours pour que t'épates ton beau médecin. Il dit qu'il va ouvrir un service de traiteur. Ça serait encore mieux pour toi ; t'aurais pas à cuisiner. C'est plate que t'aies déjà trouvé ton cuisinier pour la fête. Pierre-Yves t'aurait fait un bon prix.

— Je ne pense pas tellement à cette soirée par les temps qui courent.

— T'as de la misère en crisse avec ton enquête, hein ? Eh, attention, Biscuit !

Graham avait versé sa bière dans un bock sans regarder ; la mousse débordait, coulait sur le comptoir. Tandis qu'elle épongeait la boisson, la détective relatait les derniers événements à son ami. Quand elle lui parla de Robert Fortier, de ses déguisements de magicien, de ses albums de photos, Grégoire grimaça :

— Ça pue, cette affaire-là. Ça pue en câlice ! Je connais ces petits jeux-là, moi. Ils nous déguisent en chaperon rouge pour pouvoir s'habiller en loup. J'étais plus vieux que Romain, mais je me souviens du gros porc qui voulait tout le temps que je m'habille en Grec, avec une sorte de couverture qu'il entortillait autour de moi. Puis il faisait pareil. Il disait que, dans l'ancien temps, le monde était plus intelligent et on trouvait ça correct que les vieux tripotent les petits jeunes pour les éduquer. Je l'ai jamais cru.

— C'est ce qui t'a sauvé.

— Je croyais personne.

Grégoire but une autre gorgée de bière avant d'ajouter que personne ne le croyait non plus. Et que ça l'avait peut-être détruit.

— Tu ne serais pas capable d'en parler? tenta Graham.

— De toute façon, ça fait longtemps. On n'est pas ici pour parler de mon oncle, mais de Bobby.

— Je ne sais même pas ce que je cherche. Je pense seulement qu'il m'a menti. Tu as l'air bien sûr qu'il abuse des enfants. Mais il a sauvé la petite Sandra. Elle ne semblait pas le craindre… Il faudrait que j'interroge la petite pour en savoir plus long.

— Va donc fouiller chez lui.

— Ce n'est pas si simple. Je n'ai pas le droit de m'introduire comme ça chez les gens.

— Et le télémandat?

Grégoire faisait allusion au système qui permettait aux enquêteurs d'obtenir des mandats en dehors des heures de travail.

— Aucun juge ne me donnera un numéro de mandat de perquisition sur la base de motifs aussi flous. Je marche sur des œufs, Grégoire, tout peut foirer pour faute professionnelle. Si Bobby est coupable de… je ne sais pas quoi, son avocat saura bien invoquer une erreur dans la procédure.

— En tout cas, c'est curieux qu'il soit justement l'ami du suspect du meurtre de Romain.

Graham trouva un goût très amer à sa bière. Elle la repoussa, se servit une limonade qui lui parut trop acide. Elle but un grand verre d'eau, s'aspergea les bras et le visage, esquissa un sourire:

— Ça ne suffira pas à m'éclaircir les idées. Comment se fait-il que je n'aie rien vu ?

Grégoire prit le bock de bière de Graham, le porta à ses lèvres :

— Il était trop collé sur toi. On voit rien quand c'est trop proche.

Proximité ? Il faut savoir envisager plus d'un angle. Graham avait pensé aux proches de Romain. Elle n'avait pas vu qu'on tournait autour d'elle.

— Dors-tu ici ?

— Comme tu veux.

— Je vais faire de l'insomnie, mais je ne te dérangerai pas. J'aurais dû partir avec Rouaix et Papineau.

— Bobby aurait pu te voir. Je comprends mal que tu puisses pas l'arrêter tout de suite, mais explique-moi pas. Le gros Léo est dehors ?

— Il n'est pas gros.

— Je vais laisser la fenêtre de ma chambre ouverte. Comme ça, s'il veut rentrer…

Il avait dit « ma » chambre. Graham ne put résister à l'envie d'embrasser sa tignasse de jais avant d'éteindre les lumières.

Elle mit des heures à s'endormir.

Elle n'était pas la seule ; tous les protagonistes du drame logeaient à la même enseigne. Robert Fortier vidait sa bouteille de vodka en se répétant qu'il devait se ressaisir et fuir Québec, et Clara regardait dormir son amant en redoutant qu'il ne la réveille en hurlant. Il lui avait pourtant répété que Graham ne cherchait pas sa perte. Il était rentré à l'appartement dix minutes après que Sandra eut été repérée et il s'était mis au lit après avoir pris deux bières et plaisanté. Mais Clara ne se faisait pas d'illusion : Maurice n'avait pas connu une seule nuit de sommeil complète depuis l'agression.

CHAPITRE 13

Il était trois heures douze. Maurice criait des mots sans suite.

— C'est fini, dit Clara en le secouant. Tu rêvais.

Il était trempé de sueur, mais claquait des dents. Elle lui apporta un verre d'eau glacée. Il but trop vite, la névralgie vrilla aussitôt ses tempes. Il se rallongea, attira Clara contre lui.

— Ça va mieux ?

— Oui. C'était un diable…

Elle lui passait la main dans les cheveux, attendant qu'il poursuive son récit, mais il se taisait. Tout à coup, elle sentit son corps se tendre, en alerte. Elle savait maintenant reconnaître les signes précurseurs des flashes ; un souvenir remontait à la surface, allait éclater dans la nuit sans lune.

— Le diable avait une cape. Il avait déjà tué Jacques et il voulait me noyer aussi.

— C'est normal que tu aies rêvé d'une noyade après ce qui s'est passé à la rivière, l'autre jour…

— Non ! C'est la cape ! L'enfant était recouvert d'une cape. Par-devant. Il l'avait déculotté et le serrait au cou. L'homme se frottait sur le petit. Il portait un uniforme avec des boutons brillants. Je les ai éclairés sans savoir ce que je verrais. J'avais entendu des gémissements étouffés, j'avais pensé à un animal blessé, à une chatte qui mettait bas dans un buisson. Je pense que j'ai crié.

— Et après ?

— Je… je ne me souviens pas. C'est le trou noir. Je me suis réveillé sur les Plaines.

— Tu n'as pas vu le visage du meurtrier parce qu'il te tournait le dos ?

— Non. Il était de côté. C'est bizarre, je vois son corps aussi nettement qu'en photo. Mais une photo qu'on aurait coupée. Un homme sans tête.

— Ça va te revenir. Tu dois avoir subi un choc en revivant cette scène.

— En revivant ?

— Je pense que ça ressemblait à ce qui est arrivé à ton frère… murmura Clara.

Les images se superposèrent. L'une dans des tons éteints, jaunis, ressemblait à une vieille photo : on y voyait un garçon déguisé en cow-boy fessé par un diable. Le justicier portait une grande cape. Il y avait un peu de neige. L'autre image permettait de voir seulement le bas du corps d'un enfant. Le haut était emmailloté dans un tissu rouge et noir. Un homme en uniforme de la même taille que Zorro le maintenait contre lui. Jacques. Romain. Romain. Jacques. Ils se confondaient dans leur martyre.

— Mon Dieu, je vais en parler au Dr Laberge, déclara Maurice après un long silence. De même qu'aux enquêteurs. L'uniforme et la cape peuvent les mettre sur la piste.

Clara soupira contre Maurice : leur vie redeviendrait-elle normale quand son amoureux connaîtrait l'identité de l'assassin ?

Pourquoi ce dernier portait-il une cape ? En plein été ? À quel corps militaire appartenait-il ? Elle imaginait la facilité avec laquelle le meurtrier avait pu convaincre l'enfant de le suivre ; même adulte, on s'incline sans résister devant tout représentant de l'autorité.

Malgré son cauchemar, Maurice était frais et dispos quand il s'éveilla à six heures. Il se glissa hors du lit sans déranger Clara, avala son déjeuner et partit au travail après avoir laissé un mot : « Ma chérie, je serai ici à midi. Je parlerai à Maud Graham ce matin. Ne t'inquiète pas. J'ai un plan de la ville et notre adresse avec moi. »

La détective discutait des résultats des tests d'ADN avec Rouaix quand Maurice Tanguay l'appela. Il était onze heures quarante. Il aurait dû lui téléphoner plus tôt, mais il oubliait tout quand il visitait une serre, comme si la touffeur des parfums végétaux l'empêchait de penser. Maud Graham l'écouta attentivement, lui demanda des détails sur le costume militaire, l'interrogea sur l'incident de la rivière Jacques-Cartier, puis le pria de l'attendre chez lui. Elle y serait en moins de dix minutes.

— Surtout, ne répondez pas si on sonne à la porte. Soyez très prudent. Je vous expliquerai. J'ai besoin de vous.

Elle ajouta qu'elle savait qu'il n'était pas coupable.

— J'ai besoin de vous, répéta-t-elle avant de raccrocher et de lever la tête vers Rouaix.

— Alors ?

Maud Graham remonta ses lunettes, relut ses notes :

— Une cape, un costume militaire, des boutons brillants : Maurice Tanguay a revu la scène du crime. Il est certain que l'agresseur portait un uniforme, mais il ne se souvient pas de son visage. Bobby se déguise tout le temps. Je n'ai rien trouvé dans les dossiers ; cependant, il y a trop d'éléments qui convergent vers lui. Avec les résultats qu'on a reçus tantôt et sa version de l'incident de la rivière…

Les tests d'ADN avaient révélé que si le sang trouvé sur le chandail du petit Romain était bien celui de Maurice Tanguay, le sperme, lui, venait d'un autre homme. Quant aux fibres rouges découvertes dans la bouche de la victime, elles provenaient bien de la cape trouvée par le clochard.

— Je me demande ce que Maurice Tanguay faisait là ! dit Rouaix. S'il nous mentait ? S'il essayait de détourner nos soupçons vers Fortier ?

— Il ne se souvenait pas de l'existence de Bobby quand celui-ci l'a retrouvé par hasard.

— Il ne peut pas être complice ? Même s'il ne s'en souvient pas ? Pourquoi Fortier le fréquente-t-il ?

— Un trip à trois ? Il y aurait aussi son sperme. Et Romain n'aurait peut-être pas été étouffé. Un des deux hommes l'aurait maintenu pendant que l'autre le violait. Je pense qu'il a été étranglé par accident. Bobby m'a posé des questions sur les crimes non prémédités ou dus au hasard. Et hormis les voyages de tourisme sexuel, on n'a pas vu beaucoup de cas d'abus en groupe sur des enfants, à moins qu'il ne s'agisse d'un couple.

— Ou si on monte une affaire de films pornos.

— Mais là, c'est lucratif, dit Graham. Fortier a voulu abuser de Jonathan Drouin, il a raté son coup. Il s'en est pris plus tard à Romain, qui n'a pas « coopéré » autant qu'il le souhaitait.

— Tu as toujours dit que ton Grégoire a de l'intuition…

— Plus que moi, murmura Graham d'un ton las.

— On va avoir le mandat dans la minute. Je me rends chez Fortier pendant que tu vas voir Tanguay.

— Je te rejoins rapidement.

Maud Graham se sentait coupable. Avait-elle été négligente dans son travail, trop coquette ? N'avait-elle pas cru qu'elle plaisait à l'illusionniste ?

— Il a accepté si vite de participer au spectacle que je ne l'ai pas soupçonné.

— Personne ne t'accuse, Graham. Quand on demande aux gens de faire du bénévolat, on ne leur demande pas s'ils ont un casier judiciaire.

— On devrait ! grogna-t-elle. Pense à ce tueur en série… Wayne Gacy, qui se déguisait en clown pour se rapprocher des enfants. Clown ? Magicien ? Quelle différence ?

Elle attrapa son sac et dévala les escaliers, poussa avec rage la porte qui menait au terrain de stationnement. Les informations régionales la rassérénèrent un peu : on interrogeait M. Perron qui disait tout le bien qu'il pensait du corps policier. « Ils ont été fantastiques avec Sandra. Notre petite fille veut même devenir détective. »

⁂

Clara écoutait aussi la radio en rentrant à l'appartement. Elle sourit ; on n'avait pu accuser Maurice de la disparition de Sandra. Décidément, la nuit avait été agitée, mais la journée était bonne.

Et même la semaine. On aurait sous peu les résultats des tests d'ADN ; Graham aurait la preuve qu'elle avait soupçonné Maurice à tort. Même si elle le savait déjà. Et s'il le fallait, Clara lui amènerait la petite Audrey.

Celle-ci avait enfin reconnu qu'elle avait collé un décalque sur le bras gauche de Maurice.

— Je l'aime, avait confié Audrey à Clara qui voyait sa patience récompensée.

Elle avait apprivoisé Audrey en allant régulièrement au parc.

— Maurice, je vais me marier avec lui quand je vais être grande.

— Et moi ? avait protesté Clara en riant.

— Toi, tu vas être trop vieille.

L'inconsciente cruauté des enfants fascinait Clara ; comment devinaient-ils vos faiblesses ? Comment Audrey savait-elle qu'elle était obsédée par le temps qui passe, par les rides qui s'annoncent, qui effleurent votre visage, s'y impriment, le creusent, le défigurent ? Elle n'avait jamais acheté autant de produits de beauté que depuis qu'elle connaissait Maurice.

— Maurice t'aime aussi, était-elle parvenue à dire à l'enfant.

— Je le sais. Il m'a déjà donné des bonbons.

— Et toi ? Tu lui fais des cadeaux ?

— C'est un secret.

— Je le connais, ton secret. Maurice était très content du décalque. Il m'a dit qu'il n'en avait jamais vu d'aussi beau.

— C'est vrai ?

Audrey s'était immobilisée en comprenant qu'elle venait de se trahir. Clara l'avait rassurée ; elle ne répéterait rien.

— Maurice aimerait juste savoir où tu as acheté le décalque.

— Au dépanneur. Quand j'ai vu la fleur, j'ai pensé à lui.

— Ça devait être cher ?

La petite avait baissé la tête, regardé ses orteils qui dépassaient du bout de ses sandales ; elle avait beaucoup grandi durant l'été. Elle avait hâte d'être une femme. Maurice l'épouserait alors. Au début, Clara la gênait, mais elle s'était dit que Maurice divorcerait d'elle quand viendrait le temps. Ses parents s'étaient bien séparés. Tout le monde le faisait, d'ailleurs.

— Oui, c'était cher.

Elle n'avait pu résister à l'envie de montrer sa générosité. Et sa ruse. Elle avait avoué à Clara qu'elle avait volé un dollar dans le portefeuille de sa mère.

— C'est pour ça que tu ne voulais pas m'avouer que tu avais collé le décalque ?

— Tu jures que tu le diras pas à ma mère ?

Audrey regrettait déjà son moment de faiblesse ; le plaisir d'évoquer Maurice l'avait rendue imprudente. Clara l'avait rassurée, répétant qu'elle ne raconterait rien. Sauf à une amie, peut-être. Maud Graham.

— Elle cherche aussi de beaux décalques. Tu te souviens quand tu l'as donné à Maurice ?

— Oui ! s'était exclamée Audrey. C'était le lendemain des glissades d'eau.

Clara avait quitté les Plaines cinq minutes plus tard. Après avoir vérifié la date de la visite à Valcartier. Depuis l'accident de Maurice, Clara notait une foule de détails avec un soin maniaque. Ignorant ce qui pourrait servir, elle emmagasinait des tonnes de renseignements.

Même si Maud Graham avait reconnu qu'elle manquait de preuves pour inculper Maurice, Clara savait qu'elle le surveillerait tant qu'elle n'aurait pas trouvé un autre suspect. La détective avait noté la présence d'un décalque sur le bras gauche de Maurice. Clara ignorait en quoi ce décalque intéressait la détective, mais elle prenait toutes les réactions de Graham au sérieux. Elle avait voulu en savoir davantage sur ce décalque ? Clara avait persévéré.

Elle pouvait maintenant expliquer la marque sur le bras de Maurice, qu'elle ait ou non une importance pour l'enquête. Elle était fière d'elle quand elle regagna la rue Saint-Paul. Elle se gara sans penser à mettre une pièce dans le parcomètre, y songea alors qu'elle grimpait les escaliers, mais ne redescendit point.

— Mon chéri! dit-elle lorsque Maurice rentra. Audrey a collé le décalque bien après l'agression du premier petit garçon. Elle n'a pas voulu le reconnaître avant parce qu'elle avait volé de l'argent pour te faire ce cadeau.

Clara rapporta les propos de la fillette. En l'écoutant, Maurice revoyait la scène avec une netteté étonnante. Depuis quelques jours, la lumière pénétrait son esprit, en éclairait les moindres recoins, y dénichait les images oubliées. Comme si on promenait une lampe de poche dans son cerveau. Une lampe de poche? Il fronça les sourcils.

— Qu'est-ce qu'il y a?

— Rien…

Il ferma les yeux; l'image s'était enfuie.

— Je me souviens d'Audrey, dit-il avec satisfaction. Un midi où j'étais allé te chercher au parc. Elle a tordu ses cheveux mouillés à la fontaine pour m'humidifier la peau avant d'y coller le décalque.

— Tu plais beaucoup, ces temps-ci, fit Clara en déposant un baiser sur son front. Robert, puis Audrey. Et moi, bien sûr…

On frappa trois coups à la porte. Clara sursauta.

— C'est Maud Graham, la prévint Maurice, je viens de lui téléphoner. Elle m'a cru. Elle a même ajouté que j'étais innocent. Elle doit avoir les résultats de l'ADN.

Clara se précipita à l'entrée : la détective semblait furieuse, même si elle s'efforçait de sourire. Clara songea qu'elles vivaient les mêmes sentiments : elles étouffaient toutes deux leur colère depuis le début de l'enquête. Allaient-elles exploser ?

— Il faut tout me répéter, Maurice, dit la détective.

Maurice relata le souvenir que son rêve avait fait resurgir ; il décrivit la cape et l'uniforme.

— L'homme tenait l'enfant par-derrière. Je le voyais de profil, mais je n'ai pas distingué son visage. Ou je ne m'en souviens pas encore. J'ai crié. Il a lâché l'enfant, qui est tombé par terre comme s'il avait été en chiffon. Puis plus rien. Je me suis réveillé, le soleil m'aveuglait.

— Pourriez-vous reconnaître l'uniforme ?

— Il était foncé, avec deux rangées de boutons métalliques.

Clara s'impatienta : quels étaient les résultats des tests d'ADN ? Il ne s'agissait pas du sperme de Maurice, leur révéla Graham.

— Je le savais ! s'exclama Clara.

— Mais c'est bien son sang.

Clara haussa les épaules :

— Maurice s'est sûrement penché vers l'enfant pour voir s'il pouvait l'aider ou pour vérifier s'il était mort. Il aura alors taché son chandail.

— Oui, vous avez sûrement saigné du nez ou des oreilles. Ça arrive quand on reçoit un coup sur la tête.

— En tout cas, pour ce qui est du tatouage, c'est définitivement réglé, reprit Clara.

Elle raconta son entretien avec Audrey, puis demanda à Graham pourquoi elle s'intéressait au décalque.

— C'est un tatouage que je…

— Bobby!

Graham allait parler quand Clara lui fit signe de se taire. Maurice fermait les yeux: un détail allait revenir s'il le laissait se former. Il avait appris à ne rien brusquer. Les souvenirs étaient comme des bêtes sauvages qu'il devait rassurer. Des oiseaux qui s'envolaient d'un coup d'aile s'il tentait de les capturer, des truites prêtes à filer par les trous de sa mémoire meurtrie.

— Bobby a un tatouage! s'écria Maurice. Juste là!

Il tapota son épaule gauche. Il était maintenant sûr d'avoir vu une forme rouge en haut de l'omoplate.

— Quoi? s'écria Graham. En êtes-vous certain?

— Vous m'avez questionné tantôt sur l'incident de la rivière Jacques-Cartier. Je n'ai pas pensé avant au tatouage; j'étais sous le choc d'avoir évité la noyade. Mais j'ai bien vu l'épaule de Bobby. Il y a une marque.

— Lui avez-vous fait un commentaire à ce sujet?

— Oui, je crois.

Graham appela Rouaix dans sa voiture:

— Je demande un homme pour protéger Maurice Tanguay et je te rejoins chez Fortier.

Clara se fâcha: comment pouvait-on les obliger à rester chez eux?

— On doit vous protéger. Maurice est notre seul témoin. Ça ne sera plus très long.

— C'est Bobby?

Graham se dirigea vers la porte sans répondre à cette question. Elle attendit d'entendre le déclic du verrou et sortit de l'immeuble. Elle espérait que Robert Fortier n'avait pas senti son inquiétude quand ils discutaient en face de chez lui.

Rouaix était entré chez Fortier quand elle descendit de sa voiture. La porte était entrebâillée. Elle reconnut la voix de son collègue, pénétra dans le salon.

— Grégoire!

Assis par terre, le prostitué se frottait le front en jurant.

— Je voulais t'aider, Biscuit. Il m'a sacré une volée, le câlice!

— Qu'est-ce que tu fais ici ?

— Occupe-toi pas de moi, arrêtez Bobby ! Il est parti avec un coffre.

Rouaix avait déjà donné des indications en ce sens. Ils allaient écouter le récit de Grégoire quand ils entendirent la porte grincer. Céline Perron, portant Gabriel dans un sac-kangourou, s'avançait vers eux en se tordant les mains. Sandra n'était pas rentrée.

— J'ai vu votre auto, alors… Je ne comprends pas ce qui lui prend. On ne l'a même pas disputée quand elle est revenue chez nous. Même pas punie. Je lui ai plutôt donné une tablette de chocolat.

Maud Graham croisa le regard de Rouaix, qui se demandait déjà comment ils négocieraient avec Robert Fortier s'il avait enlevé la fillette.

— Elle devrait être ici. Geoffroy Langelier devait la ramener. J'ai appelé chez les Langelier ; il n'y avait pas de réponse. Mais peut-être qu'ils sont allés manger un sundae. C'est sûrement ça, hein ?

— On va la retrouver, madame. Rentrez chez vous et n'en bougez pas.

Céline Perron remercia d'un signe de tête. Elle s'éloignait quand, prenant conscience que l'appartement de Robert Fortier avait été saccagé, elle revint sur ses pas.

— Qu'est-ce qui s'est passé ici ?

— Bobby a été cambriolé, fit Graham.

— J'avais dit à mon mari que je ne voulais pas vivre dans ce quartier-ci. Je comprends Sandra! On était bien mieux là où on était avant. Ce pauvre Robert qui se fait voler maintenant! Ce matin quand il est sorti, il m'a offert de garder Sandra parce qu'elle ne voulait plus aller chez les Langelier. Il a même offert d'aller la reconduire, mais je lui ai dit que ce n'était pas nécessaire: c'est la maison verte juste au bout de la rue. On est allées à pied. Je l'ai laissée: je devais aller chez le médecin avec le bébé. Je ne comprends pas que ça ne réponde pas chez les Langelier.

— Rentrez chez vous, madame Perron. On va aller voir chez les Langelier. La maison verte, avez-vous dit?

Rouaix était déjà rendu dehors, s'engouffrait dans sa voiture, tandis que Graham répétait à Céline Perron de rentrer chez elle. Alors qu'elle refermait la porte derrière elle, Grégoire sortit de la salle de bains. Graham était au téléphone, elle alertait tous les patrouilleurs, qui avaient reçu un avis de recherche concernant Fortier, que celui-ci avait probablement enlevé Sandra.

— Qu'est-ce qui se passe? demanda Grégoire.

— C'est Sandra. Elle a disparu. Rouaix est déjà chez un voisin. Dis-moi maintenant ce qui s'est passé. J'espère que ton histoire est bonne…

— Je voulais juste t'aider, trouver une preuve. Ensuite, t'aurais eu ton mandat sans problème.

— Grégoire ! gémit Graham.

Il soupira. Regrettait-il vraiment son geste ?

Grégoire avait attendu derrière l'immeuble que Robert Fortier quitte son appartement. Dès que la voiture s'était éloignée, il avait cassé une fenêtre pour entrer. Il n'y avait pas de temps à perdre.

Une colère froide animait alors le prostitué ; le magicien ne s'en tirerait pas comme son oncle ! Il allait l'envoyer en dedans ! Ça lui ôterait le goût des enfants.

Grégoire avait tout jeté par terre pour faire croire à un cambriolage ; Fortier ne devait se douter de rien. Le fait qu'il ne porte pas plainte serait une preuve de plus à verser à son dossier. Biscuit finirait par avoir assez d'arguments pour obtenir un mandat.

Grégoire avait été surpris de trouver si rapidement ce qu'il cherchait ; Fortier ne se donnait même pas la peine de fermer à clé le tiroir où il conservait ses photos et ses bandes vidéo. La plupart n'étaient identifiées que par un titre anodin : *La plage*, *Le restaurant*, *Jeux de hasard*, mais Grégoire était persuadé que Maud Graham s'intéresserait aux films. S'ils n'étaient pas pornos, ils devaient toutefois révéler les goûts de Fortier. Quant aux photos, elles montraient le magicien avec un enfant sur ses genoux. Tous deux déguisés.

En fouillant la penderie de la chambre, Grégoire avait trouvé une dizaine de costumes. Il admirait un uniforme de hussard lorsqu'il avait remarqué un coffre caché au fond du réduit. Il l'avait sorti, mais n'avait pas réussi à l'ouvrir : il était cadenassé.

Toutes les preuves que désirait Graham devaient s'y trouver.

Grégoire sortait de la pièce pour lui téléphoner quand il avait entendu une porte s'ouvrir. Fortier revenait trop tôt ! Grégoire s'était emparé d'une cassette vidéo, mais le magicien avait été plus rapide que lui et lui avait asséné un coup de poing au visage qui l'avait envoyé valser contre le mur.

Grégoire s'était écroulé, mais avait vu Robert Fortier sortir en emportant le coffre cadenassé.

Il avait aussitôt téléphoné au poste de police, mais Graham était chez Maurice Tanguay, et Rouaix s'occupait du mandat.

Grégoire avait hésité, puis il avait décidé de rester sur place jusqu'à ce qu'il réussisse à parler à Graham. Il n'avait pas à craindre le retour de Fortier dont le départ ressemblait trop à une fuite.

— Es-tu en câlice après moi, Biscuit ? C'était pour t'aider !

— Je le sais, mais tu n'as pas réfléchi. Tu aurais pu te faire tuer.

— Mais j'ai pas fait foirer l'enquête, hein ?

— Je ne sais pas. Reste ici tranquille.

Graham rudoyait Grégoire afin qu'il comprenne sa bêtise, son imprudence, mais alors qu'elle examinait la penderie, elle ne put s'empêcher de se retourner et de lui adresser un petit signe affectueux. Il lui rendit son clin d'œil, soulagé.

— Qu'est-ce que tu cherches ? demanda Grégoire.

— Tu as parlé d'un uniforme.

Elle passait rapidement en revue les costumes, cherchant une tenue militaire.

— Ça y est ! s'exclama-t-elle en sortant une veste marine à laquelle il manquait un bouton.

Elle mit le vêtement dans un sac en plastique, qu'elle porta à la voiture. Ils entendirent la radio grésiller : une patrouille avait repéré la voiture de Robert Fortier. Le suspect se dirigeait vers le pont Pierre-Laporte.

— On va l'avoir ! promit le policier.

— Il a probablement une enfant avec lui, dit Graham, n'oubliez pas !

⁂

La petite Sandra s'interrogeait depuis que le magicien avait frappé Geoffroy. Elle avait accueilli Fortier en riant quand il s'était présenté chez les Langelier et elle s'apprêtait à le suivre quand Geoffroy s'y était opposé.

— On va appeler ta mère avant, avait-il dit. Je ne peux pas te confier à quelqu'un que je ne connais pas.

Le magicien avait insisté :

— Je suis le voisin de Sandra. C'est moi qui l'ai retrouvée quand elle s'est enfuie.

Geoffroy était inflexible.

— C'était écrit dans le journal, avait répété Fortier.

— Je veux d'abord parler à Céline Perron.

Le jeune gardien s'était dirigé vers une chambre pour téléphoner.

Robert Fortier s'était emporté, il avait bousculé Geoffroy, lui avait tordu les poignets, les avait attachés avec des foulards de soie avant de le pousser sur le lit. Il lui avait noué les jambes avec une corde. Il avait ensuite refermé la porte et souri à Sandra en lui demandant de le suivre.

— C'est ton papa qui m'envoie. On va faire une surprise à ta maman. Geoffroy a failli tout gâcher. C'est pour ça que je me suis fâché, tu comprends ? Mais on ne va pas le laisser longtemps dans la chambre.

Sandra le dévisageait sans comprendre. Les cris de Geoffroy l'avaient inquiétée et les jappements de Chocolat ajoutaient à son trouble.

— Il faut qu'on se dépêche un peu, avait dit Fortier. On doit aller chercher ton costume de chatte au magasin. Il est tellement beau que je pense que Chocolat va te prendre pour un vrai minou. On y va ?

Sandra restait immobile, pétrifiée, et continuait à le fixer. Il l'aurait bien soulevée dans ses bras, mais il redoutait qu'elle ne se mette à crier et n'ameute le voisinage.

— Tu es fâchée parce que j'ai révélé ta cachette ? C'est pour ça que tu ne veux pas venir avec moi ?

— Non.

— Tu n'es plus mon amie ?

La petite secouait la tête.

— Ça me fait de la peine. Beaucoup de peine. Mes lapins vont s'ennuyer.

Il lui avait tourné le dos en souhaitant que la vieille ruse fonctionne. La pitié avait joué, il avait senti Sandra se rapprocher de lui.

— On fait une course jusqu'à l'auto ?

Il l'avait laissée gagner, lui avait ouvert la portière en faisant semblant d'être essoufflé. Il allait la refermer quand Chocolat avait bondi pour s'asseoir sur Sandra. Il ne pouvait se débarrasser de la bête sans provoquer une crise. Il avait démarré en se disant qu'il faudrait « perdre » le chien au plus vite. Il avait demandé à la fillette de chanter après lui avoir répété qu'il avait une grosse surprise pour elle. Toutes ses amies seraient jalouses.

— Je pensais que c'était pour maman.

— Pour toi aussi. C'est toi mon amie préférée.

Sandra entonnait *Frère Jacques* lorsque, en tournant la tête, elle remarqua une voiture de police :

— Moi aussi, j'ai fait un tour dedans.

Elle désignait une automobile qui serpentait à travers les voitures.

— Ils ont mis la sirène quand on est revenus.

Les mains de Fortier se crispèrent sur le volant : Graham avait tout compris.

Il arrêta la voiture sur le bas-côté et sortit, en fit le tour, ouvrit la portière et prit Sandra dans ses bras, tout en s'efforçant d'éloigner le chien. Elle se débattit :

— Je suis capable de marcher toute seule ! Je veux que Chocolat vienne avec moi. T'es plus mon ami.

Il ne lâchait pas prise, même si l'enfant gigotait comme une anguille en criant qu'il la serrait trop fort.

— Tais-toi !

La petite se mit à hurler. Il tenta de la bâillonner avec sa main, mais elle secouait la tête avec violence. Un automobiliste ralentit en voyant la scène et pesta : la circulation était dense et il ne pouvait se garer sans risquer un accident. Il tenterait de s'arrêter plus loin. Devait-il intervenir ? L'homme avait un regard étrange, mais il avait peut-être des raisons d'être en colère. Lui-même n'avait pas d'enfant, comment pouvait-il savoir jusqu'à quel point ils peuvent exaspérer leurs parents ? La chaleur portait aussi sur les nerfs de chacun. Devait-il s'arrêter ?

Robert Fortier sentait battre le cœur de Sandra contre sa poitrine ; il éprouva un regain d'énergie en lui passant une main sous les fesses. L'enfant gémissait toujours, mais elle faiblissait ; ses coups de pied manquaient de vigueur. Il se réjouissait de la dominer de nouveau quand une douleur lui arracha un hurlement. Il relâcha Sandra qui s'enfuit vers le centre commercial en criant, tandis que Chocolat s'acharnait à déchiqueter le pantalon de Robert Fortier.

Il réussit à se débarrasser du chien en le frappant, mais Sandra avait disparu. Il tourna la tête dans toutes les directions, courut vers la droite sans rien voir, revint vers la gauche, avant de se résigner à regagner sa voiture. Il emprunta le couloir réservé aux autobus et aux taxis. Il ne devait plus penser qu'à quitter la ville. Aller droit devant lui. La sueur qui se mêlait aux larmes l'aveuglait. Une fureur désespérée lui vrillait le crâne. Il avait échoué. Prendre le boulevard Henri-IV. Atteindre le pont. Tout irait mieux quand il aurait franchi le Saint-Laurent. Tout était la faute de Romain Dubuc. Rien ne serait arrivé sans lui. Traverser le pont. Ne plus penser. Il serait bientôt à Bernières. Issoudun. Victoriaville. Montréal. New York. Bangkok.

Des policiers l'attendaient au coin de la rue de Lavigerie et du boulevard Laurier. Les sirènes se firent entendre à son approche. Accélérer ? Foncer ? Forcer le barrage ?

Ils tireraient sur lui. Graham devait avoir envie de le tuer. Et s'il courait jusqu'au pont ? S'il se jetait dans le fleuve ? Non, il avait trop peur.

Il ralentit. S'arrêta. Il aurait donc dû donner cent coups à Maurice sur les Plaines. Ou rester à Svaypak. Il faisait aussi chaud à Québec de toute façon. Il sursauta en entendant son nom, regarda le policier tenant le porte-voix qui l'incitait à sortir de sa voiture calmement. Calmement ? Il ne savait même pas s'il était encore capable de marcher.

Il s'exécuta pourtant, les mains sur la tête, quand il entendit son nom pour la septième fois.

⁂

Alain Gagnon avait cessé de taquiner Maud Graham quand il avait compris à quel point elle était nerveuse. Depuis une semaine, elle ne parlait que de la fête. Ferait-il beau ? Les gens viendraient-ils ? La publicité était-elle à la hauteur ? Elle avait pu annoncer aux journalistes qu'un magicien renommé, outré qu'un collègue ternisse la profession, avait proposé de remplacer Robert Fortier pour le spectacle.

Graham aurait dû être satisfaite. Le suspect avait tout avoué, répété qu'il ne voulait pas tuer Romain, que c'était un accident. Il avait bien assommé Maurice et s'était battu avec un clochard avant de s'enfuir. Il avait reconnu qu'il avait approché Jonathan Drouin, mais il n'avait parlé d'aucun autre enfant même si on l'avait longuement questionné. L'enquête était close. Sandra était en sûreté chez ses parents, Maurice Tanguay et Clara Saint-Pierre étaient partis en voyage aux îles de la Madeleine. Les Dubuc pleuraient toujours Romain, mais ils paraissaient soulagés que son assassin soit en prison.

Maud Graham dormait pourtant très mal.

— Mon Dieu que je suis laide, avait-elle dit en se regardant dans le miroir de la salle de bains.

— Mon cœur…

— C'est vrai! Je pourrais faire partie des attractions de la soirée-bénéfice!

— Tais-toi. Ce sera une réussite. Il fait très beau.

— Le beau temps tiendra jusqu'à ce soir?

Elle avait regardé à la télévision les prévisions météorologiques. Il ne devait pleuvoir que le lendemain après-midi.

— Et si ça commençait avant?

La sonnerie du téléphone l'avait interrompue. Alain Gagnon avait vu blêmir sa compagne. Elle avait bredouillé que c'était impossible, puis elle avait raccroché.

— Que se passe-t-il ?

— Le cuisinier ! Son employé est parti ! Il est incapable de faire le buffet tout seul ! On ne peut quand même pas nourrir les gens à moitié ! Je savais qu'on aurait des ennuis. Ça allait trop bien !

Les larmes coulaient sur ses joues sans qu'elle puisse les retenir. Elle serait encore plus laide et Alain se lasserait d'elle avec raison ; elle n'était même pas en mesure d'organiser correctement une petite fête caritative.

— Ma belle, arrête de pleurer…

— Qu'est-ce que je vais faire ?

Alain Gagnon lui passait la main dans les cheveux en cherchant à la consoler quand Grégoire sonna à la porte et entra sans attendre qu'on l'y invite, tendant un sac de croissants avec une rose. Il s'arrêta net en voyant son amie.

— C'est le traiteur, l'informa Gagnon. Il a un gros problème.

— Il a goûté à sa cuisine ?

— Ce n'est pas drôle, gémit Graham. On n'aura rien…

Le médecin expliqua la situation à Grégoire, qui décrocha aussitôt le téléphone tout en fouillant dans la poche de ses jeans. Deux minutes plus tard, Maud Graham le serrait dans ses bras.

— Arrête ! J'aime pas les filles collantes.

— Je ne sais pas comment te remercier.

— T'as juste à rester tranquille dans ton coin.

— Ça va être prêt à temps ?

— Pierre-Yves est un pro, Biscuit. Il a travaillé dans des grands hôtels. Ça va être facile d'aider ton cook.

— Tu as dit que tu lui donnerais un coup de main.

— Ah oui ?

Grégoire tenait tellement à se faire pardonner sa fouille chez Robert Fortier qu'il aurait été prêt à cuisiner durant des semaines.

— Maintenant, il y a des croissants pour vous deux, mais peut-être que vous aimeriez mieux vous recoucher ?

Maud Graham rougit, mais Alain Gagnon lui chuchota à l'oreille que Grégoire avait décidément d'excellentes idées.

Léo croisa Grégoire au bout de la rue, miaula quand il disparut après l'avoir longuement flatté. Il était content que son ami vienne plus souvent le voir. Il lui semblait que son odeur s'adoucissait à chaque visite et que ses yeux verts ressemblaient davantage aux siens. On aurait dit des steppes où se cachaient des souris et des oiseaux plutôt lents. Léo passa sa langue sur son museau, cligna des yeux sous le soleil et rentra chez lui. Maud Graham lui avait sûrement gardé un petit morceau de caille. On mangeait beaucoup mieux à la maison depuis quelque temps.

DE LA MÊME AUTEURE, À LA COURTE ÉCHELLE

ROMANS

Le Collectionneur

C'est pour mieux t'aimer, mon enfant

Les fiancées de l'enfer

Soins intensifs

Indésirables

Sans pardon

Silence de mort

Promesses d'éternité

Sous surveillance

La chasse est ouverte

Saccages

Double disparition

FORMAT DE POCHE

Le Collectionneur

C'est pour mieux t'aimer, mon enfant

Les fiancées de l'enfer

Soins intensifs

Indésirables

Sans pardon

Silence de mort

Préférez-vous les icebergs?

Promesses d'éternité

Sous surveillance

La chasse est ouverte

Double disparition

PARUS AUX ÉDITIONS À L'ÉTAGE

Trois fois la bête, Zhanie Roy
Sur ses gardes, Stéphane Ledien
L'odeur des vieux papiers, François Jobin
Oublie la nuit, Agnès Ruiz
Le vol de l'oiseau mécanique, Cary Fagan
Saint-Chause, Sylvain Meunier
Une virée américaine, François Jobin
Jeanne, Sophie Bouchard
Les gammes, Christine Daffe

PARUS AUX ÉDITIONS À L'ÉTAGE EN FORMAT DE POCHE

Silence de mort, Chrystine Brouillet
Le collectionneur, Chrystine Brouillet
Soins intensifs, Chrystine Brouillet
L'homme qui détestait le golf, Sylvain Meunier
La chasse est ouverte, Chrystine Brouillet
Double disparition, Chrystine Brouillet
Les fiancées de l'enfer, Chrystine Brouillet
Saccages, Chrystine Brouillet
Indésirables, Chrystine Brouillet
Préférez-vous les icebergs ?, Chrystine Brouillet

MIXTE
Papier issu de sources responsables
FSC® C103567

C'est pour mieux t'aimer, mon enfant
a été réimprimé en caractères Adobe Garamond Pro
pour le texte et DIN Cond pour les titres, en avril 2023,
sur les presses de Marquis Imprimeur pour À l'étage.